A CIDADE E A CASA

NATALIA GINZBURG

A cidade e a casa

Tradução e posfácio
Iara Machado Pinheiro

COMPANHIA DAS LETRAS

Copyright © 1984, 1997 e 2019 by Giulio Einaudi editore s.p.a., Turim

Grafia atualizada segundo o Acordo Ortográfico da Língua Portuguesa de 1990, que entrou em vigor no Brasil em 2009.

Título original
La città e la casa

Capa
Raul Loureiro

Imagem de capa
Louise Bourgeois, *Sem título*, n. 16 de 23, do livro ilustrado *Ode à La Bièvre*, 2007.
© Fundação Easton / AUTVIS, Brasil, 2022

Preparação
Guilherme Bonvicini

Revisão
Carmen T. S. Costa
Aminah Haman

A tradutora agradece o apoio da Fundação de Amparo à Pesquisa do Estado de São Paulo (2019/18937-5).

Dados Internacionais de Catalogação na Publicação (CIP)
(Câmara Brasileira do Livro, SP, Brasil)

Ginzburg, Natalia
    A cidade e a casa / Natalia Ginzburg ; tradução e posfácio
Iara Machado Pinheiro. — 1ª ed. — São Paulo : Companhia
das Letras, 2022.

    Título original: La città e la casa.
    ISBN 978-65-5921-169-2

    1. Romance italiano I. Pinheiro, Iara Machado. II. Título.

22-109467   CDD-853

Índice para catálogo sistemático:
1. Romances : Literatura italiana 853
Cibele Maria Dias – Bibliotecária – CRB-8/9427

[2022]
Todos os direitos desta edição reservados à
EDITORA SCHWARCZ S.A.
Rua Bandeira Paulista, 702, cj. 32
04532-002 — São Paulo — SP
Telefone: (11) 3707-3500
www.companhiadasletras.com.br
www.blogdacompanhia.com.br
facebook.com/companhiadasletras
instagram.com/companhiadasletras
twitter.com/cialetras

Sumário

A CIDADE E A CASA

Últimas cartas de pessoas comuns — *Entrevista com Natalia Ginzburg*, 277

O convívio e suas correspondências — *Iara Machado Pinheiro*, 285

Giuseppe a Ferruccio

Roma, 15 de outubro

Meu caro Ferruccio,

comprei a passagem hoje de manhã. Viajo no dia 30 de novembro, daqui a um mês e quinze dias. Enviei os meus três baús na semana passada, com livros e roupas. Telefone quando chegarem. Sei que você prefere o telefone às cartas. No meu caso é o contrário.

Estou muito contente por partir. Estou muito contente por rever você. Nos últimos tempos, a vida aqui se tornou difícil para mim. Não respirava mais. Quando decidi ir e ficar com você, minha respiração voltou.

Estou também muito descontente por partir. Penso que terei saudade de algumas pessoas e de alguns lugares, aos quais sou fortemente ligado. Não creio que farei novas amizades. Com os anos me tornei particularmente solitário. Aqui tinha alguns amigos, não muitos, e vou sentir falta deles. Mas sempre se sofre por alguma coisa. Terei a tua companhia e isso será muito para mim.

Sou muito apegado a você, como sabe, e senti vividamente a tua falta, em todos esses anos. As tuas visitas eram raras e breves. Gostava delas, claro, mas ao mesmo tempo me entristeciam, porque eram breves e porque sempre temia que te entediasse, sempre temia que a minha companhia fosse pouco para você.

Regularmente me pergunto se você está contente com a minha ida. Sim, foi você que me disse para ir, mas em alguns momentos me bate a dúvida se não veio um arrependimento depois. Mas a essa altura, se está arrependido, paciência. Comprei a passagem e já decidi que vou. Financeiramente, tentarei pesar o mínimo possível.

Vou para os Estados Unidos como alguém que decide se jogar na água, e espera sair ou morto, ou novo e diferente. Sei que esses assuntos te irritam, mas estou experimentando essa sensação e quero que você saiba.

Não vou sentir falta do meu filho porque não o vejo nunca.

Um abraço,

Giuseppe

Giuseppe a Lucrezia

Roma, 20 de outubro

Minha cara Lucrezia,

acho que não nos veremos mais. Acho que ontem era a última vez. Disse que talvez iria ainda no próximo sábado a Monte Fermo, no entanto acho que não vou. Ontem à noite, enquanto saíamos pelo portão, ergui os olhos para *As Margaridas*, e pensei que olhava essa casa pela última vez. Não acho que ainda irei visitar vocês. E não acho que você virá a Roma. Não tem por quê. Não venha por mim. Me despedi de você ontem, e não gosto de me despedir das pessoas mais de uma vez. Não me ligue, eu também não vou ligar. Não quero a tua voz, nem quero que você fique com a minha. Prefiro esta folha de papel.

Você disse que vai me encontrar nos Estados Unidos. Mas não acredito nisso. Em tantos anos que te conheço, nunca te vi fazer uma grande viagem. A única coisa que te vi fazer, em todos esses anos, era de vez em quando sair com aquele teu Volkswagen escangalhado, que tem cheiro de cachorro molhado, para ir ao mercado em Pianura. Creio, então, que nosso último encontro era ontem, na estação de Pianura. Você vestia o teu casaco branco de lã de pelo longo, com camelos bordados nas beiradas, usava uma calça branca particularmente suja, os cabelos presos no alto da cabeça com uma mecha pendendo sobre o pescoço, e estava apoiada na parede. É assim que me lembro de você. Estava muito pálida. Mas você sempre foi pálida. Quando o trem estava para chegar, Piero disse: "Por que não pega o próximo que parte daqui a uma hora?". Sinto muito afeto por Piero. Me apoiei na janelinha e vi os três juntos: você, Piero, Serena. Piero usava o seu cachecol vermelho. Serena comia pão com queijo. Você estava apoiada na parede. É assim que me lembro de vocês. A doçura e o peso de Piero. Os seus cachos loiros, sempre um pouco suados mesmo quando faz frio. Serena cheia de migalhas na blusa. A tua alta estatura, a tua palidez, a tua mecha preta pendendo sobre o pescoço, as tuas mãos nos bolsos.

Nestes dias anteriores à minha partida, tenho diversas coisas para fazer. Devo comprar camisas, roupas de inverno e um agasalho. Viver nos Estados Unidos é caro. Meu irmão diz que é caro. Depois devo esvaziar o meu apartamento. Não os móveis, mas tudo o que não serve a ninguém, velhos papéis, velhas cartas, velhas panelas, velhos panos. Os móveis não, porque, como você sabe, os Lanzara compraram o apartamento com os móveis. Roberta diz que entrego tudo por qualquer mixaria. Mas você sabe como Roberta é. Em cada objeto, ela logo encontra um nome, uma dignidade e um valor em dinheiro. Tenho visto bastante Roberta nestes dias. Ela sobe e me ajuda a esvaziar as gavetas. Segundo Roberta, foi uma grande bobagem vender o apartamento. Nunca venda os tijolos, nunca. Os tijolos precisam de zelo e proteção. E ela recebeu ofertas altíssimas pelo seu apartamento, que fica logo embaixo do meu e é muito parecido, todas recusadas porque nem sonha em se desfazer dele. Já os Lanzara, como pagaram barato. Meu caro Giuseppe, ela me diz, os Lanzara te levaram na conversa. E como fará caso um dia pense em voltar? Respondo que não acredito que pensarei nisso. Assim conversamos, enquanto esvaziamos as gavetas. Às vezes paramos e olhamos fotos de família, e de quando éramos jovens, eu, ela e Ferruccio, no mar e na neve.

"Por que você vai se mudar para os Estados Unidos?", Piero me perguntou outro dia, enquanto passeávamos pelo bosque. Em geral, quando me perguntam, sempre respondo as mesmas coisas. Não tenho dinheiro. Estou cansado de escrever artigos em jornais. Jornais me dão náusea. Meu irmão conhece muita gente em Princeton. Ensina biologia na universidade e é muito estimado. Vive lá há muitos anos. Vai encontrar um emprego para mim. Já se informou. Darei aulas de italiano em alguma escolinha. Nos Estados Unidos, os professores são bem remunerados. Além do mais, meu irmão tem dinheiro e não tem problemas nessa área. Não penso em depender completamente dele, mas parcialmente, sim. Vou colocar a casa em ordem e cozinhar. Você sabe que sou hábil e muito veloz nas tarefas domésticas. Tenho vontade de morar em Princeton, essa cidade diminuta, que nunca vi mas consigo imaginar porque meu irmão falou muito a respeito. Tenho vontade de viver numa cidade diminuta dos Estados Unidos. Não conheço os Estados Unidos, agora vou conhecer. Em Princeton, vou à biblioteca. Lá existem muitas bibliotecas. Finalmente terei alguma cultura. Terei paz para trabalhar e estudar, e não peço por mais nada. Quero me preparar assim para a velhice. Nunca realizei nada e logo terei cinquenta anos. Poderia ficar um ano nos Estados Unidos e voltar. Sim. Não sei. Viajar não me agrada. Há algum tempo decidi que quero fazer tudo aquilo que escolho, para sempre.

Adoro a ideia de estar com o meu irmão. Não é muito mais velho que eu, porém sempre me deu conselhos e me guiou, quando éramos jovens. Sou uma pessoa insegura. Preciso de alguém que me reconforte. Meu irmão é um homem que tem todas as qualidades que eu não tenho, tem o temperamento tranquilo e as ideias claras. Sou muito ligado ao meu irmão. Mas quando teu irmão estava aqui, disse Piero, você estava tão deprimido e parecia esperar que ele fosse embora. É verdade. Era cansativo tê-lo sempre aqui na minha casa. Esta é uma casa onde me acostumei a ficar sozinho. Era um peso encontrá-lo sentado na sala, de manhã quando eu acordava, e todo dia ter de decidir o que fazer com ele e a quem apresentá-lo. Era um peso ver o seu roupão listrado no banheiro. Não sou um bom anfitrião. Não gosto de ter hóspedes em casa, nem de ser hóspede na casa dos outros. Mas, nos Estados Unidos, não terá isso de hóspedes: nenhum de nós será hóspede. Seremos dois irmãos que vivem juntos.

De manhã, assim que acordo, me ponho a pensar em tudo que estou prestes a deixar, em tudo que me fará uma forte falta quando estiver nos Estados Unidos. Deixo você. Deixo os teus filhos, Piero, a casa que vocês chamam de *As Margaridas*, sabe-se lá o porquê desse nome, já que não se vê nem meia margarida por aí. Deixo aqueles poucos amigos que sempre encontrava na tua casa, Serena, Egisto, Albina, com quem passeávamos pelo bosque e jogávamos escopa à noite. Usei o imperfeito, mas foi um erro, porque vocês continuarão passeando e jogando cartas, e o imperfeito se refere somente a mim. Deixo minha prima Roberta, mulher admirável, dedicada a todos, grosseira, abelhuda e barulhenta. Deixo a minha casa, onde moro há mais de vinte anos. A poltrona de corino, sempre com uma manta por cima e onde me sento de manhã assim que acordo. A cama com a cabeceira de madeira, onde me enfio à noite. A janela da cozinha, com vista para o jardim das freiras. As janelas da sala, com vista para a Via Nazario Sauro. A banca de jornais da esquina, o restaurante Mariuccia por onde às vezes passo para comer, a loja de artigos esportivos e o café Esperia. Deixo você. Deixo o teu rosto comprido e pálido, os teus olhos verdes, os teus cachos pretos, os teus lábios fartos. Não fazemos amor há três anos, mas sempre que te vejo tenho a impressão de que fizemos na véspera. E, longe disso, nunca mais faremos. Naquele dia em Viterbo, você me disse "nunca mais". Deixo para trás também Viterbo, aquele hotel e aquele quarto que odiava, e aonde voltei sozinho, no verão passado, sem mais nem menos. Talvez porque estivesse muito infeliz e quisesse ficar ainda mais. Pedi que me dessem exatamente aquele quarto, número 23. Ainda penso naquele quarto, e pensarei nele também nos Estados Unidos, com saudades, porque também sentimos saudades dos lugares que odiávamos. Mas nos Estados Unidos talvez aquele quarto seja mais confuso, inofensivo e distante. Quanto ao meu filho, não posso dizer que o deixo porque nunca sei por onde anda, e pode acontecer que o veja com mais frequência quando estiver nos Estados Unidos, dado que para ele as grandes viagens não são um problema.

Dê adeus aos teus filhos por mim. Ontem me despedi brevemente, com um aceno de mão, enquanto passava pela cozinha, onde eles assistiam à televisão e comiam. Não quis parar e beijá--los porque me comoveria e seria ridículo aos seus olhos, teriam uma recordação ridícula de mim. Dê adeus sobretudo a Cecilia, que é a minha favorita entre os teus filhos. Você disse que acredita que Graziano é meu filho, mas provavelmente está enganada, de costas ele é idêntico à tua sogra, a senhora Annina. Cecilia tem olhos muito bonitos e me lembra um pouco uma irmã minha que morreu ainda jovem. Daniele tem muita inclinação para o desenho como eu também tinha quando era criança. Obviamente nem Daniele nem Cecilia são meus porque não te conhecia quando nasceram, mas quero dizer que encontro alguma coisa minha em todos os teus filhos, com exceção de Graziano. O pequeno também é esperto e amável. Não é meu porque nasceu um ano depois de Viterbo, e de resto é idêntico a Piero. Acho Graziano bastante insignificante e muito sabichão. Talvez sejam os óculos que dão esse ar de professorzinho. Os outros quatro me parecem muito melhores. Mas talvez a atribuição de paternidade do teu filho mais insignificante seja parte do rancor que você sente por mim.

Porém, como você disse que Graziano é meu filho, ontem o olhei com atenção, enquanto passava e eles jantavam. Comia um grande prato de guisado de carne e polenta, sério, com os óculos baixos naquele seu nariz sardento. Vestia um pijama de pelúcia e estava vermelho como um camarão, talvez porque tinha acabado de tomar banho. É assim que me lembro dele. Nenhum dos teus filhos se assemelha a você, eles têm sardas e bochechas vermelhas e gorduchas, nenhum deles tem a tua esplêndida palidez.

Seja como for, acredite em mim, nenhum dos teus filhos é meu. São todos do Piero. Ele é um ótimo pai e teus filhos não precisam de outro. O meu único filho é Alberico. Preferia outro, diferente. Mas isso certamente vale para ele também. Sabe-se lá quantas vezes não pensou que preferiria ter outro pai. Quando estamos juntos, fazemos um tremendo esforço para dizer até as coisas mais simples. Nunca falo muito de Alberico. Não falo muito dele com ninguém. Acho que minha prima Roberta deve ter falado dele com vocês. Tenho aqui uma fotografia dele pendurada na parede, tirada por Roberta quando ele tinha cinco anos, e eu e minha esposa ainda estávamos juntos. Era um belo menino. Eu o amava, não é difícil amar um menino. Eu o amava, mas nunca tinha vontade de estar com ele por muito tempo. Logo me entediava. Também tenho aqui na parede uma fotografia daqueles tempos da minha esposa, uma moça frágil, toda enrolada num xale. Também me entediava com ela. Naquele tempo me entediava com facilidade. Era muito jovem e o tédio me metia um grande medo. Agora não tenho mais tanto medo do tédio, mas antes tinha. Sempre me entediava com a minha esposa. Eu a achava estúpida. Com o menino me entediava porque era um menino, com ela me entediava porque era uma estúpida, e o tédio com ela era pesado. Antes de nos casarmos não tinha me dado conta de que era tão estúpida, mas depois, lentamente, descobri sua imensa estupidez. Ela não me achava estúpido, porém me achava entediante, e achava que eu dava muito pouco do que gostaria de ter. Pouco amor; poucos contatos e distrações; pouco dinheiro. Foi assim que Alberico passou os primeiros anos da sua vida, entre duas pessoas que se entediavam mutuamente. Separamos. Ela foi para um apartamento em Trastevere com Alberico. Envolveu-se com um amante, um primo dela e amigo de infância. Ficava muito fora de casa e deixava o menino com uma parente da minha mãe, a tia Bice. Dois anos depois da nossa separação, no verão, adoeceu e ninguém entendia o que poderia ser. Tinha poliomielite. Eu, tia Bice e o amigo de infância a levamos a uma clínica e a assistimos. Morreu poucas semanas depois. Alberico estava num acampamento e era preciso buscá-lo. Eu não fui, tia Bice foi. Depois, tia Bice continuou fazendo tudo. Alberico ficou definitivamente com ela. Os meus pais não o quiseram porque diziam que estavam velhos e cansados. Os pais da minha esposa estavam mortos. Eu não o quis porque não me sentia capaz. O amigo de infância se mudou para a Venezuela. Alberico foi levado ao apartamento da tia Bice, na Via Torricelli, e ficou lá. Depois tia Bice fez um testamento e deixou-lhe tudo que tinha. Era rica, a tia Bice. Não parecia, no entanto, era rica. Era viúva de um general.

Alberico tinha dez anos quando foi definitivamente para o apartamento da Via Torricelli. Era um menino quieto, obediente, dócil e não criava problemas. Ia bem na escola e gostava de estudar. Eu pensava, porém, que todo o tédio que ele havia respirado, estando quando menino entre mim e a minha esposa, devia tê-lo intoxicado e explodiria de algum modo um dia. Algumas vezes eu o buscava e levava-o comigo ao jornal. Naquele tempo, tinha um posto fixo no jornal e passava muitas horas do dia lá. Depois o levava para jantar fora, ao cinema ou à Villa Borghese. Me sentia intimidado e entediado. Não sabia o que dizer. Falava da minha infância. De mim e do meu irmão crianças. Da sua mãe. Ao falar da sua mãe, procurava revê-la como a via nos primeiros tempos, quando a conheci, mas não era fácil, porque logo voltavam as recordações dos anos posteriores. Alberico ouvia. Frequentemente mencionava o tio Dé, o primo da sua mãe, o amigo de infância. Parecia ser a pessoa mais importante do mundo aos olhos dele. Iluminava-se ao mencioná-lo. Tio Dé o presenteara com uma coleção de selos e um mapa-múndi. De vez em quando, mandava cartões-postais da Venezuela. Eu o levava para casa e o deixava no portão, e voltava ao jornal, com o passo leve e veloz e uma sensação de frescor, porque estava de novo sozinho.

Um dia Alberico fugiu de casa. Dois dias depois o encontramos, num bairro distante, no final do Corso Francia. Lembrei que tio Dé, o amigo de infância, morava naquelas bandas quando vivia em Roma. Uma ou duas vezes me propus a escrever ao tio Dé e pedir que se mantivesse o mais presente possível na vida de Alberico. Porém, não escrevi. Sabia que, na Venezuela, o tio Dé trabalhava numa construtora e tinha se casado. Creio que não demorou muito e ele parou de enviar postais.

Alberico fugiu de casa muitas outras vezes, e tivemos de procurá-lo pela cidade. Tia Bice me chamava e passávamos dias procurando-o nas ruas, nos parques públicos, nas delegacias e na estação. Quando o buscávamos nas delegacias, estava sentado tranquilo, calado, com seu anoraque azul-celeste e a sua malinha de papelão sobre os joelhos. Essa malinha era muito importante para ele, sempre a levava quando fugia de casa. Guardava figurinhas de jogadores de futebol nela. Aos catorze anos ainda parecia um menino pequeno. Era rosado, com bochechas macias, todo cacheado como um cordeirinho. Agora é cacheado como uma ovelha anciã, comprido, magro, suave, calmo, sempre com um ar cansado, uma barba preta, curta e hirta, em geral veste-se de preto e parece um carro fúnebre. Quando ri, dá para ver os seus belíssimos dentes brancos. Ri pouco, porém. Creio que todo aquele tédio, entre mim e a minha esposa, que ele bebeu quando era pequeno, transbordou como eu imaginava. Ele se inscreveu no curso de ciências políticas, depois largou a universidade e inventou de ser fotógrafo. Porém, talvez queira ser diretor de cinema, ou de teatro, ou ator. Não se sabe. Sempre muda de ideia. É muito cansativo para mim perguntar-lhe o que quer fazer. Na verdade, eu mesmo nunca entendi bem o que queria fazer e passei a vida fazendo-me essa pergunta. Se eu me pergunto isso e não encontro nenhuma resposta clara, por que devo esperar que ele tenha uma resposta clara para si? Antes não me desagradava trabalhar no jornal, depois me veio a náusea pelos jornais e agora deixo a Itália. A diferença entre mim e ele é que eu não tenho dinheiro, já ele, graças à tia Bice, ainda tem. Além disso, já tem vinte e cinco anos. É um homem. De acordo com Roberta, eu deveria lhe dar alguma orientação, mas não sei que tipo de orientação poderia dar. Quando me vejo diante dele, a minha única preocupação é aborrecê-lo o mínimo possível. Entediá-lo o mínimo possível. Penso sempre no grande tédio que reinava entre mim e a sua mãe, e que ele bebia em grandes goles, dia após dia, quando era menino.

A última aparição do Alberico foi em abril. Vinha de Agropoli. Estava acompanhado por um tal de Adelmo, um tipo baixinho, musculoso, com as pernas tortas. Deixaram duas mochilas iguais no vestíbulo, cheias, quase arrebentando, depois tomaram banho, alagando o banheiro e espalhando casacos, regatas e meias pelo chão. Chamei Roberta, porque Roberta tem muita simpatia por Alberico e sempre torna mais simples estar com ele. Deixei-os na sala e lavei os casacos, as meias e as regatas. Depois fiz *trenette* com pesto.* No jantar Alberico disse que queria vender o apartamento da Via Torricelli, aquele deixado pela tia Bice. Roberta se alarmou. Nunca venda os tijolos, nunca. Os tijolos precisam de zelo e proteção. Alberico disse que queria se transferir para o campo e criar coelhos e galinhas. Ele e Adelmo foram dormir. Fiz a cama para eles no quarto do final do corredor, aquele que chamo de "quarto do Alberico" mesmo que ele tenha dormido lá pouquíssimas vezes. Eu e Roberta ficamos sozinhos. Ela perguntou se eu sabia que Alberico frequentava o Califórnia Bar. Eu disse que não sabia de nada, não sabia sequer onde ficava o Califórnia Bar. Ela disse que ficava nos arredores da Via Flaminia e que era um lugar complicado. Não dormi nada naquela noite. De manhã, me sentei na sala enquanto bolava perguntas e frases e as repetia para mim mesmo em voz baixa. Porém, quando me vi diante de Alberico, todas as perguntas e frases ficaram presas na garganta. Ele e Adelmo já estavam vestidos e prontos para ir embora. Preparei café e torradas. Enquanto comiam, falavam em voz baixa sobre assuntos deles. Os casacos e as meias que lavara ainda estavam molhados, mas eles enfiaram nas mochilas mesmo assim, envolvidos em toalhas e jornais. Viajavam a Londres, disseram. Porém, duas semanas depois, soube que tinham sido presos no Califórnia Bar. Todo mundo que estava no Califórnia Bar acabou na cadeia. Alberico ficou um mês na cadeia, disso você sabe porque te contei. Eu o esperava no portão na manhã em que saiu da cadeia. Roberta me dissera que

---

* Massa e molho típicos da região da Ligúria. [Nesta edição, todas as notas são da tradutora.]

ele sairia, soube por meio do advogado a quem tínhamos recorrido. Eu o vi aparecer, desengonçado, cansado, tranquilo, com a sua jaquetinha de couro, com um pacote de roupas embaixo do braço. Não estava com Adelmo. Estava com um tipo roliço, de cabelos vermelhos, vestido com um macacão verde cor de grama. Ele me apresentou, chamava-se Giuliano. Onde estava Adelmo, perguntei, mas respondeu que não sabia. Disse que viesse para casa comigo, ele disse que iria talvez para o almoço mas agora tinha o que fazer. Esticou dois dedos para mim e eu o beijei na barba hirta, esparsa e preta. Depois vi os dois se distanciarem lado a lado ao longo do Lungotevere, o macacão verde e a jaquetinha de couro. Não veio para o almoço naquele dia e por um tempo eu não soube mais de nada. Depois soube que vendeu o apartamento da Via Torricelli. Foi Roberta que me disse. Vendeu por um bom preço. É esperto, disse Roberta, não parece mas é esperto, ama o dinheiro e sempre sabe onde e como arranjá-lo. Como você deduziu que ama o dinheiro, eu disse, não se vê esse amor por dinheiro na maneira como vive. Você não o conhece, disse Roberta. Que eu não o conheço, não há dúvidas. Alguns dias atrás ele me escreveu de Berlim. Está trabalhando num filme. Por ora não tem intenção de voltar para a Itália. Depois do inverno, talvez. No papel de carta havia o nome de um hotel. Liguei e contei que iria para os Estados Unidos. Ele disse que parecia uma boa ideia. Eu falei para ele vir se despedir antes da minha partida. Ele disse que acreditava não poder se deslocar por causa do filme. Poderíamos nos ver nos Estados Unidos, em alguma cidade dos Estados Unidos, onde ele talvez fosse parar um dia. O filme é um filme sobre Ulisses. Ele é assistente de direção, mas lhe deram também um pequeno papel, o papel de um pastor que toca flauta sentado sobre uma pedra.

Vou ao cemitério antes de viajar. Não vou há muito tempo. Lá estão os meus pais, a tia Bice e, longe, numa outra parte, minha esposa. Entre eles, penso com mais frequência na tia Bice. Era estúpida, mas cheia de boa vontade e sobretudo cheia de uma imensa confiança em si mesma. Essa confiança preenchia os quartos, as estantes e as sacadas da sua casa. Era de temperamento otimista e acreditava firmemente que tudo que cruzasse o seu caminho, tudo aquilo que ela pudesse ver e tocar, floresceria bem e alegremente. Ninguém queria ficar com Alberico, ela não teve um átimo de hesitação e imediatamente levou o menino consigo. Tinha olhos azul-celeste, claros como a água, uma grande cabeça branca, um sorriso radiante. Quando andávamos pelas ruas em busca de Alberico, que estava desaparecido, aquele sorriso se fazia um pouco mais incerto, mas apenas um pouco. Alberico tinha dezenove anos quando ela morreu. Fazia o serviço militar em Messina. Eu não sei se tia Bice tinha entendido que Alberico era homossexual. Acho que não. Os homossexuais não existiam no seu mundo. Morreu quase imediatamente, de um ataque cardíaco, contando com a assistência de uma vizinha. Porém já devia se sentir mal havia alguns dias porque tinha chamado um notário. Depois escreveu uma carta a Alberico, mas não teve tempo de enviá-la, estava dentro da sua bolsa. Ela lhe listava tudo que tinha e que lhe deixava, o apartamento da Via Torricelli, as ações, os títulos do tesouro, três lojas em Nápoles e ouro num cofre bancário. Por fim, pedia que cuidasse do seu gato. Alberico veio para o funeral e logo viajou novamente. O gato foi confiado à vizinha. Terminado o serviço militar, Alberico voltou para pegá-lo e o levou a um apartamento onde alguns amigos o hospedaram. Não quis ficar na Via Torricelli naquele momento. Preferia o apartamento daqueles amigos, uma república onde moravam outras cinco pessoas. Ele levou o gato dentro de um cesto em forma de cúpula, comprado para a ocasião. O gato, porém, escapou pelo telhado assim que chegou à república e se perdeu.

Depois Alberico foi morar na Via Torricelli com um amigo, um pintor brasileiro chamado Enrique. Por toda parte havia fotografias, que secavam presas num cordão, e por toda parte havia quadros do Enrique, florestas e onças. Em poucos dias o apartamento da tia Bice se transformou numa espelunca. Agora, a espelunca foi vendida e não restam mais traços da tia Bice em lugar nenhum, do seu otimismo, da sua confiança em si mesma, do seu avental com bolinhas azuis, das suas pernas brancas e gordas, dos seus chinelos de espuma.

Egisto telefonou agora há pouco. Vem aqui e jantaremos juntos em algum lugar. Dou esta carta a ele, para que te entregue no sábado, porque, como já disse, eu não vou.

Giuseppe

Egisto a Lucrezia

Roma, 25 de outubro

Esperava ir às *Margaridas* hoje, mas não vou, porque minha Dauphine está com as velas sujas, e porque tenho de terminar um artigo. Tentei telefonar para vocês mas ninguém atendeu. Esse siciliano de agora deve ser surdo. O rapaz de Abruzzo de antes era bem melhor.

Estou com uma carta do Giuseppe para você, e deixo-a com Albina, que vai de trem. Deixo com ela também estas minhas poucas linhas.

Sinto muito, iria de bom grado, para ficar com vocês e jogar tênis com Piero. É bem verdade que a tua quadra está de dar pena desde o último temporal, está cheia de buracos e da última vez quase torci meu tornozelo. Mas não importa.

Outra noite, na casa dos Rotunno, conheci uma pessoa simpática. Chama-se Ignazio Fegiz e é restaurador de quadros. Ele me deu uma carona porque eu estava a pé. Tem um Renault verde-oliva. É muito inteligente. Se vocês quiserem, posso levá-lo comigo no próximo sábado. Talvez possam mostrar a ele aquela natureza-morta comprada por Pierino, em Salerno, com muitas manchas e rachaduras. Eu acho que aquilo não vale nada, mas sei que Piero gosta. Ele poderá indicar como fazer para as manchas sumirem, e talvez até as rachaduras.

Estive com Giuseppe. Senti que está muito deprimido. Deveríamos jantar fora, mas a sua prima apareceu e nos convidou para jantar na casa dela, no andar de baixo. Chama-se Roberta. Creio que você a conhece, já foi algumas vezes às *Margaridas*. É loira, tem os quadris largos e os dentes grandes que escapam para fora da boca. É uma mulher alegre, atrapalhada, intrometida. Descemos e ela nos preparou spaghetti de um jeito muito complicado que não me lembro bem. Tinha espinafre, creme e ovos. O espinafre estava congelado, isso é certo. Ela está de dieta e não comeu spaghetti. Comeu só uma maçã e um pequeno prato de rabanete sem azeite e sem sal.

O apartamento da Roberta é parecido com o do Giuseppe, mas maior. Eu e ela conversamos sobre apartamentos. Giuseppe vendeu o dele. Creio que fez uma grande besteira. Já foi ao cartório e firmou o compromisso. Foram uns tais de Lanzara que compraram. Ele é um analista bem famoso.

Com o dinheiro do apartamento, Giuseppe vai comprar títulos do tesouro. Assim terá alguma coisa aqui caso sinta vontade de voltar. Ou para o seu filho, se precisar. O filho é rico porque recebeu uma herança de uma tia, porém não tem vontade de fazer nada. Foi preso por estar metido com droga. É um rapaz perdido.

Princeton é uma cidade diminuta e muito bonita. Foi fundada pelos quacres. Tem grandes prados e muitas árvores. As árvores são cheias de esquilos. Giuseppe, ao abrir sua janela, verá esquilos. Mas, na minha opinião, volta correndo depois de menos de um mês. Os Estados Unidos não são lugar para ele. Está tão deprimido porque não tem mais vontade de partir.

Até o próximo sábado. Levarei Ignazio Fegiz.

Egisto

Lucrezia a Giuseppe

Monte Fermo, 26 de outubro

Albina me entregou a tua carta e me entregou também uma do Egisto. Revirou a bolsa com as suas garras esverdeadas de lagarto e tirou primeiro um lenço, depois um pente, depois um absorvente, e depois as duas cartas. Eu estava na cozinha e enfrascava o vinho com a minha sogra e com aquele rapaz faz-tudo que chegou uns dias atrás de Piazza Armerina e que realmente não sabe fazer nada.

Deixei-os ali e vim até o meu quarto, onde me tranquei à chave.

Como você é estranho. Não nos falamos direito há tanto tempo e do nada você me escreve uma longa carta. Houve um período em que escrevemos algumas cartas, eu e você, mas não muitas, tampouco longas, e é um período já bastante distante, quatro, cinco anos atrás. Depois não nos escrevemos mais e nem mesmo falávamos grandes coisas. Por tantas vezes nesses últimos anos ficamos sozinhos, eu e você, por tantas vezes fizemos longos passeios pelos bosques, mas você não dizia mais do que como vai e o que anda fazendo, e eu também.

Não sei por que você diz que sinto rancor por você. Não é verdade. Não sinto nenhum rancor por você. Não teria nem motivo. Tivemos uma relação que durou alguns anos e depois acabou. Uma história simples.

Sinto raiva quando você diz que Graziano é um menino insignificante. Não é verdade. Nenhum dos meus filhos é insignificante. Todos os cinco são muito únicos e muito bonitos. É o que todo mundo diz.

Graziano é teu. Porém, se prefere fingir que não é, não importa.

Na tua carta, você menciona apenas quatro dos meus filhos. Você não menciona Augusto. Não sei por quê. Talvez seja quem mais se pareça comigo. Mesmo que tenha as bochechas vermelhas e não tenha "a minha esplêndida palidez".

Essa tua frase me deixou contente. Ecoou na minha cabeça o dia inteiro. De vez em quando vou na frente do espelho, para olhar "a minha esplêndida palidez".

Hoje vou a Pianura com Serena e Albina. Serena encasquetou com a ideia de abrir um centro cultural. Os seus senhorios têm um imóvel comercial. Serena pediu que alugassem para ela. Serena se entedia. Nesse imóvel quer abrir um centro cultural que se chamará Centro Mulher. Será uma biblioteca onde acontecerão reuniões uma vez por semana, toda sexta-feira à noite. Leremos poemas e encenaremos comédias. Serena gosta de encenar. Ela gostaria tanto de encenar a *Mirra* de Alfieri. Serena não foi uma boa aluna, e não se lembra de nada do que estudou, porém se lembra da *Mirra* de Alfieri, sabe-se lá por quê. Um dia ela gostaria de ter a chance de dizer a uma plateia: "*Quando tel chiesi/ darmi allora, Euriclea, dovevi il ferro/ io moriva innocente/*

*empia ora muoio".** *Mirra* é a história de uma mulher que era apaixonada pelo pai. Serena, porém, nunca foi apaixonada pelo seu pai. Não. Nem mesmo em sonho. Mas quando pensa nesse final, diz que sempre vai às lágrimas.

Como você é estranho. Falando do teu filho, na tua carta. Nunca falava dele, não comigo, não com Piero, nem com mais ninguém, creio. Quando te perguntávamos sobre ele, sempre respondia com meias-palavras e mudava de assunto. Mas eu sabia de tudo do teu filho, pela Roberta. Eu já sabia de tudo o que você me disse. A tia Bice, o gato, o Califórnia Bar.

Mais tarde.

Não sei por que você pensa que sinto rancor por você. Não, como assim? Por que sentiria? Tivemos uma relação, que foi bastante longa. Depois acabou. Simples.

Queria deixar Piero e viver com você. Teria sido um erro, mas eu não sabia. Teria sido um erro porque já estávamos cansados, você de mim e eu de você. Mas eu não sabia, não tinha entendido ainda. Você me disse que não deveria deixar Piero, que não era preciso sequer pensar nisso. Disse que as crianças sofreriam. Eu disse que as levaria comigo e não sofreriam tanto assim, Piero as veria com bastante frequência. Essa casa onde você mora é suficientemente grande e com alguma astúcia todos nós caberíamos. Então você ficou muito amedrontado. Eu li o medo na tua cara. Provavelmente viu a tua casa transformada num acampamento. Não consigo expressar como aquele teu medo me ofendeu. Você disse que não se sentia capaz de ser um pai para as

---

* "Quando lhe pedi que me desse então, Euriclea, você tinha que ter me dado o ferro [a espada]. Assim eu morreria inocente, e agora morro culpada." Versos finais da tragédia escrita por Vittorio Alfieri entre 1784 e 1786, quando Mirra se mata com uma espada depois de ter confessado ao pai seu amor incestuoso. Tradução de Maurício Santana Dias.

crianças. Não se sentia capaz de sustentar o papel de pai. A tua habitual fixação. Você sempre tem medo de que alguém te imponha sustentar o papel de pai. Eu disse, então, que você era um medroso. Estávamos na tua casa. Você odeia aquele hotel de Viterbo, já eu odeio a tua casa. Naquele dia decidi não voltar mais para lá. Porém, na verdade, depois ainda voltei algumas vezes.

Naquele dia, também quebrei os cinzeiros, não um apenas, mas três ou quatro. Apanhava os cinzeiros que via pela frente e os atirava no chão. Você se abaixou para recolher os cacos no tapete, e eu chorava. Te desprezava e chorava.

Não me lembro como aquele hotel de Viterbo se chamava. Lembro que tinha cortinas vermelhas com um cheiro péssimo. Então conversamos muito tranquilos, sentados na cama. Depois saímos e fomos ao cinema. Estava passando *As quatro penas brancas.** Não me lembro de nada do filme. Só do título. Chorava, caíam lágrimas pelo meu rosto, porém você não percebeu.

Depois de Viterbo, eu me apaixonei duas ou três vezes. Uma delas foi por um cliente do Piero, um que tem um negócio de cerâmicas em Perugia. Mas estava sempre muito preocupado com seus problemas de dinheiro e não se deu conta do meu interesse. A outra vez foi por um arqueólogo inglês amigo da Serena. Nenhuma das duas vezes era importante e logo terminava. Como você sabe, eu me apaixono com facilidade. Passaram alguns meses, estava triste e pensei que queria mais um filho, porque gosto de ficar com a barrigona. A princípio Piero era um pouco contra, depois se resignou. Quando Vito estava com três meses, parei de amamentá-lo e não engrenava com o desmame. Recomendaram um médico. Vinha quase todo dia de Perugia para ver Vito e às vezes ficava para o almoço. Eu o esperava sem-

* *The Four Feathers*, de Zoltan Korda, filme britânico de 1939.

pre com uma enorme ansiedade porque ele me reconfortava, e por tê-lo esperado com tanta ansiedade acabei me apaixonando. Creio que você deve tê-lo visto em casa algum dia, chamava-se Civetta. Não era nem bonito, nem jovem, tinha cabelos brancos e era um pouco curvo. Fui para a cama com ele duas vezes no seu consultório em Perugia. Mas não era importante e não disse nada ao Piero. Só Serena sabia. Já ele contou à esposa, tinha uma esposa baixinha e gordinha que passeava por Perugia com um cachorrinho. Sua esposa disse que ele não deveria mais me ver. Logo resignou-se. Depois foi transferido para Vicenza. De todo modo, por um tempo insisti em usar um casaquinho esfarrapado, com estampa xadrez vermelha e preta, que ele havia esquecido no mancebo do vestíbulo e nunca pediu de volta, e Piero me perguntava por que eu usava tanto aquele casaquinho horrendo, que lhe lembrava o doutor Civetta e aquele período em que não engrenávamos com o desmame.

Estava chorando um dia e Piero me perguntou se chorava por tua causa. Fazia dois ou três sábados que você não aparecia e telefonara para avisar que não poderia vir porque estava escrevendo não sei o quê. Mas eu não chorava por você, naquela vez, chorava assim, sem mais nem menos. Piero, então, me disse que você tem muitas qualidades, porém te falta uma espinha dorsal. Continuou a me consolar como se chorasse por tua causa, mesmo eu insistindo em repetir que com você tudo estava acabado já havia um bom tempo.

Hoje estive no Centro Mulher, com Albina e Serena, e limpamos o chão, depois Serena subiu numa escada porque lá tem duas janelas encardidas e cheias de teias de aranha. Esfregou-as com jornal enquanto eu segurava o balde para ela, porém continuaram tão encardidas quanto antes.

Albina e Serena me disseram que deveria ir a Roma para convencer você a ficar nos Estados Unidos por quinze dias ou um mês, não mais do que isso. Dizem que os Estados Unidos não são lugar para você. No entanto, acho que você ficará bem nos Estados Unidos, e se eu tivesse um irmão nos Estados Unidos que me dissesse "venha para ficar", não demoraria e partiria. Pegaria todos os meus filhos e iria. Mas não tenho irmãos, nem nos Estados Unidos, nem em lugar nenhum, e você tem sorte por ter esse irmão em Princeton, uma cidade cheia de esquilos, cheia de árvores. Uma cidade que deve ser sólida, organizada, limpa e acolhedora. Você dirá que aqui tenho quantas árvores quiser, não tem esquilos, mas tem tantos outros animais, gatos e cães e coelhos e galinhas. Aqui dá até para se perder no meio de tantas árvores e tantos animais. Quando era jovem, queria viver no campo e ter muitos filhos. Tive o que queria mas mudei nesse meio-tempo. Com as crianças corre tudo bem, mas estou farta do campo. Queria ter uma cidade ao meu redor: Princeton. Mas, pelo contrário, ao meu redor tenho apenas prados e bosques. Se me debruço na janela e olho o campo, com os prados e os bosques e as videiras, não experimento um sentimento de paz, e sim um sentimento de esgotamento. Quando compramos esta casa, eu a achava belíssima assim do jeito que é, grande, amarela e velha, porém agora tem dias que não a suporto, nem por trás, nem pela frente, nem dentro. Se faço o esforço de chegar até Monte Fermo, encontro um vilarejo de quinze casas inclinadas sobre um barranco, com velhas sentadas nos degraus, e galinhas. Se faço o esforço de chegar até Pianura, encontro não uma cidade, mas novamente um vilarejo, um grande vilarejo abarrotado, antipático e barulhento, que também já me saturou por inteiro.

Disse a Piero que poderíamos vender esta casa e viver em Perugia ou em Roma. Ele, porém, não quer saber disso. Está contente aqui. Não vê muito o campo porque passa o dia em Perugia e só volta para cá à noite. Fica aqui somente aos sábados e domingos, quando os amigos visitam e ele gosta disso.

Um pouco mais tarde.

Em relação ao teu filho, queria dizer que se ele não vem se despedir antes da tua partida, você que deveria ir. Mas nem mesmo está considerando isso. Em pobres palavras, você está saindo de fininho. Em pobres palavras, você está desistindo dele. Deveria sentir um pouco de curiosidade, descobrir se está tudo bem em Berlim e como é esse filme. O que quer dizer com já tem vinte e cinco anos? Aos vinte e cinco anos ainda é possível sofrer por causa da ausência dos pais, até nos casos de quem prefere se distanciar por julgar que é bem melhor assim. Porém secretamente ficaria contente se os pais fossem atrás.

Aos vinte e cinco anos, eu estava casada havia três anos e já tinha dois filhos, porém minha mãe mandava em mim e eu lhe obedecia. Telefonava para ela dez vezes por dia e perguntava como deveria me vestir e o que deveria cozinhar, e ela respondia tudo com a sua voz grossa, pergunta por pergunta. Eu me casei com Piero porque ela gostava dele, achava-o um homem bom, sério, calmo, "um trabalhador". Eu me casei com Piero porque ele era "um trabalhador". Tudo de que ela gostava ganhava cores bonitas aos meus olhos. Gostava até mesmo da senhora Annina, a mãe do Piero, que na verdade é um tormento, e as duas, ela e a senhora Annina, faziam viagenzinhas juntas. Depois que me casei com Piero, entendi que estava bem, suficientemente bem, porém me dei conta de que ao me casar com ele somente obedeci à minha mãe. Naquele tempo morávamos em Florença, minha mãe numa casa e nós em outra, na mesmíssima rua. A senhora Annina estava em Lucca e aparecia de vez em quando. A nossa casa tinha sido escolhida pela minha mãe, que também escolheu os móveis e a disposição dos quartos. Minha mãe era uma mulher forte, robusta, enérgica, percorria a cidade inteira de manhã, cuidava das famílias dos presos. Percorria a cidade com a sua bolsa a tiracolo, os seus sapatos achatados, o seu passo militar. Tinha uma voz grossa, profunda, rouca. Vivia sozinha desde o meu casamento, só com uma empregada, a Lina, e à noite ela e a Lina tricotavam, sempre para as famílias dos presos. Com a minha mãe, o Piero e a Lina eu me sentia protegida, segura, tranquila, parecia que eles afastariam de mim cada perigo, cada desgraça. Depois minha mãe foi tomada por aquela depressão nervosa. Mas você sabe disso, já te contei. Começou a se queixar de dores de cabeça e insônia. O médico a examinou mas ela não tinha nada, estava saudável. Pouco a pouco parou de sair de casa, tomar banho, comer e tricotar. Ficava sentada na sala de estar numa poltroninha, a meia-luz, com as mãos no colo, e fixava um ponto do tapete. Agora quando eu telefonava era sempre a Lina quem atendia, minha mãe não se movia, e quando a visitava ela sorria para mim com a metade dos lábios, logo depois abaixava os olhos para fixar o tapete. Em pouco tempo se tornara velha, magra, solapada, com as roupas dançando em seu corpo. Parecia que o mundo estava virado de cabeça para baixo. O médico vinha sempre, sentava-se do seu lado e fazia perguntas, ela mal respondia, com a sua voz ainda grossa e rouca, mas agora toda gasta e enferrujada. Esse médico era jovem mas não tão bonito, era só muito gentil e eu me apaixonei por ele, porque sempre me apaixono pelos médicos, porém não era nada de importante, ele não percebeu e logo passou. Depois minha mãe foi internada numa clínica para doenças nervosas. A Lina voltou para a sua terra natal, na Sardenha. Piero conseguiu um emprego em Pisa numa fábrica de geladeiras, um emprego que parecia muito melhor do que aquele que tinha em Florença e por isso tive de desmontar a minha casa e a da minha mãe também. Piero tinha muito o que fazer no seu novo trabalho, tinha também dificuldades com um chefe de quem não gostava, estava cansado e de mau humor e me falava para resolver tudo sozinha porque não tinha tempo e, além do mais, eu era, ele dizia, já uma mulher adulta porque tinha vinte e cinco anos. Assim não tinha mais protetores. Minha mãe ficou naquela clínica por três meses. Sempre que podia, ficava com ela e esperava que me dissesse alguma coisa, mas não me dizia nada, só me dava aquele sorriso com a metade dos lábios de vez em quando. Certa noite morreu, teve uma parada cardíaca. Piero brigou furiosamente com aquele seu chefe e se demitiu. Mal tínhamos nos instalado em Pisa na casa nova. A senhora Annina, minha sogra, veio para dar uma mão, mas não fazia nada além de queixar-se do calor, dos mosquitos e da casa. Estávamos com pouco dinheiro. Piero ficava o dia inteiro sentado no nosso quarto, fumando e olhando fixamente a janela, e eu reparava na sua cabeça grande com os cachos loiros escurecidos pelo suor, e perguntava o que faríamos agora, e ele levantava as sobrancelhas e contorcia a boca. Definitivamente não tinha mais protetores. Nesse verão conheci Serena. Conhecê-la me realegrou. Trabalhava como babá na casa de uma família holandesa. Quando os holandeses foram embora, ela veio para nossa casa cuidar das crianças. Ficamos amigas. Não era uma proteção, aliás, era eu que devia protegê-la e consolá-la quando chorava. Serena chora bastante. Era péssima como babá porque não tinha nenhuma paciência. De fato, quase imediatamente parei de pagá-la. De resto, não precisava de dinheiro porque seu pai era rico e a sustentava. Serena telefonou para o pai e pediu que encontrasse um trabalho para Piero. O pai encontrou um trabalho. Assim fomos para Perugia, no final desse verão. Piero logo se realegrou quando conseguiu o emprego. Sempre teve o sonho de trabalhar num escritório de advocacia e gostava muito do doutor Corsi, que era seu chefe. Gostava de Perugia, gostava do escritório, gostava de tudo. Serena veio para Perugia conosco. Mais tarde, quando compramos *As Margaridas*, ela alugou em Pianura aquele quarto em cima do cinema.

Não é que tenha contado grandes novidades. Você já sabe de

muitas coisas minhas, já te contei mil vezes. Mas era para dizer como eu era e o que aconteceu comigo, aos vinte e cinco anos.

Depois desta longuíssima carta, me despeço e vou preparar o jantar, porque passo fome se for esperar que o siciliano o prepare.

Egisto me escreve dizendo que quer vir aqui no sábado com alguém que lhe é simpático, mas eu não tenho disposição para pessoas neste momento. Estou deprimida. Talvez a tua partida me entristeça. Falar para você não ir ou ir por poucos dias, não, não vou fazer isso, mas quando você estiver longe, às vezes sentirei a tua falta.

Lucrezia

Lucrezia a Egisto

Monte Fermo, 27 de outubro

Apenas duas linhas para dizer que não traga o restaurador de quadros, ao menos não o traga no próximo sábado, porque estou cansada e não estou com vontade, não estou com vontade de me encontrar diante de um rosto que não conheço. Sobre a natureza-morta, Piero não quer que ninguém toque nela. Um cliente do escritório disse que basta passar uma cebola devagarzinho, algumas vezes, e as manchas somem e as cores voltam a ser frescas. Ele já faz isso há alguns dias e está satisfeito assim.

Lucrezia

Albina a Giuseppe

Roma, 28 de outubro

Ontem à noite, voltando de Monte Fermo, telefonei mas você não estava. Queria que me convidasse para jantar porque minha geladeira estava vazia. Então telefonei para Egisto, ele estava em casa e veio em seguida. Na casa dele tinha um pão bem duro e uma lata de Campbell, e fizemos uma sopinha.

Estava com duas cartas da Lucrezia, uma para você e uma para Egisto. A tua coloco na caixa de correio quando passar na frente da tua casa a caminho da escola, e adiciono esta carta minha, apenas umas poucas palavras.

Eu, Egisto e todos os outros achamos que você faz mal em ir definitivamente para os Estados Unidos. Achamos que você será muito infeliz. Faça uma viagem e volte para cá. Não importa que tenha vendido o apartamento, não importa que tenha enviado os baús, porque para tudo tem um jeito.

Me parece horrível que você deixe a Itália para sempre. Sem você, *As Margaridas* será um tédio. Claro que vou continuar indo mesmo assim, porque nunca tenho mais nada para fazer aos sábados e domingos, se visito meus pais em Luco dei Marsi, depois fico mal a semana inteira, se permaneço em Roma, me bate tristeza. Por isso vou continuar indo mesmo assim, mas não será a mesma coisa sem você.

Quando te conheci me apaixonei por você, agora quero te contar isso. Escrevi muitas cartas, mas rasguei todas. Depois passou porque nisso sou como Lucrezia, me apaixono com facilidade, depois um dia acordo e passou.

Por Egisto nunca me apaixonei, talvez porque o ache bem feinho, assim tão atarracado, baixo e largo. É verdade que nem mesmo você é muito bonito, porque é magro, lívido e seco. Egisto sugeriu uma ou duas vezes que dormíssemos juntos, eu disse não, ele se ofendeu porque é muito melindroso, por diversos dias não deu as caras, mas depois voltou e tudo era como antes. Agora nos queremos bem, como dois irmãos. Conto para ele se me acontece de dormir com algum rapaz. Porém não me acontece com frequência, porque me apaixono com facilidade, mas tenho problemas na cama.

Não me dou bem com o meu irmão de verdade. Não me dou bem nem mesmo com minha mãe e quase fico doente quando vou à casa dos meus pais em Luco dei Marsi. É melhor com o meu pai, mas ele é velho e surdo. Ainda tem minhas duas irmãs, Maura e Gina, uma com nove anos e a outra com dez. Meu irmão trabalha numa venda de frutas e verduras. Estudou para ser professor mas não encontra emprego. Sente bastante raiva por eu ter um emprego em Roma. Não dá trégua. Quando entro na venda onde trabalha, fica sombrio e sai de perto. Depois diz à minha mãe que todos me acharam com um ar estranho e que perguntaram se por acaso não acabei metida com as Brigadas Vermelhas.[*]

---

[*] Grupo formado na década de 1970 que defendia a luta armada para derrubar o capitalismo. Foram responsáveis pelo sequestro e pela execução do então primeiro-ministro Aldo Moro em 1978.

Apareço vestida como uma maltrapilha, dizem meu irmão e minha mãe. Respondo que mando-lhes uma boa parte do meu salário. Dizem, então, que poderia fazer compras no Standa* e gastaria pouco. Implicam com os meus jeans e os meus sapatos de corda.

Além disso, na casa dos meus pais sou obrigada a dormir com Maura e Gina. É horrível dormir com Maura e Gina. Dormimos numa cama de casal, as três, sob um edredom vermelho. Odeio esse edredom vermelho. Eu fico com calor, elas ficam com frio, jogo o edredom para longe, elas o recolhem. Falam sem parar entre si no escuro, dão risadinhas, bisbilham. Quando consegui o meu emprego em Roma e encontrei o conjugado, estava muito feliz, sobretudo à noite, quando me deitava sozinha na cama. Vai saber por que dizem que a solidão é feia. Em Roma, a solidão é bonita. É um pouco feia aos domingos quando se espera que o telefone toque e não toca nunca. Nos outros dias, é bonita.

Uma pequena viagem aos Estados Unidos, eu também faria com muito gosto, mas não tenho dinheiro nem mesmo para comprar um novo par de sapatos.

Você deve saber do Centro Mulher. Ontem passamos muitas horas limpando de cima a baixo. Depois estávamos mortas de tanto cansaço. Voltamos às *Margaridas*, Lucrezia se fechou no quarto para escrever a você, e pediu que eu desse jantar ao Vito. Foi uma proeza, porque Vito caminha por todos os cômodos e é preciso segui-lo com o prato. Ontem chegou aquela garota suíça que esperavam. Porém, ela saiu para passear com os cachorros. Disse que gosta muito de cachorro. Talvez prefira os cachorros

---

* Tradicional rede de lojas de departamento fundada na década de 1930. É a sigla de Società tutti articoli necessari dell'arredamento e abbigliamento.

às crianças, e não está errada, porque os filhos da Lucrezia são lindos, mas insuportáveis.

Depois, Piero me levou de carro até Pianura, bem em tempo de pegar o último trem.

Queria te escrever apenas duas palavrinhas e, ao invés disso, escrevi uma verdadeira e longa carta.

Hoje à noite me convide para jantar. Convide também Egisto. Você acaba gastando um pouco nesses jantares que frequentemente nos oferece, mas são os últimos dias que você está conosco.

Albina

Egisto a Lucrezia

Roma, 30 de outubro

Antipática. Você é realmente antipática. Não quer que leve Ignazio Fegiz à tua casa, eu não levo. Pior para você. Perde a oportunidade de conhecer uma pessoa simpática.

Envio esta carta pelo correio. Não vou também. Vou com Ignazio Fegiz a Tarquinia, encontrar uns amigos dele que têm uma bela casa.

Fiquem bem aí com as naturezas-mortas e as cebolas.

Egisto

Egisto a Lucrezia

Roma, 4 de novembro

Desculpa. A minha carta estava um pouco rude. Piero telefonou e me pediu desculpas. Disse que você anda triste e nervosa nesses dias. Talvez a partida de Giuseppe te entristeça. Entristece todos nós. Também pedi desculpas. Piero me disse: traga quem quiser.

Vou com Ignazio Fegiz no próximo sábado. Não fomos a Tarquinia porque aqueles seus amigos pediram para remarcar, o encanamento deles tinha quebrado.

Egisto

Giuseppe a Lucrezia

Roma, 5 de novembro

Os Lanzara vieram hoje. Eu te contei, são eles que estão comprando a minha casa. Vieram para dar uma boa olhada na casa e nos móveis, e decidir a disposição dos cômodos. Liguei para Roberta e ela logo subiu. Queria que os visse já que diz que me levaram na conversa. Além do mais, Roberta tem a virtude de tornar mais simples para mim o trato com as pessoas. Trouxe um pouco de caviar que tinha. Eu fiz chá e torradas. Simpatizo com esses Lanzara. Ele é um analista. É pequeno e tem uma comprida cabeça em forma de pera, completamente careca. Ela é uma espanhola gorda com os cabelos pretos. Não parecem dois canalhas. Não gostaria que minha casa fosse habitada por dois canalhas.

Enquanto tomávamos chá, Egisto chegou com um amigo dele, de quem tinha me falado muito. Chama-se Ignazio Fegiz. Quando entrou, com um impermeável cheio de ombreiras e botões e com uma boina na cabeça, parecia que uma grande rajada de vento entrava com ele. É um homem com seus quarenta anos, mas que já tem os cabelos completamente brancos, como se pôde ver quando tirou a boina. Um espesso corte à escovinha grisalho. É alto, bonito, de rosto corado e dentes fortes e brancos. Mantém sempre uma mão fechada atrás das costas, com a outra faz grandes gestos no ar. Sentou-se e serviu-se de chá, e comeu muitas fatias de pão com caviar. Via os Lanzara pela primeira vez, mas logo se pôs a interrogá-los sobre a casa e a disposição dos cômodos, desaprovando tudo aquilo que já tinham decidido. Ele se pôs a andar pela casa escancarando todas as portas. Achava que deveriam derrubar a parede entre a cozinha e o banheiro, e construir um banheiro onde fica o quartinho de serviço. Deveriam montar o quarto onde agora é a sala, e o escritório no quarto dos fundos. Roberta não estava de acordo. Ele pegou uma folha de papel e desenhou uma planta da casa segundo o que tinha imaginado. Roberta também desenhou uma planta. Os Lanzara ficaram quietos e pareciam um pouco perplexos. Egisto se encolheu num canto para ler um livro.

Depois os Lanzara foram embora e eu propus que preparássemos um jantarzinho. Roberta começou a fazer o molho para o spaghetti. Mas também para o molho Ignazio Fegiz tinha uma ideia própria. Não queria manteiga e tomate, queria azeite, alho e pimenta. Egisto se alinhou com ele. Eu estava neutro. Ignazio Fegiz ganhou. Acho que é do tipo que ganha sempre.

À mesa, Ignazio Fegiz falou de si. Vive sozinho. Tem um apartamento na Via della Scrofa. Restaura quadros e às vezes vende quadros. Teria gostado de ser pintor, quando jovem, mas se deu conta cedo da falta de vocação.

Dá a impressão de ser uma pessoa extrovertida, expansiva e generosa consigo mesma. Mas eu penso que é uma pessoa complicada e atormentada, e carrega um monte de coisa calada dentro de si. Naquela mão que mantém sempre atrás das costas, tem um embrulho de coisas que ele não mostra. Eu disse isso. Disse que gostaria de ver o que tem dentro desse embrulho. Ele riu e pousou sobre a mesa as duas mãos abertas e vazias. Ria, mas talvez não estivesse tão contente.

Agora parece que queria ficar aqui ainda um pouco mais. Mas é melhor que vá embora pensando que aqui, na Itália, a minha vida era bonita. Na verdade, parece bonita agora porque vou embora. Antes de decidir partir, eu a achava intolerável.

Gostaria de ir a Monte Fermo mais uma vez. Passear com você, seguir você pelas ruas de Pianura enquanto compra presunto e lã. Mas não farei isso. Não vou. É estranho como às vezes nos proibimos de fazer coisas que talvez desejemos fortemente, e que são em tudo inócuas, simples e naturais. Mas não vou. A cisão entre nós já aconteceu. Eu já estou longe, já nos Estados Unidos. Prefiro as folhas de papel.

Caminho bastante por Roma. Ontem peguei um ônibus e fui até a Piazza San Silvestro. Não é grande coisa, a Piazza San Silvestro, com os sacos de lixo entreabertos na esquina, os turistas japoneses, os mendigos esticados sobre jornais, os caminhões dos correios, as sirenes da Cruz Vermelha e as motocicletas dos policiais. Não é grande coisa. Porém me despedi longa e amorosamente. Nos Estados Unidos terão outras praças, com turistas, mendigos e sirenes. Mas serão indiferentes para mim, porque na vida não se pode ter coisas demais. A partir de certo ponto da vida, tudo aquilo sobre o que pousamos os olhos pela primeira vez nos é estranho. Olhamos como turistas, com interesse, mas apressadamente. Pertence aos outros.

Você fala muito da tua mãe, na tua carta. Já me falou a respeito mais de uma vez. Do teu pai não fala nunca, porque não lembra dele, morreu quando era pequena. Acho, porém, que você procurou a vida inteira por um pai, na tua mãe, no teu marido, e em mim. Talvez tenha procurado por um pai até mesmo no doutor Civetta.

Eu sempre falo pouco dos meus pais. Cedo parei de senti-los como uma proteção. Eu os achava irritantes e tediosos. Eu também bebi tédio quando menino, claro que não tanto quanto meu filho, mas um pouco de tédio também bebi. A proteção sempre veio de meu irmão. Mesmo agora desejo a sua proteção autoritária, ligeiramente arrogante e imperiosa. Você me repreendia com frequência por não te proteger. Mas como poderia te proteger, se eu mesmo tinha o desejo de ser protegido? Você também repreende Piero por não te proteger. Fala sempre do teu desejo de proteção. Fala sempre de protetores. É uma fixação tua. "São as prostitutas que têm protetores", Piero te disse certa vez. Você ficou muito ofendida. Na verdade, adultos não deveriam precisar de proteção. Mas talvez nem eu, nem você nos tornamos adultos, Piero também não. Somos uma ninhada de crianças.

Giuseppe

Giuseppe a Lucrezia

Roma, 10 de novembro

Ontem encontrei Ignazio Fegiz. Ele me telefonou e falou para ir à sua casa, ver alguns quadros de um pintor amigo dele. Eram uns bosques. A casa é pequena, uma sala e um mezanino. Não suporto mezaninos. Gosto das casas de verdade, com corredores. Ele tem muitos quadros em casa. Quadros não me interessam muito. Eu disse isso. Disse ainda que talvez eu e ele não tenhamos muitos assuntos para conversar. Ele disse que não importa. Duas pessoas podem ficar bem mesmo sem assuntos para conversar. É verdade.

Na sala tem um quadro, um retrato de uma mulher sentada numa poltrona, com uma grande selva de cabelos loiros dourados. Eu o olhava e ele me disse que é o autorretrato de uma amiga. Ele acha o quadro muito bonito, já eu, não sei. Mostrou outros quadros dessa amiga. No geral são paisagens, onde o vermelho e o dourado dominam. Olhou o relógio e disse que tinha um compromisso. Não podia me acompanhar até em casa porque ia para outro lado. Descemos juntos. Não tem elevador no seu prédio, tem uma escadinha bastante imunda. Entrou no carro, um Renault verde-oliva. Egisto me disse depois que aquela amiga, a dos quadros vermelhos e dourados, mora em Porta Cavalleggeri e que ele janta quase toda noite na casa dela. Chama-se Ippolita, é chamada de Ippo. Não é bonita mas tem maravilhosos cabelos, fartos, cacheados, loiros dourados. É muito magra. Mesmo sendo tão magra vive no terror de engordar e não come nada. Um *grissino*, uma cenoura, um limão. Porém é muito boa na cozinha e inventa pratos que não experimenta. Egisto sempre sabe da vida de todo mundo.

Giuseppe

Lucrezia a Giuseppe

Monte Fermo, 14 de novembro

Ontem à noite chegou aqui o famoso Ignazio Fegiz, famoso porque você fala tanto dele, e gosta tanto dele, e Egisto também gosta tanto dele, e agora Piero também. Chegou com Egisto e Albina. Viajaram com o carro de Ignazio Fegiz, o Renault verde-oliva. Telefonaram e esperávamos por eles. Queria fazer polpettone, mas não tive tempo, vou fazer hoje. Tínhamos ensopado de ovos e batatas. O siciliano faz-tudo desapareceu. Afanou colheres de prata, um relógio do Pierino e um gravador. Fugiu de manhã cedinho enquanto dormíamos. Pierino procurou a polícia. Lamenta principalmente pelo relógio, que tinha valor sentimental.

Agora tenho muito o que fazer em casa. O siciliano fazia pouco, mas pelo menos varria os quartos e lavava as verduras.

Ontem à noite ficamos acordados até tarde. Ignazio Fegiz tagarelava. Quanta tagarelice. Opina sobre tudo. Arte, política. Eu adormeci num canto do sofá. Acordei e ouvi que falavam de você. Não vou contar o que disseram. Não me parece certo contar a uma pessoa o que disseram dela quando não estava presente. Nem o que falaram de bom, nem o que falaram de mau. Nem mesmo o que falaram de bom, porque então o ausente infla as palavras que não ouviu e as lambuza com manteiga e açúcar, e faz delas algo bem diferente da verdade.

Estava pensando em ir a Roma por um dia. Mas não vou. Tenho muito o que fazer em casa. Me despeço neste pedaço de papel.

Os teus escassos e longos cabelos. Os teus óculos. As tuas malhas de gola alta, azuis no inverno, brancas no verão. As tuas pernas magras e longas, como uma cegonha. O teu nariz longo e grande, como uma cegonha. As tuas mãos grandes e magras, sempre frias mesmo quando faz calor. É assim que me lembro de você.

Lucrezia

Giuseppe a Lucrezia

Roma, 18 de novembro

Meu filho telefonou de Berlim. Viajava a Florença. Tinham decidido rodar uma parte do filme nas colinas ao redor de Florença. Se eu fosse até Florença poderíamos nos encontrar. Se fosse, devia levar uma máquina de escrever que ele emprestara a um amigo e nunca tinha reavido. Vou te poupar o itinerário percorrido por mim e Roberta para resgatar essa máquina de escrever, na Via dei Coronari, depois na Via dei Giubbonari, atrás de um tal Pino, depois atrás de um tal Mario. Por fim encontramos a máquina de escrever com uma tal Franca que tem uma loja de discos na Via Cassia. Já era sucata, porém.

Fomos eu, Roberta e Ignazio Fegiz a Florença. Ignazio Fegiz também tinha de ir a Florença e nos levou com o seu Renault.

Ignazio Fegiz disse que tudo correu bem nas *Margaridas*. Disse que dormiu num quarto muito grande e muito úmido, onde tinha uma cômoda com tartarugas e um espelho com manchas escuras. Conheço esse quarto, dormi nele muitas vezes. Gostou do Piero. De você, disse que é uma pessoa muito nervosa, sobretudo na hora do almoço quando fez um polpettone que desmontou no momento de cortar. Ele ficou com vocês por dois dias e nos dois dias você fez um polpettone que desmontou. Ele te perguntou, então, por que se obstinar em fazer polpettone se é sempre um fracasso. Você ficou ofendida. Piero disse que o seu polpettone é muito bom de sabor, mesmo desmontado e em migalhas é muito bom. Mas ele disse que é um fracasso quando um polpettone desmonta, seja como for. Disse isso de você, que é nervosa, e também que o teu filho mais novo, Vito, é mimadíssimo, e às onze da noite ainda anda pela casa com uma laranja esmagada nas mãos. De acordo com você, não é preciso repetir as coisas que as pessoas dizem de nós quando não estamos. Eu, pelo contrário, costumo repetir, se não são coisas maldosas demais. Talvez esteja errado.

Chegamos em Florença tarde da noite. Alberico marcara comigo numa pensão. Estavam no saguão, meio estirados nas poltronas, com as mochilas nos pés. Estavam em três: Alberico, um rapaz loirinho e uma moça bem pequena, com um macacão azul. O loirinho era o diretor do filme, a moça era a assistente de produção. O nome do loiro é Rainer, o nome da moça é Nadia. O loiro é de Munique, e a moça da Catânia. Sempre me sinto desconfortável quando me encontro com Alberico. Eu o beijei na barba. É mais alto do que eu e tive de ficar na ponta dos pés.

A moça estava com uma forte dor de cabeça e ela e Roberta saíram em busca de uma farmácia que funcionasse à noite. Assim que saíram, Alberico disse que aquela moça era uma pentelha, e o loiro disse que achava a mesma coisa. O loiro falava metade em alemão e metade em italiano. Alberico não fala alemão e respondia em italiano. Vieram de avião até Milão e depois de trem. No avião a moça sentia medo e os dois, em turnos, tiveram de segurar a sua mão. No trem ela sentia frio e brigou com uma senhora que queria desligar o aquecedor. Uma pentelha. Porém estavam de mãos e pés atados a ela, porque tinha investido dinheiro no filme e ainda deveria investir mais senão o filme não chega ao fim. Conseguiu o dinheiro com um sócio do pai porque o seu pai tem relações comerciais na Alemanha. O pai é cheio da grana. Ignazio Fegiz perguntou sobre o filme. Alberico disse que era uma grande porcaria, e o loiro disse que achava a mesma coisa. Ignazio Fegiz continuou a fazer perguntas. Eles então tiraram das mochilas folhas soltas e cadernos rabiscados. Ignazio Fegiz se pôs a olhar mas disse que aquilo estava ilegível. Roberta e a moça voltaram. A moça pediu meio litro de água mineral e um sanduíche. É uma moça muito pequena, gorda, bonitinha, com um rosto pequeno e sombrio. Tem os cabelos crespos e desarrumados, uma nuvem negra. Tem grandes seios que escapam para fora do macacão justo demais.

Na manhã seguinte Ignazio Fegiz foi resolver seus assuntos. Roberta e a moça foram andar por Florença. O loiro acordou cedo e explorava as colinas. Eu e Alberico tomamos café no saguão. Perguntei quando planejava voltar para Roma, e onde moraria agora que não tinha mais uma casa. Perguntei se ainda tinha aquele plano de morar no campo, com Adelmo, e criar galinhas. Ele disse que não sabia mais nada de Adelmo havia um baita tempo e por ora não pensava em galinhas. Eu disse então que seria melhor se não tivesse vendido a sua casa, e que de resto eu fizera o mesmíssimo erro, éramos dois cretinos por vendermos aquelas duas casas, a dele e a minha. Disse que com o dinheiro da minha casa Roberta compraria títulos do tesouro para mim, assim ele poderia falar com ela se acontecesse de precisar de dinheiro. Deu um meio sorriso e disse que dinheiro ele tem bastante. Quando ri, sinto menos desconforto porque vejo os seus dentes brancos, pequenos e saudáveis. Eu disse que ele realmente é rico. Ele disse que tampouco eu sou pobre, apenas tenho medo de me tornar, coisas totalmente diferentes. Perguntei se iria me visitar nos Estados Unidos, e ele disse que iria talvez em breve, talvez na próxima primavera.

Todos retornaram e ainda ficamos mais um pouco sentados no saguão. Ignazio Fegiz e Roberta falavam em alemão com o loirinho. Não entendia o que diziam, mas creio que opinavam sobre o filme e davam conselhos. Se não dá conselhos, Ignazio Fegiz não fica satisfeito. Roberta é igual. Só que os conselhos de Roberta tendem a ser particularmente brutos, e os de Ignazio Fegiz muito afetados. O loirinho tinha uma expressão desnorteada. Alberico lia o jornal. A moça tinha pedido um sanduíche de presunto e comia com aquele seu ar infantil e sombrio.

Chegou o momento da nossa partida. Beijei Alberico na barba e segurei por um segundo os seus dedos longos e frios. Você diz que eu sempre tenho as mãos frias, mas não sabe o quão frias são as dele.

Os três estavam na calçada, enquanto entrávamos no carro. Alberico estava apoiado no muro. Usava a sua jaquetinha de couro bem justa, os seus jeans muito gastos e amarelados nos joelhos, os seus tênis brancos e sujos. O loiro usava uma camisa xadrez de flanela. A moça comia pão e presunto. Partimos.

Roberta contou que tinha conversado bastante com a moça, enquanto passeavam por Florença e visitavam igrejas. A moça acha que está grávida. Em Berlim teve uma relação com um jornalista austríaco. Não está completamente certa sobre querer abortar. O jornalista deixou Berlim e de todo modo não foi uma relação muito íntima. Quando consultado por telefone, o jornalista disse que ela devia abortar. Ela, porém, está indecisa. O relacionamento com os pais não é péssimo, porém tampouco é brilhante. Os pais moram perto da Catânia, nas terras que possuem. O pai tem uma grande indústria de material de construção. É milionário. Porém ela não tem vontade de voltar para a Sicília. Pensa em vir para Roma quando terminar o filme. Alberico lhe disse que pode hospedá-la. Hospedar onde, Roberta disse. Alberico vendeu a sua casa e não tem um lugar que seja para enfiar os seus trapos. Ela disse que Alberico, porém, conhece um mar de gente em Roma.

Paramos num motel na beira da estrada, para descansar e comprar biscoitos. Já estava escuro quando chegamos a Roma. Agora é noite e estou em casa. Assim foram meus dois últimos dias, ontem e hoje.

Giuseppe

19 de novembro, manhã

Há pouco Piero telefonou e me acordou. Ligava de Perugia, do seu escritório. Como ele se levanta cedo, são apenas nove horas da manhã. Queria me dar um alô. Perguntou por que não vou ainda mais uma vez às *Margaridas*, antes de partir. Pediu para não me esquecer de vocês. Sinto um profundo afeto por Piero. De Ignazio Fegiz, disse que lhe pareceu simpático, talvez um pouco crítico demais, porém. Penso que o achou crítico demais quando o assunto é polpettone.

Ferruccio a Giuseppe

Princeton, 12 de novembro

Meu caro Giuseppe,

prefiro o telefone às cartas, porém não te disse uma coisa importante quando te telefonei nos últimos tempos. Não disse porque acho mais fácil escrevê-la. O telefone não é feito para dizer coisas importantes que requerem tempo e espaço, é feito para as quinquilharias e para as notícias talvez importantes, mas breves.

Meu caro Giuseppe, decidi que vou me casar. Vou me casar com uma pessoa que conheço há alguns anos. Chama-se Anne Marie Rosenthal. Trabalha comigo. Pensava que jamais me casaria, mas do nada tomei essa decisão. Anne Marie tem quarenta e oito anos, seis a menos que eu. Veio para os Estados Unidos durante a guerra. O pai era alemão e a mãe francesa. Seus pais eram judeus e o pai morreu num campo de concentração na Alemanha. Veio pequena para os Estados Unidos, com a avó e a mãe. É viúva e tem uma filha, casada na Filadélfia. Tomamos a decisão de nos casarmos há um mês, na Filadélfia, durante um congresso. Eu não te escrevi antes, porque conheço o teu caráter indeciso e temia que os meus planos de casamento pudessem ser um obstáculo para o teu projeto de vir ficar comigo.

Você me perguntou muitas vezes, por telefone e carta, se eu estava arrependido de ter dito para você vir. Não estou nem um pouco arrependido. Viveremos bem em três, eu, você e Anne Marie. O três, como você sabe, é um número perfeito.

Eu e Anne Marie nos casaremos na próxima semana. Quando você chegar, já estaremos casados. Não espero a tua chegada para me casar, seria inútil. Não faremos comemorações de nenhuma espécie.

No dia 30 de novembro, estarei no aeroporto de Nova York para te buscar. Anne Marie estará comigo. Ficaremos em Nova York por uma semana, já que você não conhece a cidade. Depois iremos para Princeton. Como te disse por telefone, recentemente mudei de casa. A casa que tinha antes era bonita, a de agora é menos bonita porém mais cômoda.

Um abraço,

Ferruccio

Giuseppe a Piero

Roma, 19 de novembro

Agradeço o telefonema. Ainda tenho a tua voz em meus ouvidos. Estou aqui no meu quarto com as malas feitas e fechadas, desordem, papel pardo e barbante pelo chão.

Não teria como me esquecer de vocês e levo-os no meu coração, você, Lucrezia e os seus filhos queridos. Levo no meu coração essa casa, grande, amarela e velha, que vocês chamam de *As Margaridas*, sabe-se lá por quê. O alpendre, o depósito de lenha, o pátio na frente da casa e as duas magnólias. Levo tudo no meu coração. Às vezes Lucrezia diz que está farta dessa casa, está farta do campo, e queria morar em outro lugar. Mas está enganada. É uma bela casa e vocês fizeram bem em comprá-la há dez anos, ou seja lá quando tenha sido. Fiquem aí. Não vão embora jamais.

Ontem recebi uma carta do meu irmão. Diz que vai se casar. Para dizer a verdade, essa notícia me abalou. Acho que não vou morar com ele. Procurarei um pequeno apartamento para mim assim que tiver um salário.

Tinha imaginado nós dois sozinhos, mas não será assim. Num átimo essa imagem se desfez em pedaços. Por isso estou perturbado e desnorteado.

Giuseppe

Albina a Giuseppe

Pianura, 22 de novembro

Caro Giuseppe,

escrevo do Centro Mulher. Estou aqui com Egisto e Serena. Lucrezia ficou em casa. Escrevo para dizer que não poderei jantar com você amanhã à noite porque vou ficar em Monte Fermo. Não consegui falar com você por telefone e te mando esta carta pela moça suíça, porque ela vai a Roma amanhã para levar uma mala que você tinha emprestado a Piero.

Egisto está martelando pregos no mezanino e Serena está martelando a sua comédia na máquina de escrever, por isso parece que minha cabeça vai explodir, não sei o que fazer, então te escrevo.

Serena está quase terminando a sua comédia. Vai encená-la daqui a duas semanas. Encenará sozinha porque só há uma personagem na comédia, Gemma Donati, a esposa do Dante. Nunca ninguém fala nada dessa Gemma Donati e pouco se sabe a respeito. Serena ficou curiosa justamente porque dela ninguém nunca fala nada. Ela a vê como uma pessoa que perdeu a própria identidade e a reencontra refletindo consigo mesma em voz alta. Serena estará vestida de branco e andará pelo mezanino, para a frente e para trás, com um livro nas mãos, vulgo A *divina comédia*, e ateará fogo nele num momento de grande cólera. Terá um braseiro com cinzas no meio do mezanino, e ela jogará o livro nessas cinzas. Serena queria fazer uma grande fogueira no chão, mas nós a proibimos por receio de que o mezanino inteiro pegasse fogo.

Caro Giuseppe, em duas semanas, quando o Centro Mulher for inaugurado e Serena for Gemma Donati, você já não estará mais na Itália. A indumentária foi feita com um lençol velho e, para dizer a verdade, não ficou muito boa, porque deveria ter uma ampla modelagem, no entanto ficou bem mirrada, ela errou no corte. Porém usará belíssimas sandálias douradas e uma tiara dourada nos cabelos.

Caro Giuseppe, como você estará longe daqui a duas semanas. Os Estados Unidos são um lugar distante. É bem verdade que se chega em um dia de avião, é bem verdade que qualquer um vai e volta dos Estados Unidos, e é bem verdade que as distâncias não existem mais no nosso tempo, porém não é nada fácil sair andando mundo afora quando não se tem dinheiro para viajar. Diz Egisto que chorar por causa de distância era coisa de outro tempo, assim como era coisa de outro tempo chorar e se assustar quando alguém pegava tuberculose. No nosso tempo as distâncias desapareceram e desapareceu também o medo da tuberculose. Por causa das virtudes dos aviões e dos antibióticos, essas duas desgraças desapareceram. É verdade. Porém, dinheiro para ir ao teu encontro nos Estados Unidos, nós não temos, nem eu, nem Egisto.

Na manhã do dia 30 de novembro estaremos embaixo da tua casa com a Dauphine do Egisto, e levaremos você ao aeroporto, Egisto e eu.

Albina

Giuseppe a Lucrezia e Piero

Nova York, 1º de dezembro

Caros amigos,

escrevo a vocês dois porque penso nos dois, e porque ontem, quando parti, Egisto me deu aquele pequeno queijo que vocês deixaram com ele, com os nomes dos dois escritos em vermelho na caixa. Agradeço aos dois.

Estou em Nova York. Cheguei bem. Digamos que cheguei bem, mas na verdade foi uma viagem horrível. Ao partir de Roma estava com uma leve dor de garganta, e durante a viagem essa dor de garganta piorou e tive febre. Um gentil indiano sentado a meu lado percebeu que eu estava mal, chamou a aeromoça e fez com que me dessem um remédio.

Cheguei a Nova York ontem à noite. Agora são sete da manhã. Estou na cama, num hotel na Quinta Avenida. O meu encontro com os Estados Unidos não foi um encontro feliz. Descendo do avião, com o indiano que carregava minha mala de mão, não entendia mais nada por causa da febre alta. Enfileirei-

-me com os outros passageiros numa passarela coberta, que não acabava nunca. Depois me lembro de uma grande confusão, mas o indiano estava sempre comigo. Veja, Lucrezia, sempre encontramos os protetores. O indiano ficou comigo até ver que o meu irmão vinha ao meu encontro. Então ele lhe entregou a minha mala de mão e foi embora. Nunca mais vou vê-lo de novo. Senti um alívio imenso quando vi diante de mim o capote cinza do meu irmão. A sua presença robusta, o seu rosto comprido e sério me deram uma profunda sensação de paz. Dei um abraço nele e apoiei minha bochecha sobre o capote cinza molhado de chuva. Atrás dele estava uma mulher, de estatura baixa e frágil, com olhos cinzas, claros, muito grandes, e um pouco estrábicos, uma boina amassando uma das orelhas, um sorriso. Quando se virou, notei um penteado que não se usa mais hoje em dia, um coque rente à nuca, um espesso pãozinho preto, revestido por grampos, Anne Marie.

Pegamos um táxi. Me sentei no meio dos dois. No táxi havia uma manta e Anne Marie a colocou sobre meus joelhos. Meu irmão disse: "Não deve ser nada. Apenas uma banal amigdalite".

Havia muitos túneis tão iluminados que parecia de dia, não vi nada além disso. Chovia muito quando saímos do carro. Anne Marie cobriu minha cabeça com a sua echarpe. Sempre encontramos os protetores. No hotel tinha uma porta giratória e entramos num grande saguão, cheio de bagagem e gente. Meu irmão subiu no elevador comigo. No quarto tirou o capote, sentou-se e me disse para tomar um banho. Mas eu estava muito mal, me despi e me deitei sem sequer lavar as mãos. Veio Anne Marie com um médico italiano que estava no hotel. O médico me examinou. Tinha quarenta de febre. Porém também o médico disse que era apenas uma amigdalite. Anne Marie saiu com o médico e eu e meu irmão ficamos sozinhos. Arrumou minhas cobertas. Alisava os cabelos e as bochechas. Tem um rosto comprido, com duas profundas rugas nas bochechas, a fronte sulcada por rugas horizontais, sobrancelhas cheias, cabelos grisalhos, lisos e arrumados. Não nos parecemos. Quanto mais ele envelhece, mais se assemelha ao meu pai. Já eu me assemelho à minha mãe.

A decisão de casar-se foi tomada na Filadélfia, no Museu de História Natural. Havia um congresso na Filadélfia. Num intervalo do congresso, ele, Anne Marie e outros participantes passeavam pela cidade. Chovia e entraram todos no museu. Logo se perderam do grupo dos outros participantes e ficaram sozinhos, ele e Anne Marie. Observaram longamente os condores, as águias e os cangurus. Depois se sentaram num sofá porque continuava a chover lá fora. Eles se conheciam havia muito tempo, trabalhavam juntos, porém nunca tinham conversado direito e sabiam pouco um do outro. Naquele dia conversaram bastante. Contaram um monte de coisa um ao outro. Quando saíram, ele já tinha decidido se casar com ela e no dia seguinte fez o pedido, e ela aceitou.

Anne Marie chegou aos Estados Unidos quando criança, junto com a mãe. Estavam sem dinheiro. A mãe sustentara seus estudos trabalhando como caixa num restaurante. Aos dezoito anos se casou com um escultor alsaciano. A mãe era contra o casamento e as duas romperam a relação. O escultor era alcoólatra e a maltratava. Ganhou uma filha e perdeu a mãe. Separou-se do marido que pouco depois se matou. Hoje a filha tem trinta anos, é casada, trabalha numa agência de publicidade.

Anne Marie é uma pessoa tranquila, de hábitos simples. Fala perfeitamente três línguas: francês, alemão e inglês. Não fala italiano. Considera aprender. Gosta de cozinhar e bordar. Toca piano. Porém, a sua verdadeira paixão é a pesquisa científica. Foi assim que meu irmão a descreveu, enquanto andava de um lado para o outro pelo quarto. Eu só queria me cobrir até a cabeça e me refugiar no sono.

Voltou Anne Marie com uma pequena chaleira. Tem um fogão elétrico no quarto. Anne Marie me preparou um chá de menta e eu bebi. Parece que o chá de menta é uma fixação dela. Foram embora e finalmente pude dormir. Durante a noite acordei algumas vezes, e a febre, o chá de menta, o escultor alsaciano e o Museu de História Natural formaram uma poça dentro de mim, onde eu nadava com grande dificuldade.

Agora já é de manhã. Continuo com febre. Escrevo da cama. Estou muito mal. Porém, como disseram meu irmão e o médico, não é nada. Apenas uma banal amigdalite.

Giuseppe

Piero a Giuseppe

Perugia, 13 de dezembro

Caro Giuseppe,

escrevo de Perugia, estou aqui no meu escritório. O meu sócio, o doutor Corsi, já foi embora. São oito horas da noite e agora também voltarei para casa. Tem neblina na estrada e tenho de dirigir devagar. Às vezes queria morar em Perugia. Lucrezia quer muito. Morar em Roma a agradaria ainda mais. Porém seria um erro, como você disse. É gostoso acordar de manhã no campo, com o canto dos galos e dos passarinhos e o aroma de ar puro. Tenho certeza de que essas coisas também são importantes para Lucrezia e ela seria infeliz se estivéssemos em Perugia ou em Roma.

Escrevo ao endereço de Princeton, porque Roberta nos disse que falou com o teu irmão por telefone e vocês estavam prestes a deixar Nova York. Ela nos disse que você tinha sarado da amigdalite e estava bem.

Eu e Lucrezia lemos a tua carta ao lado da lareira, comendo

castanhas. Telefonamos para Roberta no dia seguinte. Ela nos tranquilizou sobre o teu estado de saúde.

Escute, sobre o casamento de teu irmão, você não deve encarar como encarou. Não é o fim do mundo. Nada de extraordinário. Nada demais. Enquanto líamos a tua carta, Lucrezia contraía os ombros e bufava. Dizia que, quando você fica um pouco resfriado, encasqueta que tem sabe-se lá qual doença tremenda, e dizia que você é um tremendo egoísta, porque se teu irmão se casou e está contente, você devia ficar alegre por ele, e, pelo contrário, parece que te aconteceu uma desgraça, sabe-se lá qual. Depois Serena chegou e se compadeceu de você, nos Estados Unidos com febre, com chá de menta e com Anne Marie.

Claro, é estranho que teu irmão tenha decidido se casar justo agora, bem quando você resolveu se mudar para viver com ele. É estranho, mas são coisas que acontecem, e não vejo por que falar disso num tom tão triste.

Anne Marie colocará a casa em ordem. É verdade que você também é bom em colocar a casa em ordem, mas talvez Anne Marie seja ainda melhor. Pelo que contou, é uma mulher que teve a vida difícil, e as dificuldades da vida nos levam a desejar a ordem, e a dar valor às coisas pequenas, pelo próprio bem-estar e pelo dos outros. Lucrezia discorda, e discutimos a respeito, mas me mantenho firme com a minha opinião.

Sentimos fortemente a tua falta, e lembramos de quando você nos lia os *Diálogos* de Platão. Agora temos de ouvir a comédia de Serena que, para dizer a verdade, parece ser uma grande porcaria, não sei se você sabe que ela é Gemma Donati, a esposa do Dante. Quando é Gemma Donati e caminha de lá para cá pela sala de jantar, lendo os seus papéis, as crianças se escondem atrás do sofá e de chofre desentocam-se esguichando nela jatos de água com as suas pistolas de borracha. Ela, porém, continua como se não estivesse acontecendo nada. Pobre Serena, na verdade ela precisaria de um homem, porque não tem uma vida muito alegre, naquele quarto em Pianura, onde sempre tem uma desordem terrível, ela não é dessas que sabe manter as coisas em ordem, o seu quarto é tomado por livros, jornais e coletinhos de lã. Pobre Serena, pobre Gemma Donati sem Dante, sem talvez sequer uma verdadeira vocação para o teatro e já perto dos trinta e nove anos. Seu pai sempre escreve dizendo que ela deve ir embora de Pianura, e não entende por que foi se enfiar logo em Pianura, apenas para estar perto de nós, que ainda nem sempre damos corda. Eu pensei que talvez Ignazio Fegiz poderia ser o homem da sua vida, mas Lucrezia diz que não, porque ele acaba com ela, e uma vez, enquanto ela lia a sua comédia, ele disse que lia mal, e que também o seu sotaque era piemontês demais para ser a mulher do Dante, e de fato ela nasceu em Limone, no Piemonte. Então os dois começaram uma discussão que não terminava nunca, sobre teatro, sobre dialetos, sobre tudo, uma coisa de morrer de tédio.

Agora me despeço porque está realmente tarde, e quando demoro Lucrezia se preocupa e fica no terraço olhando a estrada.

Piero

Egisto e Albina a Giuseppe

Roma, 16 de dezembro

Caro Giuseppe,

escrevemos juntos esta carta, estamos no quarto da Albina sentados no sofá, ela está com a máquina de escrever sobre os joelhos, um diz uma frase e o outro diz a seguinte. Comemos ovos cozidos e feijão enlatado. Pensamos em você. Volte para cá. Soubemos por Piero e Lucrezia que você teve febre e está infeliz, teu irmão se casou e não dá para entender o que você está fazendo nos Estados Unidos.

O Natal está chegando, e, como você deve lembrar, no ano passado comemoramos o Natal e o Ano-Novo todos juntos, nas *Margaridas*, e estávamos bastante alegres. Neste ano vamos novamente às *Margaridas* no Natal e no Ano-Novo, mas você não estará lá. Quem vai estar é Ignazio Fegiz, de algum modo ele tomou o teu lugar, no sentido de que vai para lá com frequência e o acolhem com grande prazer. Porém preferimos você, porque te conhecemos há tanto tempo, e porque você tem um temperamento mais doce, ele é do tipo que ama se alterar, discutir e gritar.

O Centro Mulher foi inaugurado na sexta passada, com a comédia da Serena, intitulada *Gemma e as chamas*. O pai da Serena veio de Gênova para a ocasião. É um homem gordo, velho, com um grande bigode branco. Estava sentado na primeira fila, entre Piero e Lucrezia. Também estavam os moradores de Pianura, algumas senhoras, a farmacêutica, a vendedora da tabacaria e outros dois que têm uma loja de eletrodomésticos na praça, alguns rapazes, ao todo umas vinte pessoas de público. O ingresso era gratuito. Durou muito e sentimos frio nos pés, mas foi um sucesso, porque todos estavam calados e retraídos, como se um pouco intimidados, e no final aplaudiram bastante. Serena estava contente, com o rosto corado e o seu lenço. O pai dela ficou hospedado nas *Margaridas*, no quarto da cômoda com as tartarugas e o espelho com manchas escuras. É o melhor quarto. Lucrezia preparou um grande jantar, com frango assado, saladas e torta de legumes. Queria fazer polpettone, mas Piero não permitiu, porque o polpettone dela sempre desmonta, como você bem sabe. Piero tem uma dívida de gratidão com o pai da Serena, porque foi ele que arrumou o emprego em Perugia no escritório do doutor Corsi, tantos anos atrás. Agora Piero e o doutor Corsi se tornaram sócios. O doutor Corsi também estava no jantar e na apresentação. No jantar também estava Ignazio Fegiz, que veio no carro conosco, mas não foi à comédia, disse que estava com dor de cabeça e ficou em casa. Em voz baixa nos disse que não queria saber da esposa do Dante. Prefere Dante. Em geral é ele quem dorme no quarto com as tartarugas, mas dessa vez o deixaram no quarto pequeno do último andar, aquele com as colchas dos dragões.

Adeus, paramos de escrever porque percebemos que estamos amontoando inutilidades.

Egisto e Albina

Giuseppe a Lucrezia

Princeton, 24 de dezembro

Estou em Princeton há quinze dias. Recebi uma carta do Piero e outra escrita por Egisto e Albina. De você, não recebi sequer uma linha. Desejo um feliz Natal.

Princeton é uma cidade muito pequena, muito bonita, cheia de prados. É cortada no meio por uma rua chamada Nassau Street. Da minha janela vejo prados, casinhas e árvores com os famosos esquilos, nos quais você tanto pensou com entusiasmo. O meu quarto fica no térreo. Tem um papel de parede com ursinhos que voam, cada ursinho tem um balãozinho vermelho. Evidentemente era o quarto dos filhos dos inquilinos anteriores. Meu irmão disse que não teve tempo de trocar o papel de parede. Eu disse que não me importava, mas, na verdade, preferia que tivesse trocado. A casa tem dois andares. Meu irmão e Anne Marie dormem no andar de cima. Ela saiu do apartamento onde morava e trouxe seus móveis para cá, entre eles uma poltrona, que foi colocada no meu quarto. É onde estou sentado agora escrevendo. Para dormir, tenho um sofá-cama. A princípio abria e fechava com certa dificuldade, mas agora aprendi.

Estou bem de saúde. Passo longas horas no meu quarto. Comecei a escrever um romance. Escrevia romances quando tinha vinte anos. Nunca terminei nenhum. Esse talvez consiga terminar. Meu irmão e Anne Marie não sabem que estou escrevendo um romance. Disse-lhes que escrevia um ensaio sobre Flaubert.

Escrevo à mão, sentado na poltrona, com um livro grande sobre os joelhos, e as folhas apoiadas sobre o livro. Nunca gostei de escrever à máquina. Escrevia os artigos à máquina, mas quando escrevia outras coisas, qualquer uma que não fosse destinada aos jornais, preferia a caneta. Porém, em geral, ao longo da minha vida, conservei bem pouco do que escrevi à caneta. Experimentava uma sensação de desconforto ao reler, e rasgava. Agora gostaria de ver se consigo escrever alguma coisa e não rasgar.

De manhã acordo cedo. Antes de levantar-me observo longamente os ursinhos e os balõezinhos. Depois vou à cozinha e preparo o café. Logo depois chega Anne Marie, de roupão, e começa a preparar o café da manhã para si e meu irmão. Esquenta o leite, torra o pão, bate os ovos. De manhã, no lugar do coque, usa os cabelos presos numa longa trança. Sorri sempre. Sorri só com a boca, os olhos e o resto do rosto não sorriem. Eu e ela conversamos às vezes em inglês e às vezes em francês, mas não temos nada a nos dizer em nenhuma língua. Depois meu irmão sai do banho com o seu roupão listrado. Tomam um longo e atento café da manhã, do qual eu não faço parte mas observo. Quando terminam o café da manhã, ajudo Anne Marie a lavar a louça. Levo os sacos de lixo para a lixeira que fica na frente da porta. E lá estão meu irmão com o capote e Anne Marie com o coque. Em frente ao espelho do vestíbulo Anne Marie coloca a boina e a ajusta sobre uma das orelhas. Pegam as suas bicicletas na garagem e vão ao instituto. Da janela me despeço deles. Fico sozinho.

Saio pouco. Nos primeiros dias saí algumas vezes com o meu irmão. Eram os únicos momentos em que ficávamos apenas eu e ele, sem Anne Marie, e procurava em mim ansiosamente alguma coisa para dizer, sem encontrar uma frase sequer. Ele também estava um pouco desconfortável. Talvez pense que acho Anne Marie antipática. É verdade, não a aguento, não suporto nem o seu pescoço longo, nem os seus olhos claros e estrábicos, nem o seu sorriso. Nem a trança, nem o coque. Mas não posso lhe dizer isso, e então não consigo dizer mais nada. Não tenho vontade de sair sozinho, não sinto uma grande curiosidade de ver o entorno, não me sinto nem um visitante ocasional, nem um morador, mas sim como uma pessoa que não sabe o que é e fixa tudo com um olhar indeciso.

Anne Marie e meu irmão voltam às sete da noite. Anne Marie logo começa a cozinhar. Cozinha pratos muito elaborados, fatias de carne com cenouras picadas, beterraba e repolho misturados, molhos com farinha e creme. Ela não fez polpettone desde que cheguei aqui, mas tenho certeza de que, se fizesse, não desmontaria. Movimenta-se apressadamente pela cozinha, virando bruscamente seu longo pescoço para lá e para cá, sorrindo sempre. Ofereço ajuda. Ela recusa polidamente. Sentados na sala, eu e meu irmão esperamos o jantar ficar pronto. Ele lê opúsculos científicos. Eu leio romances policiais. De vez em quando ele levanta o rosto e me pergunta se o que estou lendo é interessante. Sempre respondo que sim. Eu o olho. Ao olhá-lo enquanto lê sentado à mesa, com o queixo apoiado na mão e a fronte enrugada, reencontro aquela sensação de grande tranquilidade que ele sempre me despertava, quando éramos jovens, e quando eu pensava nele na Itália. Sempre foi um ponto de referência para mim, o tronco de uma árvore onde poderia me apoiar, alguém a quem poderia a qualquer momento pedir explicações, julgamentos, repreensões e absolvições. Agora, porém, não peço mais nada. A nossa relação está interrompida. Parece que já não tem mais espaço para mim. Depois da noite da minha chegada, não me disse mais nada do seu casamento. E enquanto o observo parece que por trás dessa sua aparência autoritária esconde-se um extremo constrangimento em relação a mim, e também uma antipatia, um aborrecimento, que não são em nada severos, mas simplesmente irritados. Sentamo-nos para jantar. As sopas de Anne Marie realmente não me agradam, mas como mesmo assim e faço sempre grandes elogios, em francês e em inglês. À mesa, meu irmão e Anne Marie ficam de mãos dadas. Bebem leite e suco de fruta. À noite eu sempre vou à Wine and Spirits e compro uma latinha de cerveja. Se ao menos eles se lembrassem de que bebo cerveja e comprassem para mim. Não compram. Não se lembram. Vai parecer uma besteira para você, mas fico ofendido.

Vez ou outra, dois amigos do meu irmão aparecem, depois do jantar. Chamam-se Schultz e Kramer e trabalham no mesmo instituto. Com eles, meu irmão e Anne Marie conversam e riem bastante, até tarde. Eu assisto um pouco àquela conversa, sem entender nada, porque são assuntos científicos e porque não sei o suficiente de inglês. Vou dormir cedo.

Fiz uma entrevista para um emprego de professor de italiano. Fui aceito. Darei aulas de italiano numa escola. Alguns dias atrás, eu e meu irmão fomos visitar o diretor. Começo no início de janeiro.

Meu irmão me aconselhou a comprar uma bicicleta. Vou de bicicleta à escola. O ar fresco da manhã, diz meu irmão, aproveita-se melhor de bicicleta do que a pé.

Darei aulas por uns dois, três meses, depois talvez volte para a Itália. Sabe-se lá por que fiz a grande idiotice de vender a minha casa.

Giuseppe

A filha e o genro de Anne Marie chegaram. Dormirão na sala, onde tem dois sofás-camas. Vão passar o Ano-Novo aqui. A filha é uma moça magra, esquálida, cegueta e está grávida. O genro é um rapaz pequeno, magro, com cabelos ruivos e orelhas de abano. O genro se chama Danny, a filha, Chantal. Os dois trabalham numa agência.

Comprei uma bicicleta.

Roberta a Alberico

Roma, 15 de janeiro

Caro Alberico,

gostei muito do teu telefonema da noite passada, e agradeço muito os votos de boas-festas, mesmo que tenha entendido depois que você não telefonou pelos votos mas por causa de um assunto do teu interesse. Quer que eu encontre uma casa para alugar em Roma, e quer que seja o quanto antes, até o final do mês. Caro rapaz, se acredita ser fácil encontrar uma casa em Roma, você está enganado. Disse que quer na região central, bem central, na Roma Velha, pobre rapaz, se acredita ser fácil encontrar uma casa para alugar na Roma Velha, você está completamente por fora.

A tua casa da Via Torricelli não ficava na Roma Velha, porém era uma ótima casa. Você fez muito mal em vendê-la, como seu pai fez muito mal em vender a dele que ficava aqui em cima, onde agora moram os Lanzara. Vocês dois foram verdadeiros cretinos.

Eu disse a uma conhecida minha que tem uma agência imobiliária para procurar uma casa onde quer que seja.

Disse que telefonou também para o teu pai, nos últimos dias, e fez bem. Você aparece tão raramente e então cada sinal de vida teu acaba sendo uma coisa boa.

Também telefonei para o teu pai, no Ano-Novo. Ele me pareceu de péssimo humor. Quando telefonei, havia hóspedes na casa, a filha e o genro da esposa do teu tio Ferruccio. Provavelmente tinha um pouco de confusão na casa e teu pai detesta confusão, de resto não ama ter hóspedes, como você bem sabe. Além disso talvez não goste muito da esposa do teu tio, essa Anne Marie. É uma impressão que tive. Em relação aos Estados Unidos, realmente não gostou, porém o que conheceu até agora? Não conheceu nada, em Nova York teve uma leve dor de garganta e ficou enclausurado no hotel, e agora em Princeton, pelo que me disse, fica sempre trancado em casa mesmo sem dor de garganta. Haja paciência com esse teu pai.

Passei a noite do Ano-Novo no andar de cima, na casa que antes era do teu pai. Os Lanzara me convidaram. A casa ainda está meio de pernas para o ar porque eles se mudaram há poucos dias. Fizeram várias modificações e está irreconhecível, porém os pontos que reconheci me trouxeram uma grande tristeza, porque me lembrava de quando subia e encontrava o teu pai, já agora encontro os Lanzara. São pessoas gentis e simpáticas, mas você deve entender que para mim não é a mesma coisa.

Fizeram muitas modificações. Deram os móveis azuis da cozinha de presente para o porteiro, e fizeram uma nova cozinha, linear. Para dizer a verdade, teria ficado contente se tivessem me dado, mas se vê que nem pensaram nisso. Uma pena que também não tenha passado pela cabeça do teu pai, visto que os Lanzara não os queriam, talvez por os acharem antiquados e pouco elegantes.

De qualquer maneira, passei um belíssimo Ano-Novo com os Lanzara. Levei duas tortas, uma de queijo e uma de legumes, e renunciei à minha habitual dieta, tinha muitos pratos e experimentei todos. Penso que você deveria fazer análise com Tonino Lanzara. É um ótimo analista, muito sério, e você realmente precisa de um analista, tanto quanto precisa de pão para comer, se me permite ser sincera.

Não quero passar sermão porque não é o meu estilo, mas tente evitar as más companhias quando voltar para Roma. Você se meteu com coisa errada quando estava aqui, tanto que acabou na cadeia, preste atenção para que isso não aconteça de novo.

Já imaginava que não terminariam aquele filme, porém sinto muito. De todo modo, foi uma experiência para você, e pode ser que continue o trabalho com cinema.

Queria notícias daquela moça, a Nadia, que você me apresentou aquele dia em Florença. Queria saber se depois fez ou não fez o aborto. Disse que devo procurar um apartamento para você e os teus amigos. Queria saber se esses amigos são os mesmos daquele dia.

Um abraço,

Roberta

Teu pai comprou uma bicicleta. Tudo o que soube fazer até agora, ao chegar aos Estados Unidos, se resumiu a comprar uma bicicleta.

Giuseppe a Roberta

Princeton, 18 de janeiro

Cara Roberta,

foi muito bom ter ouvido a tua voz no telefone, dias atrás, com os votos de Ano-Novo. Piero e Lucrezia também me ligaram de Monte Fermo, e Egisto, Serena e Albina, todos os meus amigos, estavam lá juntos, e parece que Ignazio Fegiz também estava, ao menos ouvi uma voz que parecia ser a dele. Já era tarde da noite quando ligaram, porque fizeram confusão com o fuso horário e acreditavam que aqui ainda era dia. Anne Marie desceu e atendeu de camisola. Tem uma camisola rosa de flanela. Eram muitas vozes na ligação, e percebi que eles arrancavam o telefone das mãos uns dos outros para me dizer alguma coisa, depois davam grandes risadas e gritavam, deviam ter bebido bastante vinho. Por um instante ficou só a voz da Lucrezia, mas apenas por um instante. Foi uma grande alegria para mim ouvir todas aquelas vozes juntas, e imaginar todos juntos nas *Margaridas*, na sala, aquela sala da qual me lembro tão bem, com a grande mesa oval, o abajur com as franjas descosturadas, a cesta com a lenha, a almofada do cachorro, o sofá na frente da lareira e o quadro do Rei Lear sobre a lareira.

Em dois dias começo a dar as minhas aulas. Não estou emocionado. Devo simplesmente ensinar literatura italiana a uma classe de trinta pessoas, todas adultas. Não estou preocupado. Estou contente porque terei um salário. Vou para lá às nove, todas as manhãs. Vou de bicicleta. Ferruccio me mostrou o caminho que devo fazer. Quando jovem, ensinava história e filosofia no liceu. Estranho que aqui nos Estados Unidos volto a fazer as coisas que fazia quando era jovem. Escrevo um romance. Ando de bicicleta. Ensino.

Depois do Ano-Novo, o genro e a filha de Anne Marie foram embora. É um alívio para mim, porque estava uma confusão, e porque o genro com frequência vinha se sentar no meu quarto, não sei por quê. Creio que simpatizou comigo. É um rapaz cheio de problemas. Tem dificuldades no trabalho e uma relação nada simples com a esposa. Sofre de insônia. É órfão de pai e de mãe e teve uma infância infeliz, jogado de lá para cá, sempre sob os cuidados de famílias diferentes, as quais era obrigado a largar depois de um tempo, por um motivo ou por outro. Gostaria de receber mais ternura da esposa. A esposa tem um gênio prepotente e forte. É o que ele diz. Comentei que não via toda essa prepotência e força em Chantal. Parece ser uma moça branda. Aparecia de manhã na cozinha, com a sua barrigona, os óculos, os cabelos soltos sobre o pescoço, um vestido cinza de lã, quatro grandes botões de um lado da barriga, e quatro do outro, o ar sério, determinado, absorto. De vez em quando, porém, soltava uma risadinha aguda e súbita, como o alarido de um passarinho, quando derramava o leite ou quando queimava o pão. Tem uma relação difícil com a mãe, Danny me disse. Anne Marie também é prepotente e forte. Por fim entendi por que Danny se sentava

79

no meu quarto. Porque não suporta Anne Marie e entendera que eu também não a suportava.

Esse tal Danny deve ter a idade do Alberico, ou alguns anos a mais. Como Alberico, teve uma infância difícil. Alberico não foi jogado de lá para cá, porque havia a tia Bice. Porém ele também teve pouca ou nenhuma felicidade na infância. Independentemente para onde olhamos, sempre encontramos infâncias difíceis, insônias, neuroses, problemas.

Acredito que volto para a Itália daqui a alguns meses. Pensei em ficar aqui até o final de junho, e depois voltar. Você terá, então, que me ajudar a procurar uma casa. Ainda não falei com Ferruccio. Vou falar no momento oportuno. Claro que foi um grande erro vender minha casa. Você tinha razão. Não importa, Inês é morta. Provérbio estúpido, porque também nos dizem que amanhã é um novo dia.* Cumprimente os Lanzara por mim. Sinto raiva deles em alguns momentos, porque estão na minha casa. Aquela sempre será a minha casa, mesmo que a tenha vendido aos Lanzara. Cumprimente as paredes da minha casa, o jardinzinho das freiras, a banca de jornal, o restaurante Mariuccia e o café Esperia.

Alberico me telefonou. Disse que volta para a Itália no final do mês. Imagino que ele também terá de procurar uma casa.

Giuseppe

---

* No original: "*Cosa fatta, capo ha. Proverbio stupido, perché molto spesso le cose che si fanno sono senza capo né coda*". Há um jogo com duas expressões da língua italiana: "*cosa fatta capo ha*" e "*senza capo né coda*". A primeira está na *Divina comédia*, de Dante Alighieri, no Canto XXVIII do *Inferno*, numa fala de Mosca dei Lamberti: "Todo início tem um fim" (Trad. de Emanuel França de Brito, Maurício Santana Dias e Pedro Falleiros Heise, Companhia das Letras, 2021). Em suma, a expressão indica a irreversibilidade de decisões e sugere a responsabilidade que antecede às ações, já que "*capo*" pode corresponder tanto a "início" como a "comando" e "extremidade". É o caso da segunda expressão, *senza capo né coda*, algo como "sem pé nem cabeça".

Roberta a Alberico

Roma, 23 de janeiro

Caro Alberico,

Egisto me disse que o apartamento embaixo do dele está livre. O inquilino foi embora há poucos dias. Não sei se você lembra quem é Egisto. É um amigo do teu pai, e meu também. Um jornalista. Mora na Piazza San Cosimato. Eu o encontrei na rua hoje de manhã. Falou do apartamento e eu telefonei para a proprietária. Depois fui até o prédio e creio que ela simpatizou comigo, porque logo me deixou ver o apartamento. Ofereci pagar os dois primeiros meses de aluguel no ato. Fui ao banco, saquei o dinheiro e entreguei-lhe.

Telefonei antes de ir ao banco, mas você não atendeu. Tinha pressa e pensei bem antes de fechar o negócio sem te consultar. É um apartamento de quatro cômodos. Tem alguns azulejos soltos e as esquadrias não estão perfeitas, mas não creio que isso possa ser um problema para você. Custa quatrocentas mil liras por mês.

Está um pouco acima do preço justo, mas não muito. O dinheiro do adiantamento, você me devolve quando chegar.

Espero que não tenha mudado de ideia nesse meio-tempo. Se mudou de ideia, me avise o quanto antes. De qualquer modo, me avise a data da tua chegada. As chaves estão comigo.

Roberta

Na verdade, Egisto se arrependeu logo depois que me falou do apartamento, provavelmente porque lembrou que você esteve na cadeia, e das várias coisas que dizem a teu respeito. Teve medo de que você queimasse o filme dele com a proprietária. Começou a dizer que o apartamento era diminuto, caríssimo e escuro. Mas eu não lhe dei ouvidos. Tive quase que arrancar dele o telefone da proprietária. Ele não podia mais voltar atrás. Por outro lado, é um bom rapaz e, tendo-o no andar de cima, você poderá lhe pedir muitos favores.

Alberico a Roberta

Berlim, 28 de janeiro

Cara Roberta,

como disse ontem por telefone, estou de acordo. Obrigado, como sempre você foi ótima. Não me lembro desse Egisto. Chego no começo de fevereiro. Telefono para você. Piazza San Cosimato funciona para mim. Não é Roma Velha, é Trastevere, mas está bom do mesmo jeito.

A Nadia não fez o aborto. Continua grávida. Terá o filho em abril. É uma cretina, porém grudou em mim e não consigo fazer com que desgrude, seja como for, vai pagar metade do aluguel. Seremos em três no apartamento: eu, a Nadia e um rapaz italiano que conheci aqui e se chama Salvatore. Fica tranquila, pagarei de volta o quanto antes.

Pego as chaves com você.

Alberico

Roberta a Alberico

Roma, 29 de janeiro

Meu caro Alberico,

aconteceu uma grande desgraça. Teu tio Ferruccio morreu. Morreu em Princeton, de trombose cerebral, enquanto realizava uma conferência. Teu pai e a esposa do teu tio, Anne Marie, que eu não conheço, estavam presentes na plateia. Perceberam que ele falava com dificuldade, depois o viram empalidecer e cair. Morreu pouco depois no hospital, sem recuperar a consciência.

Teu pai me telefonou do hospital. Parecia destruído. Disse-lhe que viajaria imediatamente aos Estados Unidos. Tentei telefonar, mas você não estava. Deixei meu número, mas você não ligou de volta. Mandei um telegrama. Estou partindo. Veja se pode ir também.

Roberta

Piero e Lucrezia a Giuseppe

Monte Fermo, 29 de janeiro

Caro Giuseppe,

Roberta telefonou ainda há pouco. Soubemos da grande desgraça. Do teu irmão me lembro bem. No ano passado o conheci em Roma. Jantamos num restaurante da Via Cassia. Estávamos eu, você, Lucrezia e talvez Roberta. Teu irmão e eu tivemos uma longa e prazerosa conversa. Sobre os Estados Unidos, sobre a Itália, sobre o mundo de hoje. Era um homem de grande inteligência e cultura. Sei que é uma perda enorme para você. Chegou aí há pouco tempo. Ele se casou há pouco tempo. Um destino triste. Roberta chorava quando nos telefonou. Estava de partida. É mesmo uma mulher sempre pronta para socorrer quem precisa. Poderá te confortar.

Eu e Lucrezia estamos do teu lado. Mandamos um abraço com sentimentos fraternos. Lucrezia quer acrescentar algumas palavras.

Piero

* * *

Caro Giuseppe,

volte para cá. Resolva teus assuntos rapidamente e volte para cá. Esperamos você. Poderá ficar com a tua prima. Ou pode ficar conosco, em Monte Fermo, por um tempo. O importante é que você venha logo. O que fará aí agora? Tua prima vai até aí, volte junto com ela, imediatamente.

Lucrezia

Albina a Serena

Luco dei Marsi, 8 de fevereiro

Minha cara Serena,

estou em Luco dei Marsi porque minha mãe quebrou o fêmur. Pedi uma semana de licença na escola. Não tem telefone aqui na casa dos meus pais. Você pode imaginar a alegria que é estar aqui, sem telefone, com a minha mãe nervosa, Maura e Gina que não ajudam, meu pai cada dia mais surdo, meu irmão que quer suas camisas passadas. Eu lhe devolvo as camisas amassadas, ele vira um bicho, e daí os gritos não acabam mais em casa.

Você deve estar sabendo que o irmão do Giuseppe morreu. Egisto me contou quando liguei para ele do telefone público. Me lembro bem da manhã em que Giuseppe foi embora. Estava um trapo. Tinha dor de garganta. O irmão escreveu contando que tinha se casado. Aquilo o perturbava. Fomos com ele ao aeroporto, eu, a sua prima Roberta e Egisto. Não é do tipo feito para viajar de um continente a outro. Foi feito para a vida sedentária. Tem medo de tudo. Foi para os Estados Unidos querendo se enfiar embaixo da asa do irmão. Mas os irmãos não têm asas. Depois de uma certa idade, é preciso dar-se conta de que ou se anda sozinho, ou nada feito. Giuseppe já passou dessa idade há um bom tempo. Mas tem aquelas pernas longas, magrelas, que não andam direito. Ficou com uma sede de proteção. Quando criança talvez tenha sofrido de carências afetivas. Porém quem não sofreu de carências afetivas? Eu também. E você também. Na verdade, o afeto que nos dão é sempre pouco para a necessidade que temos. Giuseppe foi para os Estados Unidos querendo se sentir mais protegido. Veja só se isso lá é motivo para ir até os Estados Unidos. As pessoas vão para os Estados Unidos movidas por um espírito de aventura. Ele, o contrário. De todo modo, o irmão morre depois que chega. Agora voltará atrás.

Cara Serena, eu tenho a impressão de que Lucrezia está apaixonada por Ignazio Fegiz, e talvez ele também esteja por ela. Para dizer a verdade, já nas primeiras vezes que ele foi às *Margaridas* pensei que isso aconteceria. Não demoro para perceber quando acontece alguma coisa entre duas pessoas. Sinto o ar tornar-se quente e leve. Porém ali entre eles senti também uma sensação de mal-estar e esgotamento. Não saberia dizer por quê. Eu acho Ignazio Fegiz bonito, mas não simpatizo com ele. Uma vez me disse que tenho jeito de garotinha, e que me visto como uma garotinha, e que não tem nada pior do que uma trintona com modos e roupas de garotinha, e o rosto marcado e enrugado. Uma coisa maldosa e me disse assim, tranquilamente, me dando um tapinha na mão. Fiquei bem mal. Ele percebeu e talvez tenha se arrependido, porque mais tarde, quando toquei flauta, ele me disse que tocava bem. Porém nesse ínterim já tinha me ferido e por muitos dias eu não me senti em paz com o meu rosto, e não tem nada pior do que ficar pensando no próprio rosto continuamente, com aversão e evitando os espelhos.

Agora me despeço, Serena, me escreva, aqui em Luco me

entedio tanto. Dê notícias tuas, de Lucrezia, de todos. E gostaria de saber se você leu as tuas poesias no Centro Mulher, como queria. Me escreva, porque aqui não tenho com quem conversar, e uma carta tua me faria companhia.

Albina

Serena a Albina

Pianura, 10 de fevereiro

Cara Albina,

você só cultiva ideias destrambelhadas quando está em Luco dei Marsi. Lucrezia não está apaixonada por Ignazio Fegiz e ele não está apaixonado por ela. Eu nunca tive carências afetivas. Aliás, durante a infância recebi afeto até demais. Giuseppe não foi para os Estados Unidos para sentir-se protegido pelo irmão, mas sim por um motivo muito mais simples, aqui não tinha mais dinheiro ou achava que tinha pouco. O irmão disse que ele poderia dar aulas nos Estados Unidos. E nos Estados Unidos os professores ganham bem. Agora o irmão morreu. Eu não gostava do irmão. Era cheio de si. Porém mesmo quando morre uma pessoa da qual não gostávamos, passamos logo a pensar nela com respeito e estima, sabe-se lá por quê. Não é como se a morte fosse um mérito. Cedo ou tarde chega para todo mundo.

Não li as minhas poesias no Centro Mulher e talvez não as leia nunca. Vou te dizer que ninguém vai ao Centro Mulher às sextas-feiras. Estou insegura. Na última sexta-feira tinha dois gatos pingados. Eram só duas pessoas mesmo: a farmacêutica e um rapaz, o filho da zeladora. Colocamos uns discos para tocar. Dancei com o rapaz. Às dez da noite fechei as portas.

Não gosto do Ignazio Fegiz. Não o acho bonito, e não o acho nem mesmo tão inteligente. Tem uma forte ligação com uma amiga dele. É uma particularmente feia, com os cabelos bonitos. Sei disso porque conhecidos comentaram comigo. É uma drogada, dizem. Eu brigo feio com ele. Nem apareço quando sei que está nas *Margaridas*, fico em Pianura. Como qualquer coisa no meu quartinho, me enfio na cama e leio. Tenho amado a solidão. A solidão não é boa para todo mundo. Para você, não é boa porque te deixa no mundo da lua. Já para mim, a solidão é boa e prazerosa.

Até mais,

Serena

Giuseppe a Lucrezia

Princeton, 14 de fevereiro

Minha Lucrezia,

recebi a carta do Piero e as tuas poucas, rápidas palavras. Você me diz para voltar imediatamente. Não posso. Aqui tem muitas coisas para fazer e processos para despachar. E não posso deixar Anne Marie sozinha neste momento.

Diga a Piero que lhe escreverei em breve.

Roberta foi embora alguns dias atrás. Ontem Danny e Chantal foram embora. São o genro e a filha da Anne Marie. Vivem na Filadélfia. Não sei mais se te contei sobre eles. Dormiam na sala, Roberta dormia num quarto pequeno, onde as malas ficam guardadas.

Ontem, empacotamos todas as roupas e todos os pertences do meu irmão e demos a um abrigo de cegos. Uma vizinha nossa, a senhora Mortimer, nos ajudou. Ela que telefonou para o abrigo. É uma pessoa muito gentil e foi de grande ajuda.

Roberta também foi de grande ajuda enquanto esteve aqui.

Chantal está no oitavo mês da gravidez e não pode se cansar. Danny é um rapaz cheio de problemas. Assim, quem pensava em tudo era Roberta e a senhora Mortimer.

Roberta é do tipo que faz amizade com todo mundo e não demorou para fazer amizade com Danny e Chantal. Esse Danny tem uma contínua necessidade de falar com alguém sobre os seus problemas. Sentava-se na frente da Roberta com um copo de uísque e falava de si mesmo talvez até às duas da madrugada. Roberta tem uma paciência enorme e ficava ouvindo. Não tenho essa paciência toda. Quando ele me encurralava, eu dizia que fosse procurar o que fazer.

Agora ficamos só eu e Anne Marie. É uma mulher forte, mas está cansada, e precisa de mim. De algum modo eu também preciso dela. Também estou muito cansado.

O pensamento sobre a frieza da minha relação com o meu irmão nos últimos tempos não me dá paz. Para dizer a verdade, estava fria desde o meu primeiro dia aqui. Tantas vezes ele vinha e me propunha um passeio e eu recusava. O que eu daria para tê-lo agora na minha frente, me levantar e segui-lo. Recusava friamente e talvez até de maneira mal-educada. Isso aconteceu também no dia anterior à sua morte. De todo modo, quando aceitava sair com ele, caminhávamos trocando poucas e frias palavras. Tenho de voltar muitos anos para reencontrar o ponto em que a relação entre mim e ele era alegre e íntima.

Ontem, eu e Anne Marie fomos ao cemitério. Ela segurava o meu braço. Chorava, mas não para de sorrir até quando chora. É um sorriso que não atinge nem as bochechas, nem os olhos, fica preso entre o queixo e os lábios. Quando voltamos para casa, eu me sentei na cozinha, ela se aproximou e acariciou minha cabeça. Então apoiei minha cabeça no seu colo, magro e coberto de lã preta. Preparou chá de menta para mim, aquele maldito chá de menta que é uma mania dela. Depois esquentamos e comemos um pedaço da carne assada que a senhora Mortimer tinha preparado. Anne Marie estava sentada na minha frente e comia, com compostura, vestida de preto, com o seu longo pescoço, os seus ombros delicados, o sorriso. Em nenhum momento eu e Anne Marie falamos do meu irmão. Falamos de coisas rotineiras, as compras, a máquina de lavar, a senhora Mortimer, e falamos sobre os problemas do Danny e o temperamento da Chantal. Não temos muitos assuntos para conversar, a não ser esses, que, de todo modo, exaurem-se rapidamente. Mas não é importante ter temas para conversar, Ignazio Fegiz me disse uma vez, duas pessoas podem ficar juntas sem ter grandes temas para conversar, e sem procurá-los, cada um imerso nos próprios pensamentos, num meio silêncio.

Às vezes, à noite, aqueles amigos do meu irmão, Schultz e Kramer, vêm nos encontrar. Com eles, Anne Marie fala de assuntos científicos, e coisas do instituto. Eu fico quieto. Quando vão embora, acompanho-os até o portão, e aproveito para tirar o lixo. Anne Marie ainda não voltou ao trabalho no instituto, mas voltará em alguns dias. Eu também voltarei a dar minhas aulas nos próximos dias. Talvez, não sei, volte a escrever aquela coisa que estava escrevendo. Mas agora não consigo fazer nada. Passo as horas sentado na poltrona, no meu quarto, encarando os ursinhos. Porém, deixo a porta aberta e observo Anne Marie que tricota na sala. A senhora Mortimer lhe disse que tricotar é precioso nos momentos difíceis.

Giuseppe

Alberico a Giuseppe

Roma, 20 de fevereiro

Prezado pai,

estou em Roma há uma semana. Visitei Roberta que acabara de voltar dos Estados Unidos. Sinto muito pelo teu irmão. Ao todo eu o vi três vezes. Uma vez quando era pequeno, na casa dos meus avós, e outras duas vezes na tua casa. Nas três vezes ele me disse para estudar engenharia, e nas três eu lhe disse que tinha outros planos. Porém, para dizer a verdade, esses planos mudaram continuamente ao longo dos anos. Não tenho nenhum atualmente.

Roberta encontrou um apartamento para mim. No andar de cima mora um tal de Egisto, creio que você o conhece. É um rapaz atarracado, baixo e moreno. Duas ou três vezes veio aqui me perguntar se precisava de alguma coisa. Precisávamos de caldo em tablete e ele trouxe. Somos três no apartamento: eu, a Nadia e Salvatore. Você conheceu a Nadia, aquele dia em Florença. Está grávida. Roberta me disse que você também tem uma moça grávida na tua casa em Princeton. A Nadia é uma cretina. Usa a desculpa de que está grávida para não fazer nada e fica lendo revistas. Eu e Salvatore fazemos as compras, cozinhamos e começamos a pintar todos os quartos de branco. Salvatore é um designer gráfico. Porém não tem trabalho e está à procura. Nós o conhecemos em Berlim, num restaurante chinês.

Roberta disse que eu devia ir com ela aos Estados Unidos, mas não fui, pensei que talvez te causaria confusão, e disso basta.

Um abraço,

Alberico

Giuseppe a Alberico

Princeton, 27 de fevereiro

Caro Alberico,

você me escreve "prezado pai" como se eu fosse um padre. De todo modo, fico grato pela tua pequena carta. Você não me escreveu muitas ao longo da vida. Esta daqui será guardada na minha carteira, perto do meu coração, como um bem raro e precioso.

Você escreve que não veio porque "causaria confusão, e disso basta". Fiquei pensando sobre esse "basta". Perguntei a mim mesmo se você verdadeiramente acredita que um encontro nosso não poderia me causar nada além de uma sensação de confusão.

Dei a tua carta para Anne Marie ler. Sorria. Ela realmente sorri sempre. Às vezes contrai mais os lábios, outras menos. Mas talvez você não saiba quem é Anne Marie. É a viúva do meu irmão. Era importante para o meu irmão e assim é a única coisa que me resta dele.

Um abraço,

teu pai

Roberta a Giuseppe

Roma, 29 de fevereiro

Caro Giuseppe,

liguei assim que cheguei a Roma, mas nem você nem Anne Marie estavam em casa e quem atendeu foi a senhora Mortimer. Disse que vocês tinham saído para resolver pendências. Depois não tentei de novo até porque não dá para falar nada por telefone.

Alberico está em Roma e já se instalou no novo apartamento. Vivem em três: Alberico, aquela moça, a Nadia, que está grávida de seis meses, e um amigo do Alberico que se chama Salvatore. Ele não é o pai da criança. O pai da criança é um vienense que está em Viena e terminou com a Nadia. Salvatore é do tipo do teu filho. Não se interessa por mulheres. Parece que reina um acordo perfeito entre os três. O apartamento é particularmente imundo, mas Salvatore diz que fará uma limpeza de cima a baixo. É um rapaz com um comprido rosto ossudo, um grande bigode preto, costeletas pretas. A Nadia está com a barrigona. Vestia uma calça saruel de seda preta e uma camiseta onde estava escrito "a escolha é minha". Seu rosto é pequeno, pálido, tomado pelos cabelos e pelos olhos. Ainda não tem nada pronto para o bebê, porém uma amiga lhe emprestou um carrinho, que eles mantêm na sala e onde por ora colocaram uma grande pilha de panelas. Estava estirada numa cama e lia uma revista do Pato Donald. Os pais mandam dinheiro, mas não a querem na Sicília. O teu filho escrevia à máquina, está escrevendo o roteiro de um filme. Salvatore passava roupa. No apartamento tem a máquina de escrever, a tábua de passar roupa, uma mesa, camas e uma televisão. As roupas são deixadas todas amontoadas sobre uma cama que não usam.

Agora, sobre você. Gostaria que me dissesse o que pretende fazer, porque te perguntei em Princeton, mas você respondia sempre de um modo confuso. Imagino que voltará a morar em Roma. Não creio que queira continuar nos Estados Unidos agora que perdeu o teu irmão. E daí vou ter de procurar um apartamento para você. No que diz respeito a dinheiro, nos últimos anos você estava angustiado, mas eram caprichos, tem as terras de Puglia, que podem ser vendidas suficientemente bem. Com o dinheiro do apartamento vendido, você pode comprar outro apartamento, claro que muito menor e pior. Eles te levaram na conversa, os bons Lanzara. Paciência. Erros acontecem. Seja como for, me conte o que planeja fazer.

Um abraço,

Roberta

Lucrezia a Giuseppe

Monte Fermo, 5 de março

Caro Giuseppe,

recebi a tua carta e me veio uma grande melancolia. Não entendo por que não diz quando planeja voltar. Telefonei para Roberta e ela me disse que também não sabe. Queria ficar com o teu irmão, mas ele morreu, agora o que você está fazendo aí?

Fala muito sobre Anne Marie, a senhora Mortimer e outras pessoas que não conheço e jamais vou conhecer. Não entendo por que você simplesmente não deixa cada macaco em seu próprio galho.

Ignazio Fegiz veio e contei da tua carta. Sentia um profundo frio na alma e precisava falar com alguém sobre esse frio. Fizemos um longo passeio a pé, com as crianças, voltamos quando já estava escuro. Piero e Egisto vieram ao nosso encontro com lanternas. Piero se assustou porque não nos via voltar.

Não gosto de escrever "Ignazio Fegiz" porque não gosto do nome Ignazio, e do sobrenome também gosto pouco. Por isso quando for falar dele nas cartas, direi somente as iniciais, "I.F.". "I.F." mandou um oi. Em geral não escreve cartas, mas talvez te escreva qualquer dia.

Lucrezia

Giuseppe a Roberta

Princeton, 10 de março

Cara Roberta,

você me pergunta se quero que procure um apartamento para mim em Roma. Meu Deus, não sei. Não decidi nada.

Agradeço a atenção e o afeto com os quais você pensa em mim. Quando consolidar a ideia de voltar, vou te escrever. Aí então será o momento de procurar um apartamento.

Ontem a filha da Chantal nasceu. Eles escolheram o nome Margaret. Danny telefonou da clínica. Nos próximos dias vamos à Filadélfia para vê-la. Comprei uma garrafa de champanhe e um bolo. A senhora Mortimer veio aqui. Festejamos a chegada de Margaret.

Giuseppe

Piero a Giuseppe

Perugia, 10 de maio

Caro Giuseppe,

sei pela Lucrezia que você não voltará por ora. Não li a tua carta a Lucrezia. Como era o certo, Lucrezia não me mostrou, já que estava endereçada somente a ela. Simplesmente me disse que você não volta por ora. Claro que deve ser difícil para você se separar dos lugares e das pessoas que faziam parte do mundo do teu irmão. Eu entendo. Lucrezia não entende. Mas às vezes Lucrezia demonstra uma escassa sensibilidade. Trata os sentimentos humanos de um modo brusco e rude.

Estou passando por um momento difícil. Trabalho de má vontade e tudo me cansa. Nos últimos dias não tenho suportado mais o meu sócio, o doutor Corsi. Mas não tenho suportado ninguém. Ver gente me entedia e prefiro ficar sozinho. As melhores horas do meu dia são as que passo aqui no meu escritório, quando o doutor Corsi e a secretária vão embora e vejo através do vidro o pôr do sol entre os telhados, depois o cinza do crepúsculo, depois a escuridão. Volto para casa quando já está escuro há um bom tempo. Fico entediado com o barulho das crianças e prefiro chegar depois do fim do jantar. O barulho continua, porque acostumamos mal as crianças e elas vão tarde para a cama, mas ao menos não preciso aguentar a desordem do jantar. Como sozinho. É um péssimo período para mim. Passará. Paciência.

No sábado passado Egisto trouxe o teu filho e dois amigos dele. Você nunca tinha me apresentado teu filho, e raramente falava dele. Agora, como sabe, ele mora no prédio do Egisto, no andar de baixo.

Achei o teu filho simpático, assim como os seus dois amigos, uma moça grávida e um rapaz com o bigode preto. Eu acreditava que o pai da criança fosse um dos dois, o teu filho ou o outro, mas Lucrezia me disse que não, que eu estava por fora.

Senti pena da moça porque é miudinha e tem um ar perdido. Queria ver o jardim e então fomos eu e ela ao jardim. Ela disse que tem muito medo de morrer no parto e que não consegue dormir à noite. Eu disse que todo dia milhões de mulheres dão à luz sem morrer. Sim, mas às vezes tem uma que morre. Disse que vi Lucrezia parir as cinco vezes. Sempre quis assistir aos partos dela. Disse que não tinha do que sentir medo. Conversamos longa e afetuosamente. Enquanto isso o teu filho e o amigo estavam em Pianura com Lucrezia e Ignazio Fegiz, porque Serena queria ser fotografada no Centro Mulher encenando a sua nova comédia, na qual ela é Jocasta com figurino de lençol e capa militar. O teu filho e o amigo são ótimos fotógrafos, além disso Serena estava convicta de que conhecem gente do teatro e poderiam ajudá-la a entrar nesse meio. No jantar estourou uma discussão entre Serena e Ignazio Fegiz, aliás, mais do que uma discussão, era uma briga, a propósito de Pirandello, que Serena adora e ele não suporta. Ignazio Fegiz se enraivece facilmente e me parece que não tem muito respeito pelas opiniões alheias. Não sei se estava certo ou errado sobre Pirandello, eu gosto do

Pirandello e não acho que tudo seja artificial e falso como ele disse, mas não entendo muito de teatro, vou pouco ao teatro. De qualquer modo aquele assunto me entediava, e o teu filho e os amigos deviam estar morrendo de tédio. Lucrezia estava nervosa e no fim ela também se pôs a brigar com Serena, não por causa de Pirandello, mas porque Serena disse que as crianças não tinham modos e a faziam perder as estribeiras.

Realmente você e o teu filho não se assemelham em nada. Os dois são muito magros, mas a magreza dele é suave e desengonçada, já a tua é angulosa, rígida e seca. Eu o achei simpático, mesmo que estranhe um pouco como são os jovens de hoje, nunca se entende bem o que pensam de você, se te estimam ou se te acham um completo imbecil. Tem um ar sempre sonolento e distraído, porém dá para sentir que esconde uma pungente curiosidade pelo próximo, e esconde também julgamentos duros e afiados como alfinetes.

O teu filho e o amigo dormiram no quarto com as colchas dos dragões e o armário verde, a moça pediu para dormir com Cecilia, porque tem medo de dormir sozinha num lugar novo.

Embora, como disse, não tenha vontade de ver ninguém neste momento, gostei de ver o teu filho aqui nas *Margaridas*, aonde você sempre vinha e nunca o trouxe consigo, sabe-se lá por quê.

Um abraço,

Piero

20 de maio

Esqueci de enviar esta carta e ela ficou sobre a minha mesa por dez dias. Ontem Egisto veio e disse que aquela moça, a Nadia, felizmente teve o bebê há alguns dias. O teu filho e Egisto a levaram à clínica com o carro de Egisto à noite. É uma menina e passa bem.

Ignazio Fegiz a Giuseppe

Roma, 6 de junho

Caro Giuseppe,

não sou do tipo que escreve cartas. Quando o teu irmão morreu, não escrevi sequer uma palavra. Sinto remorso.

Segundo Lucrezia, devo te escrever e dizer que volte para Roma. Obedeço e escrevo para que volte. Porém, não sei se é ruim para você ficar nos Estados Unidos. Não sei. Não te conheço muito bem. A nossa relação foi interrompida assim que começou. Entre nós dois há mar a perder de vista. Todavia penso em você com frequência.

Estou passando por um período um pouco complicado. Durmo pouquíssimo. À noite me levanto e caminho pela cidade enquanto a manhã não chega.

Mas agora quero contar que vejo frequentemente o teu filho, a Nadia, e um jovem com o bigode grande que mora com os dois e se chama Salvatore. Encontrei-os num sábado nas *Margaridas*, depois fui visitá-los algumas vezes. Na primeira vez fui porque queriam ler para mim algumas anotações que esboçaram para um filme. É um filme policial, com um enredo complicadíssimo e muitas mortes. A Nadia teve uma menina. Voltou há alguns dias da clínica. Não sei se você sabe, mas o teu filho registrou a menina como filha dele. Decidiu assim, porque gosta muito da menina. Diz que nunca terá filhos de verdade, e então está contente que a menina carregue o seu sobrenome. A Nadia aceitou imediatamente. Você poderia casar comigo, ela disse, assim deixo os meus pais satisfeitos. Mas ele disse que isso não, com certeza não. A Nadia amamentava a menina, enquanto conversavam, e Alberico e Salvatore debulhavam feijões. Era um pequeno retrato familiar de grande serenidade.

Um dia levei uma amiga minha para visitá-los. Chama-se Ippolita Teodori. Você viu seus quadros quando foi à minha casa. Gosta de bebês recém-nascidos, e gosta de pessoas como o teu filho, a Nadia e o Salvatore. De fato sentiu-se muito à vontade com eles. Convidou-os para um jantar em seu terraço. Mora em Porta Cavalleggeri. Cozinha muito bem e o terraço é fresco. Vão com a menina porque compraram uma daquelas bolsas onde se carrega bebês. Compraram também um automóvel, um Panda. Não me parece que tenham problemas de dinheiro. Quis dar essas notícias porque me parecem boas notícias.

Com afeto,

Ignazio

Giuseppe a Ignazio Fegiz

Princeton, 20 de junho

Caro Ignazio,

obrigado pela carta.

Fico contente que você veja o meu filho. As notícias que me conta são muito reconfortantes. Dias atrás, a minha prima Roberta me telefonou e fiquei sabendo que Alberico tinha registrado aquela menina como sua filha. A menina se chama Giorgia, como a minha mãe. E o sobrenome é Guaraldi, como o meu. De algum modo me tornei avô.

Fico contente que você vá frequentemente às *Margaridas*. Em geral, fico contente por te imaginar misturado à minha vida anterior. Fico talvez com um pouco de ciúme, quando te imagino presente em lugares onde eu não estou. Mas é um ciúme leve, um vago mal-estar que sinto brotar em alguns instantes e que depois rapidamente esqueço. É um ciúme leve, sem unhas nem garras.

Não tenho grandes coisas para dizer a meu respeito. Mais tarde talvez volte para a Itália, não sei quando. Agora não tenho vontade de decidir. Perdi o meu irmão e parece que por agora posso me isentar de decisões. Neste momento é cansativo separar-me da vida que construí aqui. Escrevo um romance. Ando de bicicleta. Dou aulas. Faço um pouco de companhia para Anne Marie, a viúva do meu irmão. É uma pessoa com quem consigo estar bem, mesmo que não tenhamos muitos assuntos para conversar. Ela só se interessa pela pesquisa científica, mas os assuntos científicos são como árabe para mim. Por isso falamos pouco. De vez em quando, muito raramente, falamos sobre o meu irmão.

Com afeto,

Giuseppe

Alberico a Giuseppe

Roma, 23 de junho

Prezado pai,

como talvez você já saiba, registrei uma menina como minha filha. Penso que devo te contar porque o meu sobrenome é teu também. A mãe da menina é a Nadia, aquela moça que você viu comigo em Florença. É uma moça muito estúpida, porém sou muito apegado a ela. Vivo com ela. Gosto da menina, é muito bonita. Quero ser um pai de verdade, não só no papel. Quero dar o que nunca tive, uma proteção paterna. Você nunca foi muito presente na minha vida. Você foi deficitário como pai. Não importa, agora são águas passadas. Se vier a Roma, te apresento a minha filha.

Alberico

Giuseppe a Alberico

Princeton, 30 de junho

Prezado filho,

já sabia da menina. Penso que fez bem. Seja tua de verdade ou não, a ideia de ter uma filha poderá te dar um desejo de estabilidade. Porém você deve procurar realizar esse desejo de estabilidade. Você completou vinte e seis anos no mês passado. Seria bom se tivesse um trabalho fixo, o que você não tem. Pula de um trabalho a outro. É verdade que tem dinheiro, mas esse dinheiro acabará eventualmente. Como bem sabe, eu não tenho dinheiro para deixar, como bem sabe, você é mais rico que eu. E deverá sustentar a menina.

Talvez pensasse em me ferir com a palavra "deficitário" endereçada a mim. Mas não me feriu. Eu sei bem que, como pai, te dei muito pouco. Espero que, como pai, você seja melhor que eu.

Assim me tornei avô, de algum modo. Estranho. Me sinto muito jovem, mas evidentemente não sou. Porém não é totalmente verdade que me sinto jovem. Em alguns momentos parece que sou um velho com uma carga interminável nas costas.

Se vier a Princeton, poderá conhecer Anne Marie. Vivo bem com ela. Sou ligado a ela pela lembrança do meu irmão, que gostava muito dela. Conversamos pouco. Não passamos muito tempo juntos. Ela voltou a trabalhar no instituto, depois de uma interrupção temporária. Eu fico escrevendo no meu quarto. Porém, passeamos juntos às vezes, ou nos sentamos na sala de estar, ela tricota, eu fico observando e falo alguma palavra de vez em quando. Creio que seja muito inteligente, mas não entendo nada da sua inteligência, porque não temos nada em comum, e as coisas que me interessam não lhe interessam em nada. Não importa, fazemos companhia um ao outro assim mesmo.

Anne Marie tem uma filha, que mora na Filadélfia e se chama Chantal. Há dois meses, Chantal teve uma filha. Há algumas semanas fomos visitá-la. Chantal não é feliz com o marido. Penso que o seu casamento está próximo do fim. A menina é muito bonita. Assim nas nossas vidas de agora existem essas duas meninas.

Um abraço,

teu pai

Egisto a Giuseppe

Roma, 1º de julho

Caro Giuseppe,

ainda não te escrevi e sinto uma forte culpa por isso. O teu irmão morreu e eu não escrevi nem telefonei. Poderia telefonar do jornal, sem gastar uma lira sequer, mas não telefonei. As coisas tristes que acontecem aos outros me deixam tímido.

Tenho notícias do teu filho, que vejo quase todo dia. Em geral nos encontramos na escada com sacos de lixo nas mãos. Às vezes ele está com a menina nos braços. É um terno pai para aquela menina. Costuma levá-la ao jardim com o carrinho. É um carrinho luxuoso. Pegaram emprestado. Deixam nos fundos da escada. Às vezes quem vai ao jardim com o carrinho é o amigo do teu filho, Salvatore. É um tipo que veste uma camiseta vermelha, e tem um grande bigode preto. É como se a menina tivesse dois pais, os dois altos e magros, um com uma grande barba, o outro com um grande bigode. Acho os dois muito amáveis com a menina, e gosto disso neles. A Nadia, a mãe da menina, sai pouco e dorme muito. De vez em quando brigam violentamente, os três, e gritam todos ao mesmo tempo, eu ouço essa gritaria e me apoio na sacada, porém creio que em geral seja sobre coisas estúpidas, as palavras que pesco dizem respeito a panos para estender e batatas para descascar. Nos primeiros dias a Nadia subia até a minha casa e me pedia para usar a máquina de lavar, agora não mais porque eles compraram uma.

Outro dia os pais da Nadia vieram da Sicília. O pai é um senhor idoso, pequeno e com uma hirta barbicha cinza. A mãe é uma senhora idosa, cansada, elegante. Não demorou para estourar uma grande briga, acho que entre a Nadia e os pais. Salvatore subiu até a minha casa e me pediu alguns limões. A briga deu uma aliviada e da minha sacada vi que tomavam chá com biscoitos. A tua prima Roberta também estava. Os dois senhores idosos, Roberta me contou depois, foram embora depois de alguns dias com a impressão de que o verdadeiro pai da menina é o teu filho Alberico e com a plena convicção de que tudo é um desastre. Não gostaram nem mesmo da Roberta e foram frios com ela.

Conto essas coisas porque dizem respeito ao teu filho e porque penso que possam interessar. Mesmo se não desço com frequência, vejo-os na escada e da minha sacada. Não desço com frequência porque, para ser sincero, não me sinto perfeitamente à vontade com eles. Embora tenham mais ou menos a minha idade, me sinto muito mais velho. Fico curioso, porém também fico tímido: uma sensação estranha.

Eu os levei às *Margaridas*. Não fizeram nenhum comentário nem sobre Piero e Lucrezia, nem sobre Albina e Serena. Se eles se entediaram ou se divertiram, isso eu não sei. A Nadia só falou que o seu colchão estava cheio de caroços. Provavelmente era verdade. Também me acontece com frequência de dormir em colchões péssimos nas *Margaridas*.

Frequentemente recebem amigos em casa. Da minha sacada vejo gente com eles. Sinto inveja, porque sou muito solitário. Algumas vezes vou à casa dos Rotunno, ou de algum colega meu do jornal, mas sempre tenho escrúpulos em telefonar demais e temo parecer pegajoso. No fundo, sou muito tímido, e são poucas as pessoas com quem fico bem.

Voltando ao teu filho, sei que numa noite foram jantar na casa da Ippolita, aquela amiga do Ignazio Fegiz que mora em Porta Cavalleggeri. Depois essa Ippolita veio encontrá-los algumas vezes, e eu a vi sentada numa espreguiçadeira, a sacada deles é bem embaixo da minha. É uma mulher sutil, elegante, com um grande nariz adunco e uma espessa juba de cabelos loiros dourados. Ignazio Fegiz está com ela há muitíssimo tempo. Não vivem juntos, porém.

Albina está bem. Jantamos juntos frequentemente, às vezes no Mariuccia, aonde íamos sempre com você e onde até as paredes se lembram de você. Para dizer a verdade, eu me entedio um pouco com ela, temos sempre as mesmas conversas e falamos sempre das mesmas pessoas. Estar com ela é um pouco como estar sozinho. Mas ela é legal, afeiçoada por mim e também sou afeiçoado por ela. Quando me convida para jantar, não consigo dizer não. Talvez queira ir para a cama comigo, não sei, porém deixo claro que fisicamente ela não me atrai nem um pouco. Acho que costuma dizer que eu a quero e ela não me quer. É mentira, sempre deixei claro para ela que gosto de outro tipo de mulher.

Dos nossos amigos de Monte Fermo e Pianura, isto é, Piero, Lucrezia e Serena, não tenho grandes novidades para contar. Tudo está mais ou menos do jeito que estava quando você foi embora. O Centro Mulher caminha cansadamente, nunca muito ativo nem muito frequentado. Serena está contente, porém vai fechá-lo em breve porque viajará para a Rússia. Piero e Lucrezia vão ficar em Monte Fermo também no mês de agosto. Essa parte é um pouco diferente, porque costumavam levar as crianças para a praia, mas dizem que não têm vontade este ano. As crianças vão brincar no riacho todas as manhãs com a moça suíça. Como aquela moça suíça é bem estúpida, sempre tenho medo de que deixe alguma delas se afogar. Lucrezia diz que é estúpida, mas ajuizada. Porém, pega sol sobre uma pedra com os olhos fechados. Se pelo menos mantivesse os olhos abertos. Não sei se talvez Piero e Lucrezia estejam com algum problema financeiro. Ele me parece deprimido, ela nervosa. Porém, já aconteceu outras vezes de estarem nervosos e deprimidos. Não creio que existam dificuldades sérias entre eles, nem econômicas, nem conjugais. Claro que neste momento, estando ela assim tão nervosa e ele assim tão abatido, não são uma companhia muito agradável, e daí também fica a sensação de estar incomodando, por isso vou para lá menos disposto.

Sempre me lembro de você. Atenciosamente,

Egisto

Lucrezia a Giuseppe

Monte Fermo, 20 de julho

Caro Giuseppe,

do nada me veio uma grande vontade de te escrever. Então fecho a porta do meu quarto à chave para que ninguém venha me chatear enquanto escrevo.

São cinco horas da tarde e está muito quente. Talvez por causa do calor estão todos mal-humorados. Há pouco teve uma grande briga entre a minha sogra e a moça suíça, porque minha sogra, ao entrar no quarto da moça suíça, onde a cama ainda não tinha sido arrumada, viu que o colchão estava manchado de menstruação. Depois viu migalhas de biscoito e formigas debaixo da cama.

Essa briga me irritou. Achava as duas insuportáveis. A moça suíça disse que amanhã vai embora e tirou suas malas do armário. Eu tentei acalmá-la, mas inutilmente. Tudo ficará sobre as minhas costas se ela for mesmo embora amanhã, as crianças e a casa, bem num momento em que tenho tanta vontade de ficar quieta no meu quarto e pensar.

Tantas coisas aconteceram comigo depois que você foi embora. A minha vida mudou. Estou apaixonada. Você ficará surpreso se disser que nunca tinha me apaixonado, já que sempre repeti que me apaixono com facilidade, mas veja, eram todos enganos, e talvez ficará ofendido se disser que com você também foi um engano. Acreditava estar apaixonada por você, acreditava querer viver com você, que engano, Giuseppe, por sorte você logo ficou apavorado e me disse que por misericórdia ficasse onde estava. Você foi sábio e tenho de agradecer. Estava suficientemente bem com você, no princípio, me sentia suficientemente alegre, mas tudo era o suficiente. A minha vida não mudou de cor quando te conheci. Agora mudou de cor. Piero te aceitou, ficou bastante tranquilo, com você foi um adultério incruento. Já agora, o meu adultério é daqueles que jorram sangue. Eu e I.F. nos amamos até o fim e vamos embora juntos, não sei quando, não sei para onde. Vamos morar numa casa em alguma cidade, não sei qual. Levarei as crianças comigo. Você tinha medo das crianças, ele não, ele não tem medo de nada.

Quando o vi chegar aqui pela primeira vez, descendo do seu Renault verde-oliva, aproximando-se com aqueles cabelos grisalhos à escovinha, do nada me senti apavorada e irritada, disse a mim mesma "mas quem será esse daí agora?". Por um momento ficamos nos olhando, parados um diante do outro, somos quase da mesma altura, eu apenas um pouco mais alta, mas apenas um pouco. Os cachorros começaram a latir. Não o aceitavam. Atrás dele estavam Egisto e Albina, e ficaram surpresos com os latidos, geralmente os cachorros não latem. Desde então eu gosto mais do Egisto e da Albina, vê-los me agrada mais. Ele entrou em casa, colocou seu impermeável no mancebo, e logo depois um prego se soltou da parede e o mancebo desabou. Sabe-se lá por que bem naquele momento um prego se soltou da parede. Depois lhe disse que eram sinais, os latidos dos cachorros, o mancebo que desabava.

Acho que Piero logo se deu conta de que alguma coisa estava acontecendo, porque logo não era mais o mesmo, estava sempre como se intimidado e chateado, desde quando I.F. começou a vir para cá aos sábados. No princípio vinha apenas aos sábados, depois também em vários outros dias da semana. Telefonava e chegava. Agora não vem mais. Às vezes nos encontramos em Pianura e vamos dar uma volta pelo campo. Mas também vou bastante a Roma na casa dele. Ele tem aquele vínculo, aquela mulher que se chama Ippolita, porém todos a chamam de Ippo. Não vivem juntos. É uma mulher com um grande nariz e cabelos bonitos. Todos me falam daqueles cabelos. Todos me falam, Albina, Egisto. Como não devem ser esses cabelos. Eu nunca a vi. Egisto a viu, esteve na casa dela. Tem um belíssimo terraço. Também do terraço todos falam. I.F. acha difícil deixá-la porque tem pena, não disse nada a meu respeito, porém em alguns dias contará e vai deixá-la. Também para mim não foi fácil falar com Piero, porém tive de falar porque me sentia mal por não falar. De resto, Piero já tinha entendido tudo. Está muito deprimido. Éramos um casal aberto, você lembra que sempre dizíamos isso, mas na verdade era aberto só da minha parte, Piero nunca amou outra mulher além de mim. De resto, os casais abertos em algum momento ou se fecham ou se despedaçam. Eu e Piero, como casal, estamos despedaçando. Sinto muito, porque sou muito ligada a Piero, sinto muito por vê-lo deprimido. Tenho a impressão de que não estaria assim tão deprimido se eu fosse embora com você, mas com I.F. lhe parece uma coisa tremenda. Volta sempre muito tarde de Perugia e come sozinho, eu me sento à mesa enquanto come e ele me fala para ir embora. Não me suporta e eu não o suporto. Dormimos juntos, porém em algumas noites digo que estou com calor e vou dormir no andar de cima, no quarto com as colchas dos dragões. Aquele quarto deveria ser mais fresco porque não pega sol da manhã, porém na verdade também ali faz um calor terrível. Às vezes me sinto muito infeliz.

O estranho é que tudo está se rompendo aqui, toda a casa está se despedaçando. A moça suíça vai embora amanhã, a máquina de lavar vaza água. Faz muito calor, todos nós estamos morrendo de calor. A moça suíça levava as crianças para brincar no riacho todos os dias, mas amanhã, se for mesmo embora, eu que devo levá-las, caso contrário vagam pelo jardim, entediadas e empoeiradas. Serena foi à Rússia, senão talvez poderia levá-las ao riacho. Parece que as crianças também se deram conta de que alguma coisa aconteceu porque todas estão com um ar de apavoro e tédio. Talvez até a moça suíça tenha se dado conta, e por isso vai embora, porque não é alegre estar num lugar onde tudo se despedaça. Só a minha sogra não se deu conta de nada. De vez em quando ela se aproxima com uma cara de preocupada, e me diz que encontrou um passarinho morto cheio de formigas no peitoril do banheiro, ou me diz que encontrou uma tigela de figos mofados na geladeira. Minha sogra agora sempre encontra alguma coisa nojenta quando anda pela casa.

Na verdade, você é o meu único amigo. Por isso sinto muitíssimo que esteja distante, bem num momento em que preciso me confidenciar com alguém. Serena também não está aqui agora. Mas não tenho certeza de que Serena iria querer me escutar e me entender. Acho que logo ficaria do lado do Piero. Tem sempre a condição feminina na ponta da língua, os direitos das mulheres et cetera, mas sei bem que me acharia uma pessoa desprezível. Às vezes converso com Albina, quando vem aos sábados. Digo alguma coisa, não tudo, apenas meias-palavras. Mas o meu único amigo de verdade é você. E justamente você resolveu se meter nos Estados Unidos. Da nossa longa união, ficou uma grande amizade. Eu sinto por você e espero que você sinta por mim. Também tivemos um filho juntos. Graziano. Você não quer que eu diga, mas é assim. Um filho e uma grande amizade. Estes são os bens que eu te dei e você me deu, os bens que possuímos juntos. Você está pouco se fodendo para o filho e faz de conta que não é teu, como quiser, não importa. A amizade, porém, creio que você reconheça como verdadeira.

O teu filho Alberico veio aqui uma vez. Mas depois me aconteceram tantas coisas que esqueci de contar. Não sei se gosto desse teu filho. Não o entendo bem. Assumiu a filha daquela moça. Claro que fez isso para ser o contrário do que você é, para ser aquilo que você não quer ser, o pai de uma criança que vem ao mundo.

Dê notícias. Conte as coisas que te acontecem também. Quero saber se você continua dormindo no quarto dos ursinhos.

Lucrezia

Giuseppe a Lucrezia

Princeton, 4 de agosto

Cara Lucrezia,

a tua carta despertou uma forte emoção em mim, tão forte que não consegui trabalhar o dia inteiro. Você sabe que estou escrevendo um romance, acho que te contei. A tua carta ficou impregnada nos meus pensamentos, não podia me libertar, encontrava o teu rosto e a tua voz em todos os cantos dentro de mim. Demorei para responder. Deixei passar alguns dias, porque a ideia de responder me perturbava.

Você está apaixonada por Ignazio Fegiz, ou I.F. como agora costuma chamá-lo. Isso deveria me soar indiferente, ou talvez deveria me fazer feliz, porque se apaixonar é bonito e porque o normal é ficar contente quando acontece alguma coisa bonita a uma pessoa querida. Mas, pelo contrário, experimentei uma sensação de mal-estar lendo a tua carta. Quer deixar Piero e ir embora com I.F. Levar as crianças. Você trata os teus filhos como se fossem móveis ou bagagens. Além disso, são cinco, não um.

Se fosse só um, todos os teus esforços poderiam ser endereçados ao reconforto dele. Mas não é fácil manter cinco crianças reconfortadas. Também para I.F., a carga de cinco crianças não é uma carga leve. Você diz que "ele não tem medo de nada". Não posso evitar te julgar como uma inconsequente. E penso a mesma coisa sobre ele.

As palavras que você usou para falar de nós, de mim e você, "o nosso foi um adultério incruento", me parecem absurdas. Nenhum adultério é incruento. Além disso, de acordo com você, nós tivemos um filho juntos. Eu não acredito que seja verdade, mas se for, o nosso não foi um adultério incruento. Os filhos são sangue e nascem no meio do sangue.

Na carta inteira senti insinuações que me ofenderam cruelmente, uma confusa inclinação a me comparar com I.F. e a me julgar como alguém de qualidade inferior, menos nobre, menos valioso. Para ele, os teus cachorros latiram. Para ele, o mancebo desabou. Depois diz que ele é quase tão alto quanto você. Sabe bem que mal alcanço teus ombros, e isso sempre me fez sofrer.

Você diz "estava suficientemente bem com você, me sentia suficientemente alegre, era tudo o suficiente". Como você consegue ser maldosa. Quanto mal você consegue fazer. Você sabe machucar. Não acredito que não saiba disso.

A respeito dos teus ditirambos sobre a nossa amizade, devo dizer que acredito pouco neles, e, de todo modo, não sei o que fazer com eles. A amizade verdadeira não arranha e não morde, e a tua carta me arranhou e me mordeu.

O que falar de mim? Vivo bem. Suficientemente bem. Claro, no nível do suficiente. Estou tranquilo. Nestes dias a escola está fechada. Estou de férias. Retomo em setembro. Escrevo o meu romance. Por volta das seis da noite, Anne Marie volta do instituto. Eu observo enquanto ela prepara o jantar, um jantar trabalhoso, grandes almôndegas que devem ser cozinhadas lentamente, com cenouras e caldo, sopas de beterrabas e creme, pratos russos que aprendi a amar. Anne Marie tinha uma avó russa. Falamos pouco. Anne Marie é uma pessoa que fala pouco, e sempre em voz baixa, gosto disso. Acho restaurador viver com uma pessoa de palavras calculadas, ajuizadas e parcimoniosas. Anne Marie sorri sempre, e eu também aprendi a sorrir sempre quando estou com ela. Algumas vezes fico com a boca cansada por causa da força de sorrir. Mas penso que pouco a pouco, final-mente, não sorriremos mais.

Não, não durmo mais no quarto dos ursinhos. Durmo no an-dar de cima. Mas não durmo com Anne Marie, se é isso que você quer saber.

Giuseppe

Albina a Egisto

Luco dei Marsi, 3 de agosto

Caro Egisto,

como você pode ver, estou de novo na casa dos meus pais. Devo ficar quinze dias em Luco. Minha mãe ainda não saiu da cama e aquela parenta que cuidava dela foi embora e não volta antes do *Ferragosto*.* Por isso perdi minhas férias. Estou aqui me cansando em casa. No mais, fiz o enorme erro de trazer Vito para cá comigo. Dos filhos da Lucrezia, ele é o pior, o mais endiabrado, até porque é pequeno. Lucrezia insistiu que eu o trouxesse comigo. Numa bela manhã a moça suíça fez as malas e foi embora. Nunca mais vai dar as caras. Lucrezia está cansada. No mais, a relação entre ela e Piero está cada vez pior. Naquela casa agora tem um ar irrespirável. Um ar de colapso. Mandaram Cecilia para Montecatini com a senhora Annina, a mãe do Piero. Não tinha entendido nada, a senhora Annina, porém ela e Lu-

---

* Dia da Assunção de Nossa Senhora.

crezia brigavam por causa de besteiras, como contas de telefone e tomates podres. Por isso foi um alívio para todos quando disse que queria ir a Montecatini. Daniele, Augusto e Graziano foram a um acampamento. Assim, agora Piero e Lucrezia estão sozinhos nas *Margaridas*, cara a cara, no calor e no silêncio. Enquanto estava lá, conversava ora com um ora com outro, e tentava acalmá-los e apaziguá-los. Porém, no fim do dia, eu ficava morta, porque a essa altura os dois estão pesados como chumbo, são pesadas as pessoas que amontoam frases aleatórias e não sabem o que devem fazer. Na verdade, Lucrezia também teve outras histórias no passado, teve uma história muito longa com Giuseppe e outras mais curtas, porém era sempre pelo frescor, ela dizia. Piero ficava tranquilo. Fingia que não era nada. Eram um casal aberto. Repetiam sempre. Permaneciam parceiros. Já agora não são mais parceiros e Piero está devastado. E Lucrezia também está devastada, porém diz que está feliz como nunca tinha sido antes, diz que está feliz e infeliz, tudo junto. De vez em quando pega o Volkswagen e vai a Roma. Volta no dia seguinte. Diz que vai embora antes do outono. Vai viver com Ignazio Fegiz, não sei onde, nem mesmo ela sabe. E claro que nem Ignazio Fegiz sabe. Não acho que será em Roma. Talvez nos Estados Unidos. Lucrezia levará consigo todas as crianças. Diz que nunca deixaria as crianças. Esta é a sua única certeza. Piero, porém, não quer ceder as crianças. Como vão fazer, eu não sei.

Precisariam de tanto dinheiro se fossem todos se mudar para os Estados Unidos. Lucrezia diz que I.F., ela o chama sempre assim, I.F., tem muito dinheiro porque vende quadros, e ela arranjará um trabalho. Porém nunca fez nada na vida e não dá para entender bem que tipo de trabalho poderia ter. É vaga quando o assunto é trabalho. Franze a testa e agita os dedos no ar.

Eu não gosto do I.F. Não me passa nenhuma confiança. Parece uma pessoa de caráter fraco que se passa por alguém de caráter forte. Disse isso a Lucrezia. Ela me disse que como sempre eu não tinha entendido nada. Ela se sente protegida, segura. Quando está infeliz, está infeliz porque agora sente nos braços o peso de tantos anos que colapsaram.

Eu e você, Egisto, não poderemos mais ir às *Margaridas* aos sábados no próximo inverno. Nunca mais iremos para lá, acabou. Isso me traz uma grande tristeza. Piero diz que venderá As *Margaridas* o quanto antes. Vai se mudar para Perugia com as crianças. Já Lucrezia diz que ela e as crianças vão estar nos Estados Unidos daqui a alguns meses, ou talvez em Paris, ou na Bélgica, onde ela tem um tio.

Como Vito precisa ser vigiado de manhã até à noite, Lucrezia me pediu para levá-lo comigo. Disse que em Luco dei Marsi o tempo está fresco e se passa o dia melhor do que em Monte Fermo. Não pude dizer não. Mas assim que subi no trem com Vito entendi que tinha cometido um erro enorme. Vito é um menino bonitinho mas é uma verdadeira peste. Vou me lembrar dessa viagem de trem. Ia e voltava pelo corredor. O trem estava lotado e o corredor cheio de malas e pessoas. Eu tinha de segui-lo e ficava com medo de que no meio-tempo alguém pegasse o meu lugar. Comprei um sorvete e ele deixou rastros de sorvete por todos os lados. Lucrezia está muito cansada, porém agora eu também estou muito cansada. Esperava que aqui em casa Maura e Gina vigiassem Vito, mas elas não querem nem saber disso. Não sei, antes as garotinhas ficavam todas contentes quando podiam levar as crianças pequenas para passear, porém agora não é mais assim. É só oferecer a Maura e a Gina um passeio com Vito que imediatamente escapam como lebres. Paciência, foi um erro e pelos erros se paga. Vito quer sempre ficar com a minha mãe, é apaixonado pela minha mãe, quer rabiscar a perna engessada dela com as suas canetinhas. Por um pouco minha mãe tem paciência, mas depois endurece e me pergunta por que diabos me veio a ideia de trazer aquela criança comigo. Vito tem duas manias, uma é pendurar-se no peitoril das janelas, a outra é ir à cozinha e abrir todas as torneiras do gás. Por isso vivo aterrorizada. Prometi ficar aqui com ele até o *Ferragosto*.

Até mais,

Albina

Egisto a Albina

Roma, 10 de agosto

Cara Albina,

daqui a dois dias saio de férias. Reservei um quarto numa pensão em Follonica. Faz um calor tremendo em Roma. A cada meia hora tomo um banho.

Eu sabia de tudo o que você me contou sobre Piero e Lucrezia. Passei pelas *Margaridas* dois dias depois de você partir. Também tive de suportar todas aquelas discussões. Até um mês atrás os dois estavam quietos, mas agora falam continuamente, a todo instante um dos dois te leva a um quarto e quer que você fique escutando.

Não creio que Lucrezia realmente queira deixar Piero. Não creio que queira viver em Paris, ou nos Estados Unidos, ou sei lá onde. Diz essas coisas só por dizer. Eu não acredito nesse seu grande amor. Está em um período de crise, como acontece com as mulheres aos quarenta anos. Lucrezia, afinal, tem quarenta anos.

Certa noite jantei com Ignazio Fegiz e aquela sua amiga,

Ippo. Eu os encontrei na Piazza di Spagna, por acaso. Observei enquanto se aproximavam, ela frágil, vestida de preto, ele robusto e com roupas brancas amassadas. Não sei por que, mas parecia que via o Gato e a Raposa.* Fui jantar com eles, no Augusteo. Ela é uma mulher estranha. É feia mas tem belos cabelos. Divide os cabelos no meio e deles brota um longo nariz adunco, é toda cabelo e nariz. No restaurante pedimos massa e carne, e ela pediu uma cenoura ralada, um caldo de vegetais e basta. Quando tinha o caldo diante de si, não estava completamente segura de que fosse caldo vegetal de verdade. Tinha receio de que fosse caldo em tablete. Por isso o cheirou longamente com o seu longo nariz.

Essa Ippo se veste muito bem. Usava uma saia de cetim preta, justa e longa, uma espécie de tubo, e uma camisa branca e engomada, com uma gravatinha. Nada de penduricalhos. Um anel de ônix no dedo. Dizem que se droga. Eu não sei. Ignazio Fegiz se torna diferente quando está com ela. Em geral é agressivo e barulhento, não deixa mais ninguém falar, já quando está com ela, fica calado. Ele a observa. É como se entre eles existisse uma contínua, antiquíssima cumplicidade. Depois do jantar fomos à casa dela. Mora em Porta Cavalleggeri. Ficamos sentados em seu terraço. A casa é pequeníssima e toda cheia de quadros. São quase todos dela. São paisagens, de um tom vermelho-dourado, como se ela pensasse o tempo todo no pôr do sol, e pouco depois todo aquele vermelho-dourado cansa os olhos. O terraço é fresco. Bebemos vinho gelado e conversamos longamente. Na verdade, ela era a única que conversava. Viajou pelo mundo, esteve na China e no Japão. Eu a olhava e pensava que perto dela a nossa Lucrezia não ficaria muito bem na foto. Pareceria alta demais, com mãos e pés grandes demais, malvestida e nem

---

* Personagens do clássico livro infantojuvenil *Le avventure di Pinocchio: Storia di un burattino* (1881).

mesmo uma viagem para contar. Ficamos lá até tarde. Antes de ir, Ignazio Fegiz regou as plantas. Tenho a impressão de que faz isso todas as noites.

Ignazio Fegiz saiu comigo. Assim que colocamos os pés na rua, ele se tornou aquele de sempre, barulhento, tagarela, nada gatesco. Nem eu nem ele estávamos de carro. As noites estão frescas e é gostoso andar pela cidade. Ele gosta do verão. Porém também lhe parece uma estação maligna, porque muitas pessoas enlouquecem no verão. Em nenhum momento mencionou Lucrezia. Eu lhe disse que tinha ido às *Margaridas*. Respondeu que já ele não ia havia um tempo.

Creio que Lucrezia sonhou com esse grande amor. Para mim, Ignazio Fegiz é do tipo que na própria vida não quer mudar sequer um alfinete de lugar.

Como você complica as coisas com Vito, pobre menino. É chato, claro. Todas as crianças são chatas. Porém não complique tanto. Se não queria tê-lo em casa, deveria ter pensado nisso antes.

Meus vizinhos não viajaram. Ontem desci para pegar de volta uma panela de pressão que tinha emprestado. Nunca devolvem as coisas. Quem abriu a porta foi uma moça de biquíni roxo, muito magra, com uma cuia de cabelos cor de cenoura. É verdade, porém, que vejo cenouras por toda parte, desde quando vi Ippo comendo. A Nadia estava na cozinha, também ela de biquíni, misturando a salada de arroz, com aquele ar amuado e sombrio que tem sempre. A moça de biquíni é americana e se chama Anaïs. Evoquei a escritora Anaïs Nin, mas nunca tinham ouvido falar dela. A cozinha estava uma barafunda incrível. Tinha vindo gente na noite anterior. Ajudei a Nadia a cortar abobrinhas. A menina gritava. Tinham colocado ela na sacada numa cadeirinha, protegida por um guarda-sol, porém pegava sol nas pernas e estava toda suada. Aconselhei que a trouxessem para dentro e dessem-lhe alguma coisa para beber. Trouxeram a menina para dentro e meteram na sua boca uma mamadeira com laranjada. Essas moças de hoje em dia não sabem como acudir as crianças. Depois Alberico e Salvatore saíram de um dos quartos, de regata e cueca, desgrenhados e muito sonolentos. Pareciam duas corujas. Alberico se enfureceu porque os pratos ainda não tinham sido lavados. Comi com eles. Primeiro a salada de arroz e depois uma *frittata* feita por mim. Os pratos foram lavados por mim e Salvatore. A menina não parava de gritar.

Até mais,

Egisto

Piero a Giuseppe

Monte Fermo, 25 de agosto

Caro Giuseppe,

não recebi resposta de uma carta que te escrevi há cerca de dois meses. Talvez você não a tenha recebido ou talvez tenha acreditado que não era necessário responder. Penso particularmente na segunda eventualidade. É um momento em que tendo a acreditar que ninguém me estenderia a mão.

Lucrezia foi embora. Não sei aonde foi, não me disse. Estou sozinho nesta casa que amava tanto e que agora odeio. Minha mãe e as crianças não estão aqui. Não sei onde Lucrezia está. É tremendo não parar de pensar numa pessoa e não saber onde ela está. Numa manhã entrou no Volkswagen. Vi que despontava um par de pé de pato da sua bolsa. Perguntei aonde ia e ela disse que não sabia. Telefonaria, disse. Perguntei se ela tinha dinheiro suficiente e respondeu que sim. Passaram oito dias e ainda não telefonou.

De manhã pego meu carro e vou a Perugia. Não tenho nada

para fazer no escritório, mas vou da mesma forma. Pelo menos tem ar-condicionado. O doutor Corsi está de férias, assim como nossas duas secretárias. Almoço numa pequena trattoria ali perto. Assim será minha vida, quando Lucrezia for embora de vez.

Ela me disse que levará as crianças consigo. Eu disse que nunca vou permitir. Não é verdade, sei muitíssimo bem que ela fará aquilo que tiver estabelecido. Tem o gênio forte. Eu sou um fraco. A sensação de ser um fraco me acompanha desde a infância. Deixará as crianças comigo um dia por semana e um mês durante o verão. É o que acontece com tantas pessoas, tantos homens. Em geral, as crianças ficam com as mulheres quando um casamento vai pelos ares. No verão, as crianças ficarão comigo. Não vou saber o que dizer, porque não se sabe o que dizer às crianças quando ficam conosco apenas um mês por ano. As coisas que nos propomos a dizer são muitas e acumulam-se na garganta. Nesse mês, creio que haja o esforço para ser o mais condescendente e gentil possível com as crianças, assim elas nos amam, e conservam uma boa recordação de nós durante o inverno. Acho que esse esforço de mostrar-se condescendente e gentil, com os próprios filhos, deve custar um grande cansaço. Deve ser também alguma coisa que traz a sensação de ser desprezível. Além do mais, é errado, porque as crianças não amam a condescendência. Amam ter gente autoritária e severa ao redor. Suspeitamos que talvez seja errado, mas fazemos mesmo assim. E eu também farei assim.

Você teve uma longa relação com Lucrezia, que durou muitos anos. Pode parecer estranho, mas eu não sofria. Ficava tranquilo. Sabia que não haveria lacerações. Você não é do tipo que lacera, você é do tipo que passa com o cuidado de não lacerar, não pisotear, não destruir nada. Você é como eu. É daqueles que perdem sempre.

Percebo que escrevo sem dar nenhuma explicação, como se

você já soubesse de tudo. Mas imagino que Lucrezia tenha te informado. Decidimos nos separar. Ou melhor, ela decidiu. Eu não decidi nada. Abaixei a cabeça.

Minha mãe volta daqui a alguns dias. Ficaremos eu e ela sozinhos. As crianças estão agora em Forte dei Marmi com a minha irmã. Minha mãe não sabe de nada. Devo contar e isso me parece tremendo. Ela vai chorar, sentirá uma enorme piedade de mim, e achamos bem difícil suportar a piedade dos nossos pais. É mais fácil suportar a piedade dos nossos filhos. Sabe-se lá por quê.

Minha mãe vai chorar. Vou precisar consolá-la. Vou precisar dizer que estou bem. Bem o bastante. Vou precisar dizer que são coisas que acontecem com frequência.

Sempre me lembro de você. Atenciosamente,

Piero

Giuseppe a Piero

Princeton, 30 de agosto

Caro Piero,

sabia por Lucrezia de tudo o que você me escreveu.

Recebi a tua carta anterior. Não respondi, não porque não considerei necessário responder, mas porque achava difícil, tendo intuído à distância os fatos que você calava, e tendo lido as cartas da Lucrezia que diziam tudo.

Mesmo agora não é fácil escrever, e dizer as coisas que senti lendo a tua última carta. Não é fácil dizer como estou do lado de vocês nessa desgraça que aconteceu. Considero uma desgraça para os dois, mesmo se agora você sofre sozinho, e ela está feliz ou pensa que está.

Sinto muito por não estar com você agora em Monte Fermo, e passear com você nos bosques e pelas colinas, como fizemos tantas vezes. Saiba que tem em mim um amigo fiel, mesmo que no passado tenha te traído, ainda que permanecendo teu amigo, no sentido que você já sabe. Não é verdade que sou do tipo que passa tendo cuidado de não lacerar, não pisotear, não destruir, e não fazer mal a ninguém. Não é verdade. Eu também destruí e pisoteei muitas coisas que me aconteceram. De fato, a primeira coisa que encontro em mim pela manhã quando acordo é um profundo desprezo pela minha pessoa, pelos meus pés nos chinelos, pelo meu rosto triste no espelho, pelas minhas roupas na cadeira. Durante o dia, esse desprezo se torna pouco a pouco menos irrespirável.

Como você sabe, não volto agora para a Itália. Estou escrevendo um romance e quero terminá-lo. No mais, tenho uma relação com uma pessoa aqui, uma relação estranha, diferente de todas as relações com mulheres que tivera antes. É, trata-se de uma mulher. É Anne Marie, a viúva de meu irmão. Ela era cara ao meu irmão e por isso me é cara. Mas eu e ela não nos falamos, ou falamos pouco. É uma relação feita de sorrisos e sussurros. É uma relação aparentemente tranquila, mas solavancada internamente por contínuos abalos.

Também me lembro sempre de você. Atenciosamente,

Giuseppe

Egisto a Albina

Roma, 27 de agosto

Cara Albina,

fiquei uma semana em Follonica. Imagine só que estava lá há dois dias quando vi meus vizinhos de baixo chegarem. Estava no jardim da minha pensão lendo o jornal, quando os vi saírem do Panda vinho deles. Eu tinha dito acidentalmente aonde ia, e eles vieram. É estranho, algumas vezes eu não vou ao andar de baixo por receio de incomodar, já eles vieram atrás de mim até Follonica. Estranho. Mencionei o nome de um lugar e logo vieram atrás de mim. Tinham mochilas e cobertas, e a menina era colocada numa mochilinha para passear, que revezavam em turnos para carregar. Tinham uma barraca para dormir na praia, e assim fizeram, tirando a Nadia com a menina, que dormiu na minha pensão, porém não havia quartos livres e então tive de dar-lhe o meu. Eu dormi no banheiro. Não gostei nada de dormir num banheiro, gosto de dormir em quartos convencionais, mas não podia fazer diferente, entendia que aquela menina era pequena demais para dormir numa barraca. Teve uma tempestade numa noite e Salvatore veio me chamar na pensão. Ainda estava acordado. A barraca tinha sido arrastada pelo vento e queriam que eu os ajudasse a montá-la de novo. Erguemos a barraca enquanto chovia a cântaros. Senti frio até nos ossos. Os colchões ficaram todos encharcados e eles foram dormir no Panda.

Não sei se têm simpatia por mim. Talvez sim, dado que vieram a Follonica, onde eu estava. Mas talvez era só falta de imaginação. Não sei se tenho simpatia por eles. Despertam minha curiosidade, além disso, como você sabe, sou muito sozinho. Não temos assuntos para conversar. Se conversássemos sobre grandes temas, política ou qualquer outro, acredito que não concordaríamos em nada. Em Follonica, eu me esforçava para procurar assuntos calmos, inofensivos. A barraca. A menina. O filme. Aquele filme que dizem estar fazendo. Mas eles deixavam cada assunto morrer. Às vezes estourava alguma briga feroz entre eles. Eram brigas estúpidas, sobre um bastão da barraca ou o fogareiro, mas gritavam como bestas e parecia que em algum ponto iam se devorar vivos. Não sei se usam drogas. Suspeito que sim, mas não sei ao certo. Fumam maconha. Fumei algumas vezes com eles, por cordialidade e para não parecer antiquado, porém prefiro mil vezes o Marlboro. Compraram um balde de plástico no vilarejo, enchiam com água do mar, colocavam no sol e metiam a menina lá dentro. Porém essa menina é muito pequena, tem só três meses, e eu ficava com medo de que eles a deixassem doente com aquele calor, a água do mar e umas mamadeiras de laranjada que enfiavam na boca dela, largadas longamente no sol e todas sujas de areia. A Nadia é do tipo que tem medo de tudo, uma vespa a picou e Alberico teve de correr para procurar antisséptico. Alberico esbravejava, porém imediatamente voltou com antisséptico, algodão e um pacote de gazes esterilizadas. Já com a menina, a Nadia nunca tem medo de nada. Nunca passa pela sua cabeça que alguma coisa possa fazer mal. O leite secou e ela dá umas papinhas prontas, misturas de farinha com não sei o quê, entra num bar, pede um pouco de água quente, coloca tudo na mamadeira e pronto. Alberico depois enxágua a mamadeira no bebedouro. Ela nem pensa nisso e tranquilamente a daria suja à menina.

Entre todos Anaïs é a que mais me deixa curioso. Não é bonita, mas eu a acho bem graciosa. Fiz amor com ela três vezes. Uma vez no banheiro da pensão, onde estava a minha cama. Uma vez atrás dos arbustos. Uma vez aqui em Roma na minha casa, há cerca de uma hora. Em duas semanas volta para os Estados Unidos. Não me importo muito. Aliás, não me importo quase nada. Não consegui saber muitas coisas a seu respeito. Fala mal italiano e eu falo mal inglês. Nos Estados Unidos, tem um filho de oito anos. Está com a sua mãe. Ela o teve com um paquistanês. É milionária. Isso não foi ela que disse, os outros me disseram.

Há dois dias voltamos para Roma. Desde então Anaïs dorme no meu quarto. Aqui, comigo, ela disse, ninguém a perturba, mas lá embaixo é uma bagunça, a menina chora e grita demais. Ontem Salvatore deu um tabefe na Nadia e tirou sangue do nariz dela. Acho que ela o chamou de "arrombado" ou alguma coisa do gênero. Eu cheguei quando já tinha acontecido. A Nadia estava deitada na cama com o algodão hemostático, Salvatore cozinhava um frango ensopado, Alberico escrevia à máquina. Alberico parecia contente quando me viu entrar. Fez um café e me contou sobre o seu filme. Já tinha me contado um pouco no trajeto de Follonica a Roma. Ele e Anaïs viajaram no carro comigo. Para ficarem mais cômodos, disseram, e também para me fazer companhia. Pareceu uma coisa gentil. O filme é complicadíssimo e cheio de mortes.

Vá embora logo de Luco, volte para Roma. Vou te levar para jantar. Conhecerá Anaïs.

Egisto

Roberta a Giuseppe

Roma, 22 de setembro

Caro Giuseppe,

faz um tempão que não nos escrevemos. Nesses meses, nos falamos por telefone e só. Mas nos telefonemas internacionais, só se pensa no dinheiro que vai pelo ralo. E assim acaba que não se fala nada. Em uma carta fala-se tão mais.

Como te disse por telefone, depois das minhas vívidas insistências, Alberico aceitou fazer análise. Quatro dias por semana, às duas da tarde, ele vem ao doutor Lanzara. Começou no dia 10 de setembro. Até agora tem sido pontual. Perguntei ao Lanzara se o fato de o consultório ser localizado bem onde fora a tua casa poderia distrair Alberico, lembrá-lo demais de você. Lanzara pensou um pouco, mas depois disse que não tinha importância. De qualquer modo, a casa agora está totalmente diferente, quase irreconhecível, diria.

Depois da análise, Alberico desce até a minha casa para tomar um café. Assim o vejo com frequência, o que me deixa contente. Acho que está bem. Continua muito magro, muito pálido, com aquele passo arrastado, os pés sempre muito sujos nas sandálias. Tem sempre o ar de quem andou quilômetros a pé. E, pelo contrário, pegou um ônibus na Piazza Sonnino e desceu a uns passos daqui.

Está trabalhando, diz ele. Escreve o roteiro de um filme. Ele me contou a história. Não entendi nada.

O título do filme é *Desvio*.

Sempre lhe pergunto o que comeu, porque tem também um ar desnutrido. Porém, parece que na casa dele se come muitíssimo. Não fazem outra coisa que não seja cozinhar. Peixe, pimentão.

A menina desmamou e cresce bem. Foi o que ele me disse. Faz um tempão que não vou à casa deles. Não quero incomodá-los. Sou de outra geração.

Você deve saber que Piero e Lucrezia estão se separando. Uma pena. Sinto muitíssimo. Me lembro deles juntos, e não consigo pensar neles separados. Ela está procurando um apartamento para comprar em Roma, com a herança da mãe. Viu muitos, mas nenhum a agradou. Me pediu ajuda. Você sabe que tenho aquela amiga que tem uma agência imobiliária. Lucrezia quer uma casa na Roma Velha. Dinheiro, tem pouquíssimo. Não é lá uma coisa muito simples.

Estão vendendo *As Margaridas*. Uma pena. Com o dinheiro da venda, ele comprará um apartamento em Perugia, o resto ficará com ela.

Como tudo acontece rápido. Parece que era ontem que íamos às *Margaridas*, eu e você, e consigo ver *As Margaridas* como se a tivesse diante dos olhos, com aquele alpendre, o balanço, todas aquelas crianças e todos aqueles cachorros, e aquela entrada que tinha um mancebo sempre sobrecarregado.

Fico com pena do Piero. Dizem que está destruído. Quem

me disse foi Egisto, quando o encontrei num café com uma moça de cabelos ruivos, americana, hóspede do Alberico e dos outros. Lucrezia vai levar todas as crianças. Ficou amiga de Ignazio Fegiz. Morarão juntos.

Incrível como tudo acontece rápido. Sabe-se lá o que farão com todos aqueles cachorros. Amo os cachorros e não consigo nem pensar nisso. É verdade que a dúvida maior é o que será de todas aquelas crianças, transportadas para um apartamento na cidade, e com outro pai.

Me lembro daquele dia, quando Ignazio Fegiz foi a tua casa, e depois descemos para a minha, e fizemos spaghetti. Também me lembro daquela vez que nos levou a Florença. Não simpatizei com ele. Sempre dizendo que eu estava enganada. É daqueles que sempre dizem que os outros estão enganados.

Aquela vez que fomos a Florença era um pouco antes de você ir para os Estados Unidos. Me lembro bem daquela viagem a Florença. Me lembro bem das últimas semanas, antes de você ir embora. Estava muito nervoso. Rodopiava pela casa, na desordem, com um ar atordoado. Duas ou três vezes teu irmão telefonou. Queria se assegurar de que você partiria. Ainda tenho a sua voz nos meus ouvidos, severa, autoritária, profunda. Parabenizei-o pelo casamento. Deus, como tudo acontece rápido.

Essa Anne Marie, não entendi bem qual o tipo dela. Foi muito gentil comigo, naqueles poucos dias em que fui hóspede na sua casa.

Sobre você, não sei mesmo mais de nada. Você diz bem pouco no telefone.

Um abraço,

Roberta

Lucrezia a Giuseppe

Roma, 10 de outubro

Caro Giuseppe,

estou em Roma há uma semana. Estou aqui na casa da Roberta que gentilmente me hospeda. Devo comprar uma casa, mas as casas são muito caras e eu não tenho muito dinheiro. Tenho o dinheiro da herança da minha mãe, mas não basta. Vi algumas casas, mas eram pequenas e escuras. I.F. está em Paris e voltará lá pela metade do mês. De todo modo, já entendi que ele não me ajudará a procurar uma casa e sou eu que devo resolver isso. Matriculei as crianças na escola aqui. Os dois maiores vão estudar na Tasso, os dois menores numa escola alemã na Via Salaria. Devo procurar uma pré-escola para Vito. Não faço nada além de girar por Roma como um pião e estou muito cansada.

Agora fiquei sabendo de uma amiga da Serena que tem uma casa e pode me emprestar por um ano. É uma australiana que vai voltar por um ano para a Austrália. Essa casa fica na Piazza del Paradiso. É um pouco escura e não tem aquecimento. Tem estufas elétricas, porém.

Aquilo que me disse, que trato os meus filhos como se fossem móveis ou bagagens, é maldoso e injusto. Diga-me você como poderia fazer. Faço como fazem outras mulheres quando se separam. As crianças devem ficar comigo e eu devo ficar com I.F., em Roma. Estamos tentando vender *As Margaridas*. Piero já encontrou um pequeno apartamento em Perugia, perto do seu escritório, e viverá lá com a mãe.

Estou com insônia e à noite me viro e reviro na cama, acendo e apago a luz, acendo e apago cigarros, jogo para longe travesseiros e cobertas. Parece que meus olhos estão cheios de alfinetes. Estou mal de saúde. Roberta é muito boa comigo. É uma grande ajuda para mim. Falo muito, não faço nada além de falar.

Sobre a minha cabeça está a casa que antes era tua, onde vivem os Lanzara. Fomos um dia lá tomar chá. A tua casa mudou tanto que nem se reconhece mais. Onde era a sala agora é um quarto com cobertores de chenile. Foi lá que quebrei os cinzeiros, você lembra.

Minha vida está numa encruzilhada. É isso que não me deixa dormir. Estou um pouco brava com I.F. porque decidiu ir a Paris justo num momento tão importante para nós e bem quando temos de procurar uma casa.

Uma coisa me espantou nele. Não disse que me daria dinheiro, para comprarmos uma casa, visto que tenho tão pouco. Se propusesse, eu recusaria. Porém, para dizer a verdade, esperava que oferecesse, e, pelo contrário, não ofereceu nada. Mesmo sendo rico. Creio que seja rico. Porém eu e ele nunca falamos de dinheiro.

Ele não quer largar a sua casa na Via della Scrofa. Paga um valor justo de aluguel e é conveniente. É pequena demais para todos nós, praticamente tem um cômodo só. De qualquer modo, não fez essa proposta.

Quando vendermos As Margaridas, vou ter algum dinheiro. Mas tenho de guardar uma parte para viver. Piero cuidará das despesas das crianças.

Acho que estou grávida. Sinto enjoos. Não quero abortar. Vou ter um sexto filho. É de I.F. Mas I.F. está em Paris e ainda não sabe.

Eu queria este sexto filho. Você sabe o quanto gosto de ficar com a barrigona. E queria um filho com I.F. Eu disse que queria ter um filho com ele. Ele não me disse nada. Certas vezes cai num grande silêncio, e parece que nunca mais falará comigo.

Serena voltou da Rússia. Está em Pianura. Sábado volto para lá e começo a esvaziar tudo, cômodo por cômodo. Serena vai me ajudar. Sinto vertigem só de pensar. As Margaridas é uma casa grande, cheia de objetos. Antes eu a amava tanto. Agora a odeio.

Não suporto mais o campo. Quero ter uma cidade ao meu redor: Roma.

As Margaridas já tem um comprador. Ofereceu duzentos milhões. Piero diz que é pouco. Quer duzentos e cinquenta. Estão negociando.

Minha sogra está nas Margaridas, e passa os dias chorando. Quando chego, ela me segue por todos os cômodos e chora. Pergunta se não estou repensando tudo, por amor às crianças. Tento ser gentil com ela, mas não a suporto.

As crianças ainda estão com a minha cunhada em Forte dei Marmi. Perderam mais de um mês de escola. Paciência.

Agora eu e Piero só falamos de coisas práticas. Objetos e dinheiro. Como dividir os móveis, as louças, a prataria. Porém, às vezes, ele também fala de mim, sobretudo no telefone. Começa com um tom pacato, frio, e depois, pouco a pouco, vem uma voz profunda e enferrujada. Pergunto, então, como fez para viver comigo por tanto tempo, se me vê assim tão hipócrita e tão pérfida.

Quantas coisas uma casa comporta, você não tem ideia. Coisas demais. Parece impossível ter comprado aquilo tudo um dia. Parece impossível ter comprado aquilo tudo com tanto prazer. No momento de decidir o que levar e o que deixar, tudo parece odioso.

Outro dia, encontrei o teu filho nas escadas. Ele me reconheceu, estendeu dois dedos frios. Ia ao Lanzara. Faz análise. Roberta diz que eu também deveria fazer análise, porque estou num momento difícil. Pode ser que tenha razão.

Mas veja só como o mundo é pequeno, o teu filho faz análise justo na tua antiga casa.

Até mais,

Lucrezia

Roberta a Giuseppe

Roma, 10 de outubro

Caro Giuseppe,

Lucrezia me entregou a carta dela a você para que eu a postasse. Adiciono também duas palavras minhas.

Pobre Lucrezia. Diz que está feliz, mas me parece cansada e perdida. Está muito pálida. Porém ela sempre foi pálida. Diz que talvez esteja grávida. Eu estaria desesperada e abortaria imediatamente.

À noite Piero telefona de Monte Fermo. São telefonemas que duram horas. Sabe-se lá quanto gasta de interurbano, pobrezinho. Por sorte é sempre ele que liga, não Lucrezia, porque senão sabe-se lá quanto eu estaria gastando.

I.F. também telefona, mas não tão frequentemente nem tão longamente. Desde que Lucrezia chegou aqui, deve ter telefonado três vezes.

Eu a ajudei a procurar uma casa, vimos muitas, mas nenhuma lhe agradava. Agora vai para um apartamento que lhe emprestaram, não é nada mau, um pouco escuro.

Sinto tanta pena das crianças.

Um abraço,

Roberta

Giuseppe a Lucrezia

Princeton, 20 de outubro

Cara Lucrezia,

endereço esta carta a Monte Fermo. Imagino que você esteja aí desmontando a casa.

Você escreveu que a tua vida está numa encruzilhada. A minha vida também está numa encruzilhada. Vou me casar. Vou me casar com Anne Marie, a viúva do meu irmão.

Queria que soubesse imediatamente. Desejava que você fosse a primeira pessoa a saber.

Um abraço,

Giuseppe

Alberico a Giuseppe

Roma, 10 de novembro

Prezado pai,

soube pela Roberta que você se casou. Fiquei contente. Sei que telefonou para dar essa notícia a todos. À Roberta e até ao Egisto. Não me telefonou, porém. Achei estranho.

Eu estou bem. A menina cresce bem. Tenho uma vida bastante tranquila. O roteiro do meu filme foi aceito e pago. Serei o diretor. Acho que o filme será uma porcaria. Porém, me diverti bastante inventando e acho que vou me divertir bastante filmando.

Dias atrás, nas escadas da Via Nazario Sauro, encontrei aquela tua amiga que tem a casa no campo e muitos filhos. Eu a achei abatida, exaurida, e com os olhos cercados por manchas escuras. Creio que se chama Ofelia ou alguma coisa do gênero.

Alberico

Giuseppe a Alberico

Princeton, 18 de novembro

Caro filho,

eu telefonei, mas não te encontrei em casa. Uma voz feminina atendeu. Falava meio em italiano e meio em inglês. Pelo visto esqueceu de avisar.

Envio uma pequena fotografia minha e de Anne Marie juntos, no nosso jardim. Foi a nossa vizinha que tirou, a senhora Mortimer.

Anne Marie é uma mulher de grande inteligência. Trabalha num instituto de pesquisas científicas. Isto é, trabalha com coisas que não entendo. Eu também trabalho com coisas que ela não entende. Escrevo um romance em italiano, língua que ela não fala.

Os nossos dias transcorrem em dois mundos distantes entre si. À noite nos reencontramos, na cozinha, e cada um de nós diz alguma coisa sobre o que fez durante o dia, mas pouquíssimo, para que um não entedie o outro. O tédio é o pior risco da convivência.

O tédio nasce quando alguém sabe tudo do outro, ou acredita saber tudo do outro, e não liga para nada. Mas não, engano meu. O tédio nasce não se sabe por quê.

O casamento de meu irmão e Anne Marie era baseado em interesses comuns. O nosso é baseado na distância entre o meu mundo e o dela.

Não ache que não me espanto por ter me casado com ela. Todo dia me espanto. Eu não sei se ela se espanta por ter se casado comigo. Ainda não entendi.

Sorri sempre. É do tipo que sorri sempre. Eu também sorria no começo, como resposta. Mas pensava que a certa altura teríamos os dois parado de sorrir. Eu parei, ela não, ela sorri, de manhã quando se levanta até a noite quando vamos dormir.

Estou muito contente pelo que você me diz sobre o teu filme. Um abraço,

teu pai

Serena a Egisto

Pianura, 28 de novembro

Caro Egisto,

talvez você já esteja sabendo que a mãe da Albina morreu. Talvez ela tenha telefonado ou escrito. Agora ela está numa bela encrenca. O pai não pode ficar sozinho. É velho, é doente, é surdo. As irmãs são pequenas. O irmão tem a vida dele. Contavam com a ajuda de uma tia, mas ela foi embora. Albina agora deve ficar em Luco dei Marsi. Teve de renunciar ao emprego que tinha em Roma naquela escola de freiras. O seu conjugado ficará comigo.

Vou embora de Pianura. Sinto muito, porque sou apegada a este lugar. Estou aqui há tantos anos. Mas não tem mais ninguém em Monte Fermo, *As Margaridas* foi posta à venda, e não faz mais sentido que eu fique aqui. Viver em Pianura significava estar perto de Piero e Lucrezia, vê-los todos os dias. Mas o que vou fazer sozinha em Pianura? Vou para Roma, assim faço companhia para Lucrezia. Na minha opinião, Lucrezia se meteu numa enrascada. Fez tudo rápido demais. Estava farta do Piero, não o suportava mais. Porém, era um casal aberto, assim diziam. Os casais abertos não se separam, cada um entra e sai como convir aos dois.

A respeito de Ignazio Fegiz, Lucrezia se iludiu. Ela se imaginou vivendo um grande amor e ele sendo o homem da sua vida. Nem a pau. Ele não foi ficar com ela e eu não acredito que vá um dia. Nem sonha com isso. Por isso ela está sozinha e grávida, com cinco crianças e um cachorro, num apartamento escuro e barulhento da Roma Velha, sem um fio de verde e sem nem mesmo uma sacada, com uma diarista, pouco dinheiro e pouca liberdade para sair. Um desastre.

Piero se mudou para Perugia com a senhora Annina. Imagine só a alegria que é ter a mãe como sombra o dia inteiro. Ela o segue até no escritório porque não sabe mais o que fazer.

Porém estávamos bem com Piero e Lucrezia. Você lembra. Estávamos bem com eles juntos, casal aberto ou não. Não posso nem pensar nisso, porque logo me vem vontade de chorar.

Quero te contar da minha viagem à Rússia. Foi belíssima. Não nos vimos depois. Não nos vemos há um baita tempo.

Vou para Roma e espero te ver um dia desses.

Fechei o Centro Mulher, porém tenho de pagar o aluguel por um ano, até o final do contrato.

Até mais,

Serena

Lucrezia a Giuseppe

Roma, 12 de dezembro

Caro Giuseppe,

então você está casado. Não fiquei surpresa, porque pelas tuas últimas cartas deu para entender muitíssimo bem que estava cultivando essa ideia internamente.

Deveria te desejar felicidades. Não posso, porque esse teu casamento não me traz nenhuma felicidade. Guardo todas as tuas cartas. Guardo-as no meu armário, numa caixa de papelão. Vez ou outra me dá na telha pegá-las e lê-las. Como você odiava Anne Marie quando chegou aos Estados Unidos, e continuou depois, enquanto o teu irmão estava vivo. "Não temos nada a nos dizer em nenhuma língua." "Não suporto nem o seu pescoço longo, nem os seus olhos claros e estrábicos, nem o seu sorriso. Nem a trança, nem o coque." Cito qualquer frase das tuas cartas, aleatoriamente.

Roberta diz que quando eram crianças, você e o teu irmão, você sempre queria fazer o que ele fazia. Assim agora casou com a esposa dele. Mas eu acho que você acabou metido num pântano. Vi uma fotografia tua com Anne Marie. Roberta me mostrou. É feia, Anne Marie. Aqueles olhos, aquele impermeável, aquele sorriso. Os olhos são tortos. O sorriso é falso. Você está com o teu habitual ar de passarinho que caiu do telhado.

Eu estou bem. Estou em Roma, no apartamento que me emprestaram, na Piazza del Paradiso. Tenho visto bastante Roberta. Ela é de grande ajuda. Tenho visto Serena, que veio morar em Roma, no conjugado da Albina. Albina está em Luco dei Marsi. A mãe dela morreu.

O meu apartamento é um pouco escuro. Sinto frio. Comprei novas estufas elétricas. Já tinha três. Mas eu sou bem friorenta.

Porém as crianças estão contentes, e gostam de Roma. Vito frequenta uma pré-escola de freiras. Cecilia o leva e depois o busca. Eu estou sempre enjoada. Meu novo filho nascerá em abril.

Trouxe um dos cachorros comigo, Jolí, porque as crianças são tão ligadas a ele. Dei os outros cachorros a uma das camponesas.

Piero vem nos visitar com bastante frequência. Agora a nossa relação está tranquila. Telefona antes de vir, porque não quer se encontrar com I. Agora eu o chamo de I. As crianças também o chamam de I. Uma vez, porém, aconteceu de I. e Piero se encontrarem. Não foi tão ruim. Falaram primeiro sobre preços de casas, e depois sobre preços de quadros.

I. ainda não veio morar aqui. Ele vem, mas não imediatamente. Precisa organizar um pouco as ideias.

Geralmente almoça conosco. À noite, tem de jantar com ela, com Ippo. É um vínculo que dura mais de vinte anos e ele não pode romper assim de chofre. E ela, Ippo, sofre do coração. Que maldição, meu Deus. Sofre do estômago e sofre do coração. Eu, pelo contrário, sou forte que nem um cavalo. Sofre tanto do estômago que nem pode comer. Tem terror de engordar e por isso parou de comer, há muitos anos, e seu estômago foi reduzido. Uma cenoura, um copo de água fervente com uma fatia de limão, estes são os seus pratos. I. tem de ir à casa dela todas as noites para conferir se come pelo menos uma cenoura. Ippo. Esse nome ressoa o dia inteiro na minha cabeça. Me parece que a letra I seja a única coisa em comum entre I. e Ippo.

Perguntei a I. se Ippo sabe que estou grávida. Disse que sim, que ela sabe. Porém me fala pouquíssimo dela. Antes, eu fazia um monte de perguntas, e ele me respondia algumas. Agora, não responde mais, e então eu parei. Mantenho todas essas perguntas dentro de mim. Incham minha barriga assim como o bebê.

À noite, não durmo bem. Espero sempre pelo telefonema de I., ou espero pelos barulhos do elevador e da chave. Não vem sempre. Às vezes, à uma da manhã, ele me telefona da Via della Scrofa, cansado, cansado demais. É difícil readormecer, encontrar pensamentos que reconfortem, que protejam o sono.

Atenciosamente,

Lucrezia

Lucrezia a Giuseppe

Roma, 15 de dezembro

Vou contar sobre a minha nova casa.

É uma casa com formato em L. Na entrada tem um mancebo, não daqueles pendurados na parede mas daqueles com pés, e muitos braços, era preto mas eu o pintei de vermelho. A sala é longa e estreita. Lá coloquei o tapete persa e o quadro com as duas carruagens, e um sofá novo que mandei fazer. O quadro do rei Lear ficou com Piero. No meu quarto coloquei a cômoda com as tartarugas e o armário verde. Daniele, Augusto e Graziano têm um quarto com beliche. Depois tem outro quarto com duas camas onde dormem Vito e Cecilia. Coloquei as colchas dos dragões nessas duas camas. Ainda tem um quarto pequeno do lado do meu onde será o quarto do bebê. Cecilia está farta de dormir com Vito e queria dormir sozinha. Diz que deveria dar-lhe o quarto pequeno e pegar o bebê para dormir comigo. Porém não quero crianças no meu quarto. Eu e Cecilia brigamos o dia inteiro por causa disso. Ela vem, senta-se na minha frente e me diz todos os erros que cometi na mudança. De acordo com ela, errei na disposição dos móveis e dos quartos. Ela me olha com severidade e eu devolvo o olhar. Agora me parece feia. As sobrancelhas engrossaram e o nariz inchou. Continua com seus belos cachos castanhos. Porém engordou e coloca sempre o mesmo vestido escocês que ficou justo demais. Nesse momento, a minha relação com Cecilia não anda nada boa. Cecilia não ama I. e sente falta do pai. Não diz, mas quando está sentada na minha frente e me reprova pela desordem e pelos móveis que, de acordo com ela, distribuí por acaso, sei bem quais são as verdadeiras reprovações que cala e esconde. Digo que ela terá um quarto só dela na verdadeira casa nova, aquela que estou prestes a comprar. Responde que não estou prestes a comprar verdadeira casa nenhuma. É verdade. Às vezes leio os anúncios do *Messaggero*, mas acho as casas desses anúncios horríveis, e, ao imaginá-las, me sinto infeliz como se já morasse nelas. Também, estou muito cansada. Vou em busca de uma casa depois que o bebê nascer.

De manhã, assim que me levanto, me enrolo numa peliça e desço com Jolí para fazer compras no mercado do Campo dei Fiori. É um momento bastante alegre. A peliça, comprei usada numa loja aqui do lado. É uma peliça longa, amarela e preta, de lobo alemão. De manhã não estou cansada e me sinto forte. Geralmente encontro Serena, porque seu conjugado, ou melhor, o conjugado da Albina, é perto daqui, na Via dei Sediari. Serena me diz: "Você é tão grande que parece uma torre quando anda. Uma torre que caminha". "E longe disso queria ser uma mulher miudinha", respondo. "Miudinha e bem magrinha, quarenta e seis quilos no máximo", ela diz. Eu me esquivo porque são assuntos de que não estou a fim de falar. Não estou a fim de falar de Ippo. Ela me pega pelo braço e andamos pelas barracas da feira, eu com a minha peliça de lobo alemão, ela com o seu casaco de carneiro africano. Depois tomamos cappuccino num bar. Fico bem com Serena quando ela não está me falando dos erros que cometi. É um período em que todos me falam dos erros que cometi: Serena, Cecilia e Egisto, que veio me visitar uma noite dessas. Depois do mercado, Serena me ajuda a subir com as sacolas. Não digo para ficar e almoçar porque I. almoça em casa e a relação entre Serena e I. é péssima. Não digo nem mesmo para vir jantar porque poderia acontecer de I. aparecer, ainda que geralmente não venha. Assim Serena vai embora, sempre ligeiramente ofendida. Come sozinha numa pizzaria. Não vê muita gente. Egisto tem uma história com uma moça americana que mora com o teu filho Alberico. Era para ela ter partido, mas ainda não foi. Chama-se Anaïs. Começo, então, a cozinhar. Tenho uma diarista particularmente antipática e queria procurar outra. Chama-se Enzina. Diz que não sabe cozinhar, porém, enquanto eu estou cozinhando, ela se aproxima e me informa todos os erros que estou cometendo. Depois I. chega. É um momento belíssimo, talvez o mais bonito. Dura pouco, porque logo me vem o medo de que alguma coisa aqui de casa o aborreça, a cara da Enzina ou o fedor da couve-flor ou o toca-discos que não funciona perfeitamente. Nunca sentia medo com Piero. O medo é uma coisa nova para mim. Geralmente I. se senta na sala e coloca discos para tocar, enquanto eu termino de preparar o almoço. Não sei, parecia que gostava tanto de cozinhar, quando o conheci, mas nessa cozinha de agora ele nunca colocou o pé. Não entendo por quê. Sento-me com ele na sala e esperamos as crianças. Fico encucada porque ele olha o relógio e as crianças sempre se atrasam. Antes era tão próximo das crianças, já agora ele e as crianças mal se falam. Sinto muito por isso. Passamos juntos algumas horas à tarde, eu e I. Às vezes vamos a Via della Scrofa e ficamos em paz. Só que lá tem os quadros da Ippo. São muitos quadros, mas eu só vejo os da Ippo e acho-os horrorosos, com aquele vermelho-cenoura. Nem sempre consigo ir com ele a Via della Scrofa, porque às vezes tenho de pegar Vito na pré-escola e levá-lo para passear, quando Cecilia diz que tem muita coisa para estudar e não pode ir. Diz isso com muita frequência, talvez também para me impedir de ir a Via della Scrofa.

Creio que vou demitir Enzina e contratar uma mulher do Cabo Verde. Eu a conheci e falei com ela, mas não está livre ainda, preciso esperar. Sempre resta esperar por alguma coisa.

Quando imaginava minha vida em Roma, imaginava-a bem diferente. Pensava que I. viveria comigo. Agora não pode, pergunto sempre e ele se irrita, diz que eu não entendo porque não quero entender, agora é completamente impossível. Mais tarde. Mais tarde quando? Não sabe.

Queria que Ippo morresse. Bastaria que ele a deixasse, mas como diz que não pode, então queria que morresse. Diz que não devo dizer essas coisas horríveis e não devo nem mesmo pensá-las. Não dizer talvez até consiga, mas como faço para não pensar? O que dá para fazer contra os pensamentos? Quem os controla? Eles caminham pelo corpo, de cima a baixo, como vermes ou doenças.

Lucrezia

Giuseppe a Lucrezia

Princeton, 28 de dezembro

Cara Lucrezia,

desejo um feliz Natal mesmo que o Natal já tenha passado. Recebi a tua carta. Me encheu de melancolia. Para dizer bem a verdade, acho que I. nunca vai morar com você. Quando não se tem o hábito, não é nada simples morar com cinco crianças, e seis daqui a pouco. I. agiu mal porque não te falou logo de cara que era difícil para ele, talvez até impossível. Eu fui mais sincero com você.

O verdadeiro problema é que não deixou aquela mulher. Eu nunca vi essa mulher. Vi os quadros dela na casa de I. na Via della Scrofa. Também me pareciam bastante feios, se isso te deixa feliz.

Eu e Anne Marie passamos o Natal sozinhos, mas ontem Chantal, a filha da Anne Marie, chegou com a filha no colo. Largou o marido. Sabíamos que enfrentavam dificuldades. Chegou da Filadélfia sem nos avisar, às nove da noite. Houve uma briga violenta. Chantal diz que ele bateu nela. Dobrou a manga do vestido e nos mostrou um roxo em seu braço. Pedirá o divórcio. Aconteceu com ela uma coisa similar ao que aconteceu com a mãe. Anne Marie também teve um primeiro casamento que acabou cedo. Anne Marie também largou o marido levando a filha embora.

Anne Marie quer que eu vá à Filadélfia falar com Danny. Não tenho a menor vontade, porque teria de interromper o meu romance e porque não gosto de distanciar-me de casa. Mas tenho que ir.

Anne Marie sorri sempre. Chantal não sorri quase nunca. Mãe e filha têm uma relação complicada, complicada como a tua relação com Cecilia. Elas também brigam o dia inteiro. Elas brigam amargamente, mas em voz baixa. Nunca levantam a voz, nem uma, nem outra.

A menina é uma graça. O seu nome é Margaret, mas todos a chamam de Maggie. Chantal e a menina dormem no quarto dos ursinhos.

Escreva-me logo. Conte como as coisas estão indo.

Giuseppe

Lucrezia a Giuseppe

Roma, 6 de janeiro

Caro Giuseppe,

passei as férias de Natal e Ano-Novo no Monte Terminillo, num hotel, com Serena e as crianças. Era para Piero ter ido, mas pegou uma gripe e ficou em Perugia.

I. foi a Paris, antes das férias, e ainda não voltou.

Serena e as crianças esquiavam no Monte Terminillo. Eu fazia pequenos passeios com Jolí. Levamos Jolí. Uma má ideia, porque não suportavam cachorros naquele hotel.

Fazia passeios a pé, sempre muito curtos, nunca me distanciava do hotel. Tinha medo de que I. ligasse e não me encontrasse. E também estou com uma barriga enorme e tinha medo de escorregar na neve.

Passava muitas horas numa espreguiçadeira, no terraço em frente ao hotel. Tricotava. Tricotar faz bem para os nervos, me parece que a tua senhora Mortimer diz isso.

Já tem um tempo que não faço nada além de esperar. Espero pelo telefonema de I. Espero um filho. Espero que a minha vida se torne menos confusa. Esperar esgota os nervos. Quem espera um filho não deveria esperar por mais nada.

Que lugar feio é o Monte Terminillo. Venta demais e é cheio de gente estúpida. Serena que escolheu. Ela gostou. Estava alegre, e as crianças também estavam alegres. Comiam que nem lobos, e eu também. À noite, jogávamos *dubito*. É um jogo de cartas de que as crianças gostam. Depois, porém, quando estávamos sozinhas no quarto, Serena se metia a dizer coisas antipáticas. Dizia que eu tinha feito tudo errado. A separação, a casa de Roma, tudo. De acordo com Serena, I. não se importa muito comigo. Este filho que terei será sem pai. Ficará com o sobrenome de Piero, claro que Piero não fará o desconhecimento da paternidade. Mas depois será uma criança sem pai. I. nem mesmo olhará para ela. Dirá que não é dele. De acordo com Serena, fará como você fez, com Graziano, igual. Só que Piero aceitou Graziano como se fosse dele, mas eu então não tinha rompido o casamento, já agora rompi, e estou fodida. De acordo com Serena, os homens são covardes, tirando Piero que é um anjo, e eu fiz a idiotice de deixá-lo. Deixei-o para me meter com I., o mais covarde de todos. Despia-me, enfiava-me debaixo das cobertas e me virava para a parede, e ela ia e vinha pelo quarto e depois via em cima de mim o seu rosto todo besuntado de creme, e nós duas começávamos a chorar.

Agora voltamos para Roma. Piero passou um dia aqui e trouxe muitos presentes para as crianças, e um xale para mim.

Atenciosamente,

Lucrezia

Roberta a Giuseppe

Roma, 9 de janeiro

Caro Giuseppe,

fui falar com Ignazio Fegiz, ou com I., como diz Lucrezia. Não comentei nada com Lucrezia e fui até lá. Como ele me parece antipático, e eu provavelmente lhe pareço antipática, pensei que não corríamos o risco de estragar nossa relação, que já nasceu ruim. Telefonei, me enrolei numa peliça e me enfiei no meu Cinquecento. Nevava. Infelizmente o Cinquecento só chegou até o Largo Argentina. Tive de andar um bom tanto a pé, caminhando na neve e no barro.

A nossa conversa foi fria, tranquila e, no geral, inconclusiva. Não entendo aquele homem. Embora pareça aberto, é fechado como uma ostra. Na minha opinião, já está cansado da Lucrezia. Agora não sabe como se livrar dela. Eu disse que ele tem de ser mais claro com Lucrezia. Quando uma mulher larga tudo por amor, merece pelo menos um pouco de sinceridade. Ele respondia com grandes acenos de assentimento. Perguntei se pensava em dar o seu sobrenome à criança que nascerá em breve. Ele disse que não tinha o que duvidar. Depois se pôs a explicar que se encontra numa situação delicada. Tem um vínculo antigo. Uma mulher doente, muito doente. É um vínculo profundo e muito estreito. Num certo sentido não é muito diferente de um vínculo conjugal. Deve se mover então muito, muito cautelosamente. Eu disse que me parece que ele usa essa pessoa para defender-se de responsabilidades mais pesadas. Enrubesceu, ficou muito vermelho. Ele disse que talvez, por um lado, eu poderia ter mesmo razão. Mas Lucrezia, disse, como é incauta, como é impulsiva. Um cavalo selvagem. Nunca pensa nos outros, só pensa em si mesma. Aquelas crianças, arrasta-as de lá para cá como se fossem bagagens. Tem pena daquelas crianças. Tem pena também do Piero. Você tem pena de todos, menos da Lucrezia, eu disse. Não, ele disse, também tem pena da Lucrezia. Queria que ela fosse feliz. De que modo, eu disse, se ela só é feliz com ele e ele está e não está. Por fim, perguntei se a amava. Era o essencial a ser questionado, mas só no final consegui pôr para fora. Ele disse que gosta muito dela. Depois olhou o relógio e entendi que eu devia ir embora. Colocou o impermeável, aquela sua boina e saiu junto comigo. Devo admitir que não é de todo antipático, quando caminha pela rua. Tem o passo longo e rápido, e um ar feliz. Me acompanhou até o Largo Argentina, ajudou a empurrar o carro até ele pegar. Depois vi que andava na direção do seu carro, o Renault verde-oliva, estacionado no Corso Vittorio.

Teu filho está bem. Continua vindo ao andar de cima para a análise. Vem, porém, começou a dizer que na opinião dele esse Lanzara é um pouco estúpido. Simpático, uma pessoa ótima, mas um pouco estúpido. Perguntei se ele disse isso ao Lanzara. Sei que se deve dizer tudo aos analistas. Respondeu que diz continuamente. Lanzara não se ofende. Os analistas não se ofendem nunca.

Alberico me disse que daqui a pouco, talvez na próxima primavera, vão lançar o seu filme, *Desvio*, aqui em Roma. Por que você não faz uma viagem à Itália, com Anne Marie, na próxima primavera, para encontrar Alberico, todos os nossos amigos, a nossa querida e mal-arranjada Lucrezia, e ver o filme?

Um abraço,

Roberta

Egisto a Albina

Roma, 15 de janeiro

Cara Albina,

Anaïs foi embora ontem. Devo admitir que fiquei triste. Vou sentir falta dela. Estava afeiçoado. No final, ficava comigo. Dizia que no andar de baixo era bagunça demais. Ontem eu e Alberico a levamos ao aeroporto. Dizia havia um tempo que tinha de partir, mas adiava sempre.

A nossa relação durou exatamente cinco meses. Ela não se importava comigo, e não ficava em Roma por minha causa. Também tinha outros casos e me contava tranquilamente. Tinha um especulador imobiliário de Parioli, depois um pintor chileno. Às vezes não voltava à noite. Tenho o sono fácil, porém, quando não a via voltar, ficava preocupado e não conseguia dormir. Ela voltava de manhã, enquanto eu estava me vestindo para ir ao jornal. Uma vez brigou com o especulador e voltou chorosa. Tinha roubado dinheiro dele e ele bateu nela. Roubava. Era milionária, mas roubava. Roubava pelo gosto de roubar. Não podia entrar num supermercado com ela, porque sempre metia alguma coisa na bolsa, um perfume, uma caixa de biscoitos. Era esperta como uma raposa. Mas de mim nunca roubou nada. Usava drogas. De acordo com ela, todos do apartamento de baixo se drogam. Eu não sei. Contava também grandes balelas. Eu nunca tentei bancar o moralista, seja sobre homens, seja sobre furtos, seja sobre drogas. Parecia inútil. Muito bonita, não era, você a viu no restaurante aquele dia. Porém tinha me habituado a ela. Tinha me apegado. Agora estou sozinho de novo.

Ontem, enquanto voltávamos do aeroporto, Alberico viu que eu estava um pouco triste e me convidou para jantar na casa deles. Eu não fico mal naquela bagunça. Sento-me e todos agem como se eu não estivesse lá. Coloco um disco para tocar, brinco um pouco com a menina. A menina fica no seu cercadinho, numa parte do tempo caminha apoiada no corrimão e na outra cai e chora. A Nadia ou dorme, ou come, ou chora, ou lê revistas. Chora muito, essa Nadia, ou porque alguma coisa lhe faz mal, ou porque tem medo de alguma coisa, ou por um pensamento triste que lhe vem à mente ou por causa de algum sonho que teve. Salvatore ou dorme ou circula pela cozinha. De cozinhar, porém, está um pouco farto e com frequência pedem comida no restaurante aqui de baixo, o Il fagiolaro. Sempre tem gente que entra e sai, amigos do Alberico, que aparecem por causa de alguma coisa relacionada ao filme. Resolvem pendências, procuram por objetos de que ele precisa. Sopeiras antigas, pedaços de tecido. Ele fica sentado escrevendo à máquina e dá ordens. É como um general. Também para comer, sempre tem uns dois ou três. Ficam bastante tempo na mesa da cozinha depois de comer. Ninguém fala grandes coisas. Fumam maconha. Também fumo com eles, para não parecer antiquado.

Sinto muito a tua falta, agora. Não sentia tanto antes, quando Anaïs estava aqui, mas agora que Anaïs foi embora vou ter vontade de conversar e comer com você às vezes. De vez em quando vou à casa da Lucrezia, mas nunca sei se ela fica feliz por me ver, não sei se aquele seu I. vai estar ou não. Telefono antes de ir. Uma vez levei Anaïs. Elas se gostaram bastante. Depois Lucrezia me disse que Anaïs tinha um certo estilo, porém era fria e seca. Anaïs me disse que Lucrezia parecia uma elefanta grávida.

Às vezes vejo Serena. Ela reduziu o teu conjugado a um estado lastimável. Lá se caminha sobre pratos, jornais e coletinhos de lã. Serena está muito contente, porque conheceu um diretor que se chama Umberto. Ficaram amigos, Serena e o diretor, e decidiram fazer uma montagem da *Mirra*, de Alfieri.

Tente vir e me encontrar, se for possível. Ou posso ir a Luco. Não importa se não tiver como me receber. Posso dormir num hotel.

Egisto

Albina a Egisto

Luco dei Marsi, 22 de janeiro

Vou me casar, Egisto.

Vou me casar com Nino Mazzetta. Ele fabrica móveis anti-gos. A fábrica, a loja e também a casa onde mora ficam num pátio atrás da minha casa. Os móveis são bem-feitos, porém não parecem antigos, são brilhosos e têm ar de novo. Nino Mazzetta é viúvo e tem um filho de nove anos. O filho vai mal na escola e vem aqui para fazer o dever de casa. Nino Mazzetta trabalha muito, porém não é rico, e está pagando pela loja com notas promissórias.

Vou me casar com ele pelas seguintes razões, as quais eu examinei atentamente uma por uma. Porque gostaria de ter fi-lhos. Porque já tenho trinta e três anos. Para deixar meu pai con-tente. Porque poderei continuar mantendo a minha casa em ordem até minhas irmãs crescerem, dado que apenas o pátio separa a minha casa da de Nino Mazzetta. Porque nunca passou pela cabeça de ninguém casar comigo e pela de Nino Mazzetta sim. Porque é uma boa pessoa. Sempre que o meu pai precisou pedir dinheiro, ele deu. Quando meu irmão pediu dinheiro emprestado, ele deu e nunca mais viu a cor desse dinheiro, mas não se prendeu a isso e continuou vindo em casa, de tempos em tempos, à noite depois do jantar, para jogar escopa com o meu pai e conversar, e conversar com o meu pai não é nada simples, é necessário repetir a mesma coisa dez vezes. Porque sou pobre. Quando me casar não serei rica mas serei menos pobre. Porque aqui em Luco a vida é pesada e acho, posso estar enganada, que casada será mais leve.

Nino Mazzetta vai se casar comigo pelas seguintes razões, as quais ele enumerou uma por uma. Porque não me acha feia. Porque tenho hábitos simples. Porque não o intimido, mesmo que seja formada em letras, e ele só tenha chegado até a quinta série do fundamental. A sua mulher morta o intimidava mesmo que tivesse chegado só até a terceira série do fundamental. Era de temperamento briguento e não foram nada felizes juntos. Porque toco flauta. Porque cozinho mal e ele gosta de comer bem, mas acha que com um livro de receitas aprenderei rápido. Porque me conhece desde quando eu era criança. Porque se dá bem com a minha família.

Também o conheço desde quando eu era criança, mas não gosto muito disso. Parece que o meu futuro está colado na sola dos meus sapatos.

Em setembro fui ao festival Unità. Ele também estava lá e me convidou para jantar. Comemos linguiças grelhadas, numa mesa, debaixo das árvores. Depois voltamos para casa. Creio que ele teve a ideia de casar comigo naquela noite.

Gosta de falar e fala muito. Conta a sua vida e as suas ideias. Eu fico calada. Nunca me faz perguntas. Por isso não sabe quase nada a meu respeito. Não sabe que estive com rapazes, em Roma, quando tinha meu conjugado. Não sabe que tenho problemas na cama. Foram três rapazes no total: um estudante inglês amigo da Serena, um que encontrava sempre no ônibus, e um que vendia enciclopédias. Não são lembranças felizes. Esses rapazes não eram lá grande coisa. O melhor talvez fosse aquele do ônibus, mas era de Palermo, e depois de uma semana voltou para Palermo. Às vezes manda postais. Eu era feliz no meu conjugado, isso sim. Que pena tê-lo perdido. Porém como faria para mantê-lo? Não podia abandonar meu pai. Eu gostava da vida em Roma, e de ir às *Margaridas* aos sábados, e falar com Serena sobre o Centro Mulher. Agora *As Margaridas* não existe mais. Ouvi dizer que uns padres compraram e vão transformá-la numa comunidade religiosa. O Centro Mulher não existe mais. Às vezes telefono para Lucrezia, mas ela responde sempre bruscamente e com pressa. Serena veio me encontrar aqui algumas vezes. Viu Nino Mazzetta pela janela. Ele lhe pareceu baixo de estatura e bruto. Você nunca veio me encontrar, se tivesse vindo, o teria conhecido e poderia ter me dado conselhos. Mas a verdade é que eu não teria escutado.

Daqui a um mês nos casaremos. Na igreja, mesmo que não sejamos religiosos, nem ele, nem eu. Nem mesmo meu pai é religioso, mas quer assim.

Vou usar uma roupa bem bonita, de gabardina azul, saia e jaqueta, feitas pela costureira do pátio.

Não tivemos relações sexuais. Nunca ficamos sozinhos, porque meu pai pensa que é melhor fazer as coisas à moda antiga, e quando saímos à noite, meu irmão, Maura e Gina vão junto. Assim não consegui dizer nada de mim a Nino Mazzetta, e de resto ele fala sem parar, com o meu irmão e comigo.

Meu irmão diz que eu sou interesseira e esperta, e que não esperava isso de mim. Diz que Nino Mazzetta fará rios de dinheiro com aqueles móveis, ainda que agora esteja cheio de notas promissórias.

Nino Mazzetta tem os cabelos muito brancos e o bigode muito preto. É baixo de estatura e fuma sem parar. Certas noites não consegue dormir, com o pensamento nas notas promissórias, e então se levanta e prepara uma xícara de café com leite quente. Assim ele contou, ao meu irmão e a mim.

Tudo seria fácil, se eu não tivesse problemas na cama.

Albina

Egisto a Albina

Roma, 28 de janeiro

Você está prestes a fazer uma grande idiotice, Albina.

Deixe para lá. Deixe tudo para lá, a roupa de gabardina azul, a loja, o café com leite, o pátio. Ou ao menos espere. Deixe passar um ano. Em um ano alguma coisa pode acontecer. Você pode encontrar um bom trabalho em Roma, pagar alguém para ficar com o teu pai, ir embora para sempre desse lugar triste. Existem tantas soluções, e a que você escolheu é a pior.

Vou ao teu encontro assim que for possível, e te dissuadirei desse casamento estúpido, onde você tem o futuro colado nos sapatos.

Egisto

Giuseppe a Lucrezia

Princeton, 2 de fevereiro

Cara Lucrezia,

terminei o meu romance. Uma aluna do meu curso o bateu à máquina. Perguntei se tinha gostado e ela me disse que tinha achado interessante. É a única pessoa que leu e infelizmente é uma estúpida. Anne Marie e Chantal não falam italiano.

Fui a Nova York alguns dias atrás. Fui para ver Danny, mas pensava também em procurar um tradutor ou um agente literário. Estava com o endereço de um primo da senhora Mortimer, que conhece muita gente e talvez pudesse dar algum conselho. Assim, coloquei uma cópia do romance na minha pasta. Sobretudo, porém, devia ver Danny e falar do divórcio. Não sei se você lembra que Danny é o marido da Chantal. Eu te contei. Anne Marie queria que eu fosse encontrá-lo na Filadélfia, mas quando telefonei, ele me disse que estaria em Nova York por causa de assuntos dele e poderíamos nos encontrar em Nova York.

Marquei um encontro com ele naquele hotel onde fiquei na

minha chegada aos Estados Unidos, com o meu irmão e Anne Marie. Chama-se Hotel Continental e fica na Quinta Avenida. Peguei um quarto. Era um quarto muito parecido com aquele de então, quando eu estava na cama doente e meu irmão sentado na minha frente. Assim, enquanto esperava por Danny, me veio uma grande tristeza. Danny demorava. Tentei ligar para o primo da senhora Mortimer, mas atendia uma secretária eletrônica. Fiquei relendo o meu romance. Me pareceu que não era ruim. O título é O nó. Não vou falar mais nada. Mandei uma cópia para você.

Finalmente Danny chegou. Logo abri a geladeira e servi-lhe um grande copo de uísque. Danny bebe muito. Pensava que tinha de convencê-lo que o divórcio era a única solução possível. Mas ele já estava convencido. Quando Chantal foi embora com a menina, ele pensou que não voltaria mais. Pensou com uma sensação de alívio, porque os últimos tempos da vida em comum dos dois tinham sido horríveis. Danny é pequeno, tem os cabelos ruivos, as orelhas de abano e os dentes pequenos e afiados como os de um rato. Ficamos bastante tempo naquele quarto. Bebeu muitos copos de uísque. Contou sobre a sua infância. Já tinha me contado em Princeton, e em Nova York me contou de novo. Não tem pais. Nasceu num orfanato. Mudou de família cinco vezes. Com uma dessas famílias, a penúltima, manteve um forte vínculo. Chamam-se Pippolo e são de origem italiana. Vivem em Baltimore. São pobres, e têm muitos filhos. Ele os ajuda. Ele e Chantal brigavam também por causa disso. De acordo com Chantal, os Pippolo são sanguessugas. Quando o assunto era os Pippolo, ela virava uma fera. É dura de coração, Chantal. Eu disse que ela me parece uma moça doce. Ele disse que comprei gato por lebre. As roupas da Chantal e da menina ainda estão no apartamento deles na Filadélfia. Ele enviará tudo a Princeton, o quanto antes. Vai ver a menina às vezes, e nas férias a levará a Baltimore, na casa dos Pippolo, ou seja, a casa da sua verdadeira e única família. Ele nunca bateu em Chantal. Simplesmente apertou o braço dela um pouco forte demais, naquela noite. Ela imediatamente chamou uma vizinha e pediu que a acompanhasse ao pronto-socorro, onde encontraram uma pequena torção. Depois voltou para casa e enfiou numa mala todos os seus cremes noturnos e um pijama da menina. Pensou nos seus cremes noturnos, mas não pensou nas vitaminas da menina, deixadas todas lá. Telefonou de Princeton, na manhã seguinte, e disse-lhe que mandasse imediatamente todas as suas coisas. Ele ainda não tinha feito isso porque reunir e despachar todas aquelas roupas era cansativo e doloroso.

Propus que saíssemos para jantar. Me lembrava de um restaurante chinês onde tinha estado com o meu irmão, e fomos lá. No jantar aos poucos ele se acalmou. Perguntou como eu estava. Eu disse que terminara um romance e tinha de procurar um tradutor e uma agência. Mais tarde tentaria que fosse publicado na Itália, mas já que estava nos Estados Unidos ficaria muito contente se fosse lançado nos Estados Unidos. Ele disse que na Filadélfia tem um amigo, que fala bem italiano e já traduziu livros, e poderia ajudar, seja traduzindo o romance, seja entregando a uma agência. Lamentou não poder ler porque não fala italiano. A velha senhora Pippolo tentou ensiná-lo, mas ele só manteve uma palavra ou outra na cabeça. O título, porém, não lhe parece bom. Existem já uns dez romances chamados *O nó*. Depois recomeçou a falar de Chantal e da relação deles. É fria, Chantal. Ele nunca entendeu Anne Marie, mas nunca lhe pareceu simpática, e deve ser fria e árida como Chantal. Então eu disse que estava com sono e já era muito tarde, e de qualquer modo era inútil debater-se entre aversões, rancores e tristezas, como estava fazendo. Ele disse que eu tinha razão e que sentia uma profunda simpatia por mim. De algum jeito assemelhava-me ao filho mais velho dos Pippolo, seu grande amigo. Pensava em ir a Princeton em breve para ver a menina, e teríamos novamente a oportunidade de passar algumas horas juntos. No meio-tempo, se lhe desse o meu romance, ele o levaria àquele tradutor em potencial. Voltamos ao hotel, dei-lhe o romance e ele o enfiou no bolso interno da jaqueta. Nos despedimos. Estava dormindo na casa de um conhecido dos Pippolo.

No dia seguinte estava de novo em Princeton. Contei da minha conversa com Danny e Anne Marie ficou brava. Disse que eu me comportei como um estúpido. Deveria ter falado do divórcio e não de outras coisas. Deveria ter sido seco, conciso, distante. Que estupidez da minha parte dar-lhe o meu romance, aceitar que me fizesse um favor. Anne Marie não para de sorrir quando fica brava, mas a boca treme e aparecem uns vergões vermelhos no rosto e no pescoço. Já Chantal não ficou brava. Disse que sobretudo era urgente que as roupas chegassem, porque não tinha mais nada para colocar, nem nela nem na menina. Depois do nada explodiu numa risada. Disse que achava cômica a minha imagem junto ao Danny, os dois sentados e conversando com cumplicidade. Chantal não sorri quase nunca, mas ri de vez em quando, solta uma risada aguda e estridente, que termina com um pequeno soluço. Porém, quando disse que Danny pretende levar a menina à casa dos Pippolo nas férias, ela parou de rir e disse que jamais permitiria porque os Pippolo são brutos e sujos. Sua mãe disse, então, que havia pouco a permitir ou não permitir, Danny ficaria com a menina nas férias e faria o que quisesse.

Avise assim que receber o pacote. Queria que você lesse o quanto antes e aguardo com impaciência a tua avaliação.

Giuseppe

Roberta a Giuseppe

Roma, 5 de abril

Caro Giuseppe,

o filho da Lucrezia nasceu, na sexta passada, mas viveu apenas dois dias. Era um belo menino. Foi uma coisa muito triste.

Eu estava o tempo todo com ela. Vieram as primeiras dores, ela foi à clínica e me telefonou de lá. Estava sozinha, pobre criatura. I. teve a ideia de viajar a Paris bem naqueles dias e estava indetectável.

Lucrezia sofria muito, foi um parto difícil. Eu telefonei para Piero em Perugia, estava preocupada e queria que alguém estivesse lá. Piero chegou logo.

O bebê nasceu e tudo parecia resolvido. I. chegou. Tinha pensado que era um canalha porque estava longe, mas, para dizer a verdade, parei de pensar nisso assim que o vi. É do tipo que é impossível achar odioso quando se está com ele. Tem aqueles cabelos à escovinha, aquele ar enérgico e resoluto mas espantado ao mesmo tempo. Gostou muitíssimo do bebê e parecia feliz.

Depois ficamos sabendo que alguma coisa não andava bem com o bebê. Foi uma tarde tristíssima, aquela tarde de domingo, nunca vou esquecer. Estávamos todos lá, eu, Piero, I., Serena, Cecilia também estava. Serena teve a péssima ideia de levar Cecilia. Eu não achava justo que uma garotinha estivesse ali naquele momento triste. Perdemos as esperanças, mas Lucrezia se obstinava em crer que nada do que diziam era verdade. O bebê morreu às dez da noite. Fiquei com Lucrezia. Um médico daquele setor me disse que podia ficar.

Lucrezia ainda está na clínica e precisará ficar lá ainda uns dias antes de voltar para casa.

Se quiser telefonar, pode ligar para a casa dela, segunda ou terça.

Um abraço,

Roberta

Lucrezia a Giuseppe

Roma, 10 de abril

Caro Giuseppe,

Roberta disse que te escreveu e que você telefonou, então já sabe o que me aconteceu.

Recebi o teu romance há um tempo, mas agora não estou a fim de lê-lo. Não estou a fim nem mesmo de tocá-lo. Está sobre a mesa, dentro da pastinha azul.

Se for escrever, não me escreva palavras de compaixão. Não estou a fim de receber compaixão. Aliás talvez prefira que por um tempo você não escreva nada. Roberta diz que você disse a ela que telefonaria. Não faça isso. Não quero a tua voz. Não quero vozes.

Até mais,

Lucrezia

Lucrezia a Giuseppe

Roma, 25 de abril

Caro Giuseppe,

o teu telefonema do outro dia me deixou contente. Não lembro mais o que você disse nem o que eu respondi. Nada, ou quase nada. Poderia ter levado o telefone para o meu quarto, mas acabei ficando na sala, onde estavam Daniele e Cecilia. Seja como for, o fato de você ter telefonado me deixou contente. Pensava que não seria assim, mas me deixou contente. Você não me disse palavras de compaixão, e agradeço por isso.

Você disse que pensava em vir à Itália para me ver, e talvez venha mas não agora. Sabe-se lá por que não agora. Na verdade, não acredito que você venha tão cedo. Aí, em Princeton, você plantou os teus longos e magros pés.

Ainda não li o teu romance. Não leio nada, nem mesmo os jornais. Levanto tarde e passo o dia de roupão. Não saio nem mesmo para fazer o mercado. Agora estou com aquela mulher do Cabo Verde, de quem talvez já tenha falado. Egisto a encontrou para mim. De manhã ela vai à casa do teu filho, cuidar da filha daquela moça. Ao meio-dia vem para cá. Faz o mercado e o almoço. É uma mulher grande e negra, com um lenço na cabeça. Chama-se Zezé.

Até mais,

Lucrezia

Lucrezia a Giuseppe

Roma, 5 de maio

O meu filho nasceu no dia 25 de março, uma sexta-feira, às seis da tarde. Morreu dois dias depois. Morreu no domingo à noite.

Fui sozinha à clínica, na sexta de manhã, com o meu Volkswagen e a mala que tinha preparado dias antes. Serena ficou em casa para esperar as crianças e preparar o almoço. I. estava em Paris. Tinha dito que deveria encontrar algumas pessoas em Paris, por causa de uns quadros, porém voltaria logo. Na sexta de manhã telefonei para ele em Paris, mas não estava no hotel. No trajeto eu o amaldiçoava em pensamento. Estava furiosa com ele, mas tranquila comigo. Pensava que já tinha parido tantas vezes e sempre foi uma coisa veloz e simples. Da clínica telefonei a Roberta para ter alguém por perto. Ela chegou imediatamente.

Ao meio-dia estava muito mal. Entendi que era um parto difícil. Roberta parecia preocupada mas buscava não transparecer para mim. Eu amaldiçoava em pensamento. Depois parei de amaldiçoar em pensamento e chamei minha mãe. Não me lembrava mais que estava morta havia tantos anos. Teria gostado que Piero estivesse lá. Sempre esteve presente nos meus partos e teria gostado que estivesse também dessa vez. Não sei se o mencionei. Não me lembro mais do que dizia ou do que não dizia. Parecia que estava para morrer.

Estava uma grande confusão ao meu redor. Não via mais Roberta e não estava mais na sala de antes. Depois me deram injeções e não senti mais nada.

Quando acordei, o primeiro rosto que vi foi o de Piero. Alguém tinha telefonado, ou Roberta ou Serena, e ele veio imediatamente. Me mostraram o bebê. Tinha longos cabelos pretos. Piero disse que se assemelhava a Cecilia.

Então Piero foi embora e pouco depois I. chegou. Roberta tinha telefonado e ele pegou um avião. Estava pálido. Acompanharam-no para que visse o bebê. Gostou muitíssimo dele. O bebê estava num quarto no final do corredor, com outros nove. I. disse que era o melhor daqueles nove, de longe o mais bonito. Parecia, disse, um magistrado chinês. Parecia o seu pai. Queria que se chamasse Giovanni, como o seu pai. Do nada se pôs a falar dos seus pais, de quem não fala nunca. Morreram há muitos anos. Tinham uma farmácia em Ancona. A famosa farmácia Fegiz. Roberta e Serena estavam no quarto. Quando ele saiu por um momento do quarto, Serena disse em voz baixa a Roberta que não o suportava. Eu ouvi e disse que fosse embora se não o suportava. Que fosse à minha casa e visse o que a Zezé estava fazendo. Era o primeiro dia da Zezé e era preciso explicar-lhe tudo.

Depois Piero voltou e me trouxe rosas. Ele e I. apertaram as mãos com grande cordialidade. Roberta disse que era preciso ir ao cartório e registrar o bebê, e que Piero deveria fazer o desconhecimento de paternidade, senão o bebê se chamaria Giovanni

Mantelli em vez de Giovanni Fegiz. I. recomeçou a falar sobre Giovanni Fegiz, seu pai. Para o cartório, disse, tinham tempo.

Por uma enfermeira ficamos sabendo que o bebê fora tirado daquele quarto onde estavam os outros nove e tinha sido levado para um quarto individual, porque não respirava muito bem. Poderíamos vê-lo do mesmo modo, sempre através de um vidro, e I. foi vê-lo e disse que ele respirava muitíssimo bem. A enfermeira tirou o meu leite com a bombinha, para dar ao bebê com um conta-gotas. Era preciso que não se cansasse. Era saudável, apenas um pouco frágil.

Na manhã seguinte Serena veio e me disse que tinha alguma coisa errada com o bebê. Os médicos lhe disseram. Não respirava bem, tinha um problema no coração. Não sei por que, mas Serena sente sempre certo prazer ao me dar más notícias. Gosta muito de mim, eu sei, entretanto sente prazer ao me dar más notícias. Seus olhos se acendem com uma luz estranha. Senti uma grande angústia. Falei para Serena sair e chamar Roberta, mas Roberta tinha ido para casa dormir, Piero tinha ido com as crianças a Villa Borghese e até I. tinha sumido. Uma enfermeira gritou com Serena porque me contara coisas que não deveriam ser contadas.

Depois Roberta e Piero chegaram. Roberta me disse que I. estava na sala de espera e assim que via um médico passar, abordava-o e fazia mil perguntas. Havia, sim, alguma coisa errada. O bebê tinha um pequeno problema no coração. Porém Roberta conhecia alguém, o filho de uma amiga, que tinha a mesma coisa e vivia muitíssimo bem. Era robusto e forte. As horas passavam e eu esperava que me dissessem que tudo estava melhorando. Pelo contrário, veio um médico e me disse que restavam poucas esperanças. I. continuava na sala de espera. Aparecia de vez em quando no meu quarto, sentava-se e logo levantava-se, do nada se pôs a gritar que aquela era uma clínica de merda onde ninguém explicava nada claramente. Piero o levou a um bar no andar de baixo para tomar um café. Às dez da noite nos disseram que o bebê tinha morrido.

Eu fiquei naquela clínica por muitos dias. I. me fazia companhia. Ficava calado quase sempre. Voltou a falar do bebê apenas uma vez. Disse que nunca tinha se dado conta de que desejava um filho, no entanto quando viu o bebê entendera que era a única coisa no mundo que realmente desejava. Disse que naquela noite, quando foi com Piero tomar um café, tinham conversado e ele o sentiu muito próximo. Disse que Piero era uma pessoa extraordinária e sabe-se lá por que eu o tinha deixado. As mulheres, disse, são verdadeiras idiotas. Eu achei essas palavras horrendas, tão horrendas que lhe disse para ir embora, que não queria vê-lo nunca mais. No entanto ele permaneceu lá sentado, alisando os cabelos, até que veio a enfermeira, como fazia todas as noites, para me dar comprimidos e dizer-lhe que deveria ir embora porque passava das nove.

No dia seguinte eu lhe disse uma coisa que pensava sem parar em todos aqueles dias. Disse que odiara tanto aquele jeito dele, sempre deixando-me sozinha, e odiara tanto Ippo, que todo esse ódio acabara no sangue do bebê e o tinha intoxicado. Ou talvez tenha pensado tanto em Ippo que ela acabou se metendo dentro de mim e contagiando o bebê com aquela sua doença do coração. Levantou-se e foi até perto da minha cama rangendo os dentes. Disse que eram palavras que não podia perdoar. Quando me conheceu tinha me imaginado forte e generosa. Eu não era nada disso. Tinha a alma toda cheia de misérias e venenos. Disse com a voz baixa e rouca, depois se enfiou no impermeável e foi embora. Passei a noite inteira acordada chorando, depois na manhã seguinte ele telefonou e voltou.

O bebê foi registrado e sepultado com o nome Giovanni Mantelli. Piero não fez o desconhecimento da paternidade. Àquela altura era indiferente a todos que tivesse um sobrenome ou outro.

Voltei para casa. O quarto que seria do bebê foi transformado num quarto de hóspedes. Cecilia não quis dormir lá. Diz que às vezes Vito sente medo à noite e ela tem de colocá-lo na sua cama. Além disso, tinha visto o bebê, tanto através do vidro quando ainda estava com os outros nove, como na noite de domingo quando morreu. Diz que não consegue esquecê-lo. Se dormisse naquele quarto, não faria outra coisa além de sonhar com bebês mortos. Piero dorme naquele quarto, quando vem a Roma. Antes ficava num hotel, mas acho estúpido que fique num hotel se tem lugar aqui. Aparece em Roma com bastante frequência, porque nesse momento tem compromissos aqui. Coloquei uma cama, o tapete cinza e a cômoda com as tartarugas nesse quarto.

Passo os dias sem fazer nada. Fico largada no sofá, olhando pela janela. Não tenho vontade de nada e às vezes tenho medo de que aconteça comigo o que aconteceu com a minha mãe.

Todos me dizem: Força. Você já tem tantos filhos. Eu sei, mas queria também aquele.

Roberta vem aqui todos os dias. Cuida um pouco da casa, fica no pé da Zezé. Egisto vem com frequência. Já Serena vem pouco, porque tem os ensaios de teatro. Encenará a *Mirra* de Alfieri, num pequeno teatro aberto há pouco tempo. Encenar a *Mirra* era o sonho da vida dela. Está dormindo com aquele diretor, que se chama Umberto. Está muito contente por tudo.

Atenciosamente,

Lucrezia

Giuseppe a Lucrezia

Princeton, 27 de abril

Cara Lucrezia,

você me disse e repetiu muitas vezes que não quer palavras de compaixão. Assim te direi apenas que penso em você com grande afeto. Em breve vou à Itália. Não, não agora. Tenho as minhas aulas, tenho diversas coisas para fazer, devo encontrar o meu tradutor, consultar-me com ele sobre agências. Mas cedo ou tarde você verá que vou.

Penso muito em você. Falo muito de você com Chantal. Também falei muito de você com Danny, que veio a Princeton muitas vezes, para ver a sua filha. Não falo nunca de você com Anne Marie, porque, quando comecei a falar de você, ela disse que se interessa bem pouco pelas pessoas que não conhece.

Chantal encontrou um trabalho numa agência de turismo. Colocou a menina numa creche e vai buscá-la às quatro. Mas às vezes sou eu que busco, quando não tenho aulas. Levo-a aos bosques e Chantal se junta a nós. Passamos horas muito tranquilas nesses bosques, onde há grandes árvores, esquilos e passarinhos. Depois voltamos para casa e preparamos juntos o jantar, eu e Chantal. Quando Anne Marie chega, já está tudo pronto. Porém ela sempre encontra alguma coisa para criticar. Quase imediatamente começam a brigar, Anne Marie e Chantal. São sempre motivos insignificantes, um copo sujo na mesa do vestíbulo, uma maçã comida pela metade sobre uma poltrona, uma camiseta usada para secar o chão. Chantal é particularmente bagunceira e muito distraída. Anne Marie fica furiosa, e mãe e filha trocam palavras raivosas em voz baixa. Eu busco apaziguar, mas Anne Marie então se chateia comigo, e frequentemente nossos jantares são silenciosos. A menina é posta na cama, mas é comum que saia do quarto e venha à cozinha, e Anne Marie não diz nada mas empunha seu garfo ou seu copo e o seu pescoço se enche de vergões vermelhos. Em geral, Schultz e Kramer vêm depois do jantar. Então Anne Marie fica mais serena e se senta com eles na sala para conversar. Enquanto isso eu e Chantal colocamos a cozinha em ordem e levamos a menina, que invariavelmente acorda de novo, de volta para a cama. Por fim, quando adormece, também nos sentamos na sala, com um copo de uísque, mas Chantal se entedia e boceja, e eu também me entedio e engulo meus bocejos, até Schultz e Kramer irem embora e Anne Marie nos repreender porque os recebemos com pouco calor e assim acontecerá de não virem mais à noite.

Ficarei feliz se um dia você quiser ler o meu romance, sem pressa, tudo tem seu tempo. Há poucos dias, na última vez que veio, Danny me disse que aquele seu amigo já traduziu umas sessenta páginas e as deu para ler, e que ficou com muita curiosidade e impaciência para saber o que acontece depois. Na próxima vez que vier, talvez traga esse amigo, que está muito ansioso para me conhecer e me questionar sobre certos pontos que não entendeu. Danny não deseja encontrar Chantal quando vem para cá, e então sou eu que levo a menina até o seu hotel, uma pensãozinha bastante esquálida porque Danny não tem muito dinheiro e recentemente perdeu o emprego. Deixo a menina com ele e volto para buscá-la, depois marcamos algo à noite e passamos longas horas juntos conversando. Anne Marie não está contente com isso, não diz nada, mas contrai os lábios e solta um pequeno gemido de incômodo. Talvez nem mesmo Chantal esteja muito contente com isso, mas dá de ombros e solta aquela sua risada aguda, e diz que cada um é livre para passar o tempo com quem quiser. Na última vez Danny me pediu dinheiro emprestado e eu dei, mas não contei nem a Anne Marie nem a Chantal.

Danny e Chantal estão com o processo de divórcio em curso. De acordo com Danny, Chantal não suportará por muito tempo a convivência com a mãe, de acordo com ele, ela já está pensando em ir embora e morar sozinha, talvez em Nova York. Perguntei a Chantal se era verdade, e ela disse que não, disse que por agora fica conosco. Se Chantal fosse embora, eu sentiria intensamente a sua falta. A casa fica muito mais alegre com Chantal e a menina, e eu converso muito e muito à vontade com Chantal, e quando ela está no trabalho e eu estou na escola, reúno na minha cabeça um monte de coisas que tenho vontade de contar-lhe e que de fato conto assim que estamos de novo juntos. É uma moça doce, Chantal. Às vezes é dura, porque a mãe sempre foi severa demais com ela. Anne Marie não tem um temperamento maternal. Eu disse isso a Anne Marie e ela me deu razão. Mãe e filha não se suportam. Na verdade Anne Marie não suporta nem mesmo a menina. Diz que se sente velha demais para ter uma criança em casa.

Dê notícias,

Giuseppe

Lucrezia a Giuseppe

Roma, 20 de maio

Estive em Vallombrosa por dez dias, com I. Voltamos há quatro dias. Roberta e Piero diziam que eu precisava de uma mudança de ares. I. foi comigo. Primeiro ele não queria, porque dizia que tinha muitos compromissos em Roma. Depois do nada decidiu que iria e foi ele que reservou o hotel. Um bom hotel. Disse que tinha muito dinheiro nesse momento e que eu precisava de todo tipo de comodidade, e ele também.

Fomos com o Renault verde-oliva, onde eu não entrava fazia muitíssimo tempo. Roberta ficou na minha casa, para garantir que tudo corresse bem.

Coloquei o teu romance na mala. Assim finalmente o li. Gostei.

Com I. em Vallombrosa aconteceu como em Viterbo com você. Nos despedimos e nos deixamos. Com esta diferença: em Viterbo fui eu que disse que deveríamos nos deixar, e em Vallombrosa foi ele que disse. E teve outra diferença: em Viterbo eu e você estávamos muito tristes, mas no fundo calmos, e não pensávamos que não nos veríamos mais. Já em Vallombrosa nós dois pensávamos que nos fazíamos mal demais, eu a ele e ele a mim, e que não deveríamos por nada no mundo continuar nos vendo. Isso talvez não parecesse terrível a ele, mas a mim parecia terrível porque acredito que continuo o amando.

Egisto diz que quando está com Ippo, só Ippo fala e ele fica quieto. Mas eu creio que o seu silêncio com Ippo seja um belo tipo de silêncio. Comigo, nos últimos tempos, estava sempre quieto e era um silêncio feio. Nem eu falava. Nós dois nos sentíamos partidos e cansados, e subitamente velhos. Ele olhava o vazio e alisava os cabelos, aquela sua escovinha grisalha. Eu pegava meus cabelos e os prendia no alto da cabeça.

Chovia sempre em Vallombrosa. Eu lia o teu romance, enquanto I. lia uns livros que levara. Quando terminei o teu romance queria que ele o lesse, mas respondeu que não consegue ler os romances contemporâneos. Lia as tragédias de Ésquilo. Se parava de chover, passeávamos nos bosques. Me lembrava dos passeios que fazíamos, ele e eu, em Monte Fermo, nos primeiros tempos em que nos conhecemos. Os longos passos. Os longos silêncios, belíssimos, cheios de palavras secretas. As risadas repentinas e bobas. As frases curtas e inconclusivas. Os pensamentos que se encontravam e se entrançavam. Os cabelos sobre os olhos. Aquela sensação contínua de cumplicidade vitoriosa. Agora caminhávamos separados, ele na frente, eu atrás. Eventualmente parava e me esperava. Soltava um suspiro. Retomava a caminhada sem olhar para trás, com uma mão no bolso e a outra atrás das costas. Você lembra que ele mantém sempre uma mão atrás das costas. Eu seguia atrás dele e me perguntava de quando em quando o que estava acontecendo na minha casa, se lembravam de sair com Jolí, se Cecilia estava de mau humor e Vito manhoso. Tinha uma vontade imensa de voltar para casa e ao mesmo tempo nenhuma vontade de voltar. Retornávamos ao hotel e eu trocava de sapato. No quarto tinha quadros escuros, com frutas e faisões mortos. Descíamos para jantar no restaurante, que ficava no subsolo. Eu olhava as pessoas nas outras mesas, ele, a parede. Desaparecia em certo ponto do jantar, eu sabia que ia se meter na cabine telefônica. Voltava e me dava um sorriso torto, só com um lado da boca.

Ele me disse que deveríamos nos deixar. Então, do nada, reencontramos um pouco da intimidade e da cumplicidade. Mas era uma cumplicidade pesada como uma rocha e servia apenas para indicar que não existia mais caminhos. Foi assim que passamos os últimos dias.

Um casal de franceses que ele conhecia chegou ao hotel, ficou alegre ao vê-los. Conheciam Ippo, mencionaram Ippo. Um dia fez um passeio com eles, tropeçou e torceu o tornozelo. Eu fiquei no hotel. Os dois franceses enfaixaram o tornozelo dele. Não podia dirigir, e então eu que dirigi o Renault, na volta.

Agora estou em casa. Encontrei as crianças com sarampo. Pedi que Roberta ficasse por mais alguns dias. Ela dorme no quarto pequeno. Vai embora no sábado porque Piero chega. Estar no meio de gente me cansa, mas estar sozinha me cansa ainda mais. As crianças me pesam. Perguntam por que I. não vem mais na hora do almoço. Disse que não vem porque machucou o pé.

Egisto e Serena me visitam. Aparecem por compaixão, porque eu não os divirto, não falo nada, e às vezes os trato mal. Que I. me deixou, não contei a ninguém, mas acredito que todos já entenderam.

Tinha um amante e ele me deixou. Me sinto feia e velha. Meus cabelos caem, estou cheia de rugas. Meu rosto não é mais pálido, é amarelado. "A minha esplêndida palidez" não existe mais.

Às vezes penso que não vou te rever nunca mais, e fico contente, porque não quero que você me veja como estou agora.

Mas ao mesmo tempo parece que você é a única pessoa no mundo com quem talvez eu pudesse ficar sem maiores esforços.

Como disse, gostei do teu romance. Parece que está bem escrito. Porém não fui uma boa leitora, porque enquanto lia pensava em mim mesma. Não pulei nada, nem mesmo as descrições, mas, para dizer a verdade, lia com os olhos e tinha os pensamentos em outro lugar. Tem um pouco de descrição demais, e eu não suporto as descrições, nos romances. Parece que às vezes você demora demais sem ter nada sério a dizer. Aquele lá sente o sabor de alguma coisa, o odor de outra, vai para lá e para cá, mas não encontra sequer uma alma viva e não lhe acontece nada, até o fim quando já está aquela desordem toda, e então acaba e permanece uma grande confusão na cabeça. Toda aquela desordem chega um pouco tarde demais. Porém, nesse momento eu não consigo julgar, e, mesmo que você fosse o Thomas Mann, creio que não me daria conta.

Atenciosamente,

Lucrezia

Giuseppe a Albina

Princeton, 30 de maio

Cara Albina,

soube pela Roberta que você casou, e desejo muitas felicidades, fiquei muito contente. Roberta me telefona com frequência, e me dá notícias de todos, de Lucrezia, Egisto, Serena, e tuas, e assim acompanho todos à distância. Espero que esteja feliz. Penso que você é uma pessoa feita para ter uma casa e filhos, mesmo que tenha esse teu ar juvenil e mesmo que, como sempre repete, tenha problemas na cama.

Nunca te escrevi, desde que deixei a Itália, e nem mesmo você me escreveu, ao contrário do que nos prometemos, que você me escreveria e eu também te escreveria. Porém, sempre me lembro de você, te revejo sentada na minha frente à mesa do Mariuccia, quando jantávamos juntos, e em Monte Fermo quando você tocava flauta, revejo as tuas mãos longas e magras, como as de um lagarto, dizia Lucrezia, os teus olhos castanhos e os teus tufos de cabelo na testa. Não sei nada do teu marido, se é velho ou jovem, Roberta não sabia e também no telefone, nos telefonemas internacionais, o dinheiro vai pelo ralo e é tanta coisa que não se diz. Eu também me casei, há um ano e meio, como você deve saber, com a viúva do meu irmão, e ensino literatura italiana numa escola. Escrevi um romance, que mandei para Lucrezia, porém Lucrezia atravessa um momento difícil, de forma que leu mas um pouco distraída e diz não ser capaz de julgá-lo. Eu a compreendo e não fiquei ofendido. Vá visitá-la, se acontecer de você ir a Roma, penso que ela tenha a necessidade de estar com amigos, sobretudo os amigos antigos e fiéis, que a ajudem a recuperar a antiga fisionomia. Rompeu o casamento, teve um filho que morreu tão rápido, está sozinha e eu leio as suas cartas e queria estar aí com ela, mas não posso ir agora, por várias razões. Há alguns meses a filha da minha esposa deixou o marido e veio morar conosco com uma criança pequena, o clima está um pouco turbulento em casa, minha esposa tem uma relação bastante difícil com a filha, a minha presença é útil porque caso contrário explodiriam conflitos declarados entre essas duas mulheres, além disso, eu cuido bastante da menina e a levo para passear, e nem minha esposa nem minha enteada teriam paciência para se ocupar disso. A menina que agora tem dois anos se chama Maggie e é uma criatura deliciosa.

Um abraço,

Giuseppe

Lucrezia a Giuseppe

Roma, 5 de junho

A Zezé é negra, barriguda, larga nos quadris e estreita nos ombros e nas coxas, com pés ossudos, largos e chatos. É quase tão alta quanto eu e diz que sou a mais alta entre todas as patroas que já teve. Chega ao meio-dia com as sacolas do mercado. Quando chove, veste um impermeável de estampa tigrada. Coloca um lenço estilo turbante na cabeça para trabalhar. Nasceu no Cabo Verde, mas cresceu na casa de uma tia em Torpignattara.

Não gosta de mulheres altas. Ela é alta mas é bem proporcional, tem as pernas finas para a sorte dela, eu não as tenho tão finas para a minha desgraça. Eu tenho os seios pequenos e os dela são grandes, e uma mulher deve ter seios grandes se é alta, caso contrário parece um tronco de árvore com dois caroços. Acha que eu arrumo mal meus cabelos. Assim como arrumo meus cabelos, no alto da cabeça, meu rosto magro, com olheiras e rugas, fica muito exposto. Ela tem o rosto robusto e não precisa escondê--lo com os cabelos. Os seus cabelos são encaracolados, crespos e cheios, ela os corta bem curto e basta frisá-los um pouco na frente que já ficam bem. Tem os cabelos ainda totalmente pretos para a sorte dela. Já eu tenho muitos cabelos brancos, sabe-se lá o que estou esperando para pintá-los, não se sabe.

No momento sou a sua única patroa. Antes de vir aqui, ela vai a Piazza San Cosimato, uma hora na casa do Egisto, onde nunca tem nada para fazer porque Egisto é limpo e minucioso, depois duas horas no andar de baixo na casa do Alberico, e lá é a maior bagunça. Não tem patroas nem na casa do Egisto nem na do Alberico. Na do Alberico tem a Nadia, mas não se pode chamá-la de patroa. É de família rica mas é uma prostituta. E, no mais, não dá ordem nenhuma e está pouco se fodendo para tudo. Quem dá as ordens é Alberico. Depois daqui vai ainda passar a roupa de um arquiteto, e lá também não tem patroa. Ela gosta do trabalho quando tem ao menos uma patroa.

Chega à minha casa ao meio-dia e vai embora às quatro e meia. Às quatro deveria buscar Vito na pré-escola, mas não tem vontade de ir. Vito é vivaz demais e ela não quer correr atrás dele na rua. Não gosta de levar crianças para passear. Porém, às vezes, leva aquela menina do Alberico, a Giorgina, consigo no mercado para tirá-la um pouco daquela bagunça. É uma menina muito inteligente, muito mais inteligente que Vito que tem três anos a mais. É um amor aquela menina, um dia vai trazê-la aqui. Alberico ama tanto aquela menina. Alberico, porém, não é o pai, o pai é um que ninguém nunca viu. Alberico a registrou como sua por compaixão. Também a menina ama tanto Alberico, chama-o de Tico. Se Tico sai, ela chora. Só quer comer com ele. Mas aquela menina nunca tem vontade de comer, e de resto só lhe dão coisas inadequadas, *tagliatelle* com ragu de manhã cedo, mexilhões marinados, nunca um copo de leite, uma vez a Zezé experimentou dar uma caneca de pão e leite, mas ela não tem o hábito, pedia o *tagliatelle* de volta, depois na verdade nem queria, pegava fio por fio e colava na parede. Nunca quer comer com a mãe. De resto, a mãe está pouco se fodendo para a menina e para tudo. É uma pequena prostituta. Tem o costume de passar a noite fora e chegar de manhã morta de sono, joga-se na cama para dormir e nada a tira de lá por um tempo. Quando a Zezé está prestes a ir embora, aquela pequena prostituta acorda e pede um café. Salvatore grita que ela mesma se levante e faça. Arrombado, ela grita, e ele vai direto tirá-la da cama e os dois se estapeiam, Salvatore assusta quando fica bravo e uma vez por pouco não a esganou, Alberico tirou as mãos dele a tempo. Lá são todos bichas e assim dá para entender que aquela lá passe as noites fora, com homens não bichas, porém a Zezé pensa que ela ganha um monte de dinheiro com isso e esconde em algum lugar, e a razão verdadeira quando ela e Salvatore brigam é o dinheiro, que ela não quer contar onde está, ou as drogas que ela não quer contar onde estão, porque todos se drogam lá, disso a Zezé tem certeza, viu as seringas. Salvatore também passa algumas noites fora, e Alberico fica sozinho em casa com a menina. Que bagunça. Tem sempre rapazes entrando e saindo, todos bichas, Adelmo, Luciano, Gianni, a Zezé conhece todos. São gentis com ela, e amáveis com a menina, não são maldosos. Nem mesmo Salvatore é maldoso, mas tem um gênio ruim, briga com todos e vira uma besta quando briga. Briga também com Alberico, mas nunca muito forte, a Zezé nunca o viu estapear-se com Alberico. Assim que chega, a Zezé deve lavar os pratos, e são sempre muitos, a menos que tenham pedido comida de algum restaurante, e então basta meter os pratos sujos numa cesta e devolvê-los. A Zezé sugeriu que usassem pratos de papel, quando preparam o almoço em casa, mas Alberico não quer saber de pratos de papel, diz que lhe dão melancolia. Por um tempo, Salvatore lavava os pratos, mas agora se encheu porque sempre são muitos que comem lá, Adelmo, Luca, Gianni, Giuliano muito frequentemente ficam para comer. Alberico é quem decide se vão pedir comida de restaurante ou se vão cozinhar em casa. É ele que comanda e de resto o dinheiro quem tem é ele. É ele que quer a Zezé todos os dias e é ele que paga no fim da semana. É muito rico e ficará ainda mais rico, porque daqui a alguns dias vão lançar o seu filme. Está sempre na cozinha, escrevendo à máquina, sem camisa, com chinelos vermelhos, com protetor auricular, algumas vezes com a menina sobre os joelhos. De vez em quando convidam umas quinze pessoas para jantar, e então chamam a Zezé para cozinhar. A Zezé prepara vasilhas de massa e vasilhas de salada, com alface, pepinos e pimentões, nunca carne porque eles não compram carne, é cadáver, diz Alberico. A Zezé apontou que também os peixes são cadáveres, as sardinhas, os mexilhões e os chocos que eles compram com frequência. Mas Alberico acha que é sobretudo a carne que lhe dá a sensação de cadáver porque, ao comprá-la e ao comê-la, se pensa em pelo e sangue, já comendo peixe não se pensa nisso, os peixes não têm pelo e o sangue deles é diferente, mais frio e mais claro. Geralmente Egisto está nesses jantares, e I., a Zezé o chamava de "o doutor" quando o via aqui, agora o chama de Fegisse, o doutor Fegisse, e ele, o doutor Fegisse, costuma levar aquela magricela do nariz. É uma que não come nada. Quer só um talo de aipo e um copo de água quente. Uma vez pediu uma cenoura, mas não tinha cenoura na casa. Chama-se Ippo. É feinha, essa Ippo, mas o Fegisse a prefere, porque se veste bem e tem belíssimos cabelos cheios, crespos, encaracolados, à la Angela Davis, e também é particularmente pequena e as mulheres pequenas sempre têm uma grande sorte. Às quatro e meia a Zezé tira o lenço da cabeça e aparecem os seus cabelos pretos, crespos e cheios, à la Angela Davis, ainda mais bonitos que os da Ippo porque são pretos. Vai à casa do arquiteto. Juntou bastante dinheiro e logo comprará um apartamento. Quer um que fique na Roma Velha. Eu também estou na Roma Velha, porém ela prefere a região do Panteão.

Atenciosamente,

Lucrezia

Giuseppe a Alberico

Princeton, 25 de junho

Caro Alberico,

Roberta me telefonou e disse que a estreia do teu filme será em poucos dias. Meus parabéns, espero que seja um sucesso.

Recebo notícias tuas também de outras pessoas. Sei que você é muito ocupado e tem a casa sempre cheia de gente. Sei que come chocos e mexilhões marinados com frequência. Sei que escreve à máquina sem camisa, com chinelos vermelhos, com protetor auricular nas orelhas e a menina sobre os joelhos. Eu te vejo assim e é uma imagem reconfortante. Fico muito feliz que esteja trabalhando. Você usa a máquina de escrever, já eu escrevo à mão, como sabe. Escrevi um romance. O título é *O nó*. Naturalmente ficaria feliz se você lesse. Mandei para Lucrezia e talvez você poderia pedir-lhe essa cópia e dar uma olhada. Não sei se tem vontade. Duas agências já o recusaram. Porém, ainda não desisti da ideia de publicá-lo. Um amigo meu, um certo Danny, pensa em mandá-lo a uma terceira agência.

Esse Danny é o ex-marido da Chantal. Chantal é a filha da minha esposa, a minha enteada. Enteada, que palavra estranha, na verdade eu não consigo ligá-la à figura de Chantal e à minha relação com ela.

Como nos escrevemos tão raramente, e nos telefonamos tão raramente, parece que toda vez tenho de explicar quem são as pessoas que menciono. No mais, você tem pouca memória, ao menos tem pouca memória a respeito das coisas que digo de mim.

Vivemos de um modo bem diferente, eu e você. Você está sempre no meio de gente, tanto que em casa tem de colocar o protetor auricular nas orelhas. Come sempre com tanta gente, faz jantares. Eu nunca vejo ninguém tirando os meus alunos do curso, e Danny quando vem a Princeton para ver a sua filha, e a nossa vizinha, a senhora Mortimer, e Schultz e Kramer à noite, que eram amigos do meu irmão. Não vejo outras pessoas. Ficamos muito sozinhos, eu, Anne Marie e Chantal. Às vezes tenho medo de que Chantal se entedie e a incentivo a sair. Agora nas últimas semanas conheceu um grupo de estudantes, e sai com eles à noite. Fico contente. Dou banho na menina, preparo o jantar e coloco-a na cama. Anne Marie não tem paciência com crianças. Eu não tinha uma grande paciência com crianças quando jovem, mas mudei ao envelhecer.

Sei pela Roberta que você segue fazendo análise com o doutor Lanzara e fico contente. Devo dizer que fico contente sobretudo porque Lanzara está na minha casa. Aquela ainda é a minha casa, e será sempre. As casas podem ser vendidas ou até abandonadas, mas ficam conservadas para sempre dentro de nós. Acho reconfortante que você passe algumas horas do dia entre aquelas paredes. Eu não acredito muito em análise, para ser sincero. Quando passava por momentos difíceis, sentia a tentação de procurar um analista, mas logo depois abandonava essa ideia. Porém, pode ser que para você funcione muitíssimo bem conversar com Lanzara. Cumprimente os dois Lanzara por mim, o marido e a esposa, cumprimente as paredes da minha casa por mim.

Recebi outras notícias tuas que são menos reconfortantes. Não as recebi de Roberta, mas sim por outras vias, e torço para que não sejam verdadeiras. Roberta diz que não são verdadeiras. Diz que você tem uma natureza fundamentalmente sã e um profundo equilíbrio interior. Quero acreditar que seja assim.

Penso em fazer uma viagem à Itália no próximo outono. Vou com Anne Marie e Chantal. Assim você conhecerá essas pessoas que amo e com as quais divido a vida. Pensava que seria você que me encontraria nos Estados Unidos, mas vejo que tem muito o que fazer na Itália.

Um abraço,

teu pai

Alberico a Giuseppe

Roma, 4 de julho

Prezado pai,

a estreia do meu filme foi ontem à noite. Eu não fui. Disseram que o acharam bom. Eu não o acho nada bom. Me diverti fazendo, mas não o acho bom. Porém tanto melhor se os outros gostaram.

A senhora que faz faxina aqui me trouxe o teu romance. Tinha telefonado para aquela tua amiga, a Lucrezia, e pedi que me entregasse. A senhora que trabalha aqui também trabalha na casa dela. Assim ela o colocou sobre a mesa hoje de manhã, e vou lê-lo.

As notícias que te dão a meu respeito são frequentemente falsas. Não costumo colocar protetor auricular nas orelhas. Os meus chinelos não são vermelhos, mas sim pretos.

Um abraço,

Alberico

Percebo que a última frase desta carta pode se prestar a uma interpretação equivocada. Na verdade, não tem nenhum significado especial na cor dos meus chinelos. Não amo o preto. Eu compro preto para ter de lavá-los o mínimo possível.

Roberta a Giuseppe

Roma, 4 de julho

Caro Giuseppe,

ontem à noite o filme do Alberico, *Desvio*, foi exibido. Exibiram numa salinha privada, em Lungotevere Flaminio. Foi um grande sucesso. Tinha muita gente. Alberico não estava. Telefonei e ele me disse que não iria porque estava com dor de cabeça. Nadia, Salvatore, Adelmo, todos aqueles amigos dele que encontro quando o visito, estavam presentes. A Nadia estava com a cabeça enfiada num chapeuzinho redondo de palha preta.

O filme é bom. É bem-feito. Ele se passa todo num casarão reformado no campo. Os quartos são grandes e meio vazios, com cortinas brancas esvoaçantes e piso de lajota. Tem sempre uma grande luz branca. Não estou contando o enredo, também porque não entendi tudo, o som estava ruim e eu estava sentada numa das últimas filas. Tem um rapaz, uma moça e um velho. Depois chegam hóspedes. No casarão tem droga escondida, mas ninguém sabe onde. É um filme que dá angústia porque tem sempre aquela luz branca, e também porque pouco a pouco todos morrem. Mas sobretudo o que dá angústia é a luz, as paredes brancas, o pavimento de lajota e as cortinas esvoaçantes. Alberico me disse que tudo custou pouquíssimo, porque aquele casarão onde filmaram é do pai do Adelmo, e ele lhes cedeu por um valor baixo. Os atores foram achados na beira da estrada.

Estava com Lucrezia e com os Lanzara. Lucrezia, porém, foi embora antes do final. Disse que não suporta aquele tipo de filme. Estava morta de tédio e com sono. Mas na verdade, ao entrar, tínhamos visto Ignazio Fegiz, com aquela amiga dele, a Ippo. Estavam sentados na primeira fila, ao lado de Salvatore. Como te contei, Lucrezia e Ignazio Fegiz não estão mais juntos.

Lucrezia não está bem. Está exaurida e sempre muito pálida. Nunca chegou a recuperar-se depois do parto e da perda do bebê. No mais, o seu I. a deixou. Claro que ela deve pensar que rompeu o casamento por nada, para ligar-se a uma pessoa que tinha outros vínculos evidentemente mais fortes. Eu vou à sua casa com frequência, mas não sei bem o quanto ela fica feliz em me ver. Diz sempre que está bem sozinha. Não é legal quando atravessamos a cidade para ver alguém e a nossa companhia é desdenhada. Diz que Roma é uma cidade odiosa, habitada por gente odiosa. Queria viver em outra cidade, não sabe qual. Porém, ao mesmo tempo, diz que precisa de uma casa em Roma. Deve deixar a de agora daqui a alguns meses. Eu lhe digo que uma análise poderia fazer bem. Ela fica brava. Não acredita em análise. Não gosta de analistas. Não gosta do Lanzara. Estar diante daquela cabeça careca e ter de falar de si parece-lhe maluquice. Digo que ela poderia ir em outro. Mas um outro teria outras particularidades insuportáveis. Além disso, os analistas custam dinheiro e ela, de dinheiro, tem bem pouco. Tento explicar que não é tão pouco assim. Confidencia-se bastante comigo e sei quanto tem. Não tão pouco assim. Mas quando alguém encas-

queta com a ideia de que tem pouco dinheiro, é difícil convencê-
-lo do contrário. Quando partiu para os Estados Unidos, você
também tinha encasquetado com a ideia de que não sabia como
fazer aqui. Deve lembrar como eu tentava te explicar que dinheiro você tinha e que teria ficado muitíssimo bem daqui para a
frente. Partiu, e se fez bem ou mal escolhendo ir para os Estados
Unidos, isso eu não sei. Talvez tenha feito bem, visto que está
casado e tranquilo.

Algumas noites atrás teve a estreia da *Mirra*, num teatro muito pequeno e incômodo, distante, na Via Olimpica. Serena encenava. Você sabe que encenar a *Mirra* sempre foi o sonho da
vida dela. Fomos eu e Lucrezia. O pai de Serena, vindo de Gênova, estava lá, sentado na primeira fila, com o seu bigodão branco. Albina estava lá, vinda de Luco dei Marsi especialmente para
a ocasião. Egisto também estava. Era uma *Mirra* com indumentária moderna. Serena vestia uma calça preta e uma malha. O
palco estava vazio, tinha só uma escadinha de ferro. Um sucesso
não foi. Os aplausos foram fracos e os jornais, no dia seguinte,
falaram mal à beça. Porém Serena estava feliz do mesmo jeito,
Lucrezia me disse. Também naquela noite da estreia parecia
feliz, quando fomos cumprimentá-la no camarim, e nem se deu
conta de que os aplausos tinham sido tão fracos. Ia jantar com o
diretor e com os outros atores numa pizzaria perto do teatro, e
perguntou se queríamos ir junto, mas dava para entender muito
bem que preferia que a liberássemos. Seu pai estava cansado,
pegou um táxi e voltou ao hotel. Nós fomos a uma pizzaria um
pouco mais distante, eu, Lucrezia, Albina e Egisto, mas pouco
depois vimos chegar Serena e o seu grupo, talvez porque a outra pizzaria estivesse fechada. Serena nos fez um grande sinal de
cumprimento, mas não se aproximou, sentou-se com o seu grupo
numa mesa do fundo. Egisto observou que era muito mal-
-educada, deveria ter nos chamado para sentarmos na sua me-

sa, mas Albina disse que entendia, ela estava no seu novo ambiente e não tinha vontade de ver os velhos rostos de sempre. Assim tentávamos conversar entre nós e não olhar para aquela mesa. Egisto e Albina se puseram a falar do Centro Mulher em Pianura, quando Serena interpretava Gemma Donati, mas Lucrezia subitamente disse que estava cansada e com sono, levantou-se e foi embora, caminhando determinada entre as mesas sem se voltar para trás. Pensávamos que tinha se ofendido com Serena e Serena também deve ter pensado, porque a vi direcionando os olhos para a porta. Lucrezia me disse depois que não liga para as grosserias de Serena, mas do nada lhe veio uma grande tristeza lembrando de Pianura, do Centro Mulher, de Monte Fermo, daqueles lugares, daquela gente, daqueles anos. Albina foi dormir na casa do Egisto, porque agora Serena vive no seu conjugado, talvez com aquele diretor, que se chama Umberto e com quem é muito feliz.

Albina se casou, como você sabe, mas a vida que leva é a mesma que levava antes, só que agora deve cozinhar também para o marido, e passar as camisas do marido além das do irmão e do pai.

O filme de Alberico teve críticas muito elogiosas. Vou te mandar os recortes. Eu telefonei para parabenizá-lo, porém ele me disse que era tudo idiotice. Já está trabalhando em outro filme.

Um abraço,

Roberta

Lucrezia a Giuseppe

Roma, 10 de julho

Assisti ao filme do teu filho. Achei horroroso. Porém, só eu achei horroroso. Todo mundo fazia grandes elogios.

I. estava lá, com Ippo. Assim finalmente a vi. Vi os famosos cabelos.

Também assisti à *Mirra*. Não sei mais se te disse que Serena finalmente pôde dizer *"empia ora muoio"* num teatro. Agora diz todas as noites. Tem um namorado, e está muito feliz. Telefona raramente.

Estive com Albina. Veio a Roma para ver a *Mirra*. Veio sozinha, com a sua perua. Tirou a habilitação e comprou uma perua usada. É útil para percorrer os vilarejos, em busca de madeira. O marido tem uma fábrica de móveis. Por fora é sempre a mesma, com aquelas garras secas de lagarto, aquela bolsinha sempre aberta de onde despontam lencinhos e biscoitos. Mas mudou por dentro. É como se tivesse se tornado seca também por dentro, séria, calejada. Eu e ela não temos mais nada a dizer. Eu perguntei se continua com problemas na cama. Não riu, permaneceu séria. Disse que não e imediatamente mudou de assunto. Acho que tem muitíssimos problemas na cama.

Atenciosamente,

Lucrezia

Egisto a Giuseppe

Roma, 20 de julho

Caro Giuseppe,

Roberta me disse que te telefonaria, mas não sei se já ligou. Aconteceu uma desgraça, a Nadia morreu.

Faz cinco dias. Nadia, Salvatore e Adelmo foram ao cinema. Alberico ficou em casa e estavam com ele dois daqueles seus amigos que vêm sempre, Giuliano e Gianni. Era por volta da meia-noite quando Adelmo telefonou. Telefonava da Policlínica. A Nadia estava morrendo no pronto-socorro.

Aquilo que sabemos, sabemos pelo Adelmo. Porém Adelmo se lembra de tudo confusamente. Saíam do cinema. Compraram sorvete no quiosque. Andavam na direção do carro, que estava estacionado na Piazza Tuscolo. Chegaram dois numa vespa. Eram dois rapazes, disse Adelmo, podiam ter dezessete, dezoito anos. Aproximaram-se de Salvatore e disseram que queriam dar uma palavrinha. Depois saíram outros quatro de um Cinquecento que estava parado na esquina. Um deles tinha um longo rabo de cavalo loiro. Todos juntos derrubaram Salvatore e o espanca-ram. A Nadia se jogou no meio e gritava que o deixassem em paz. Salvatore estava com a blusa rasgada e uma de suas mãos sangra-va. A Nadia se colocou na frente dele. Alguém disparou. Adelmo acha que foi o do rabo de cavalo mas não tem certeza. Queriam atirar em Salvatore mas acertaram a Nadia. Apareceu gente. Alguém ligou para a emergência. Do nada, Adelmo não viu mais Salvatore, nem os dois da vespa, nem os outros. Acha que viu ainda o do rabo de cavalo, por um minuto. A Nadia estava esten-dida no chão. Chegou uma ambulância e logo depois duas via-turas de polícia.

Alberico me chamou. Pegamos meu carro e fomos à Poli-clínica, ao pronto-socorro. Gianni ficou na casa com a menina.

A Nadia já estava morta. As suas roupas estavam num canto espalhadas pelo chão, o jeans, a regata, a camiseta manchada de sangue. Estava escrito Pepsicola na camiseta, bem no lugar do buraco do disparo. Sempre tinha alguma coisa escrita nas suas camisetas.

Alberico queria recolher aquelas roupas. Mas uma freira lhe disse que não deveria tocar nelas, porque eram para a polícia. Disse-lhe que fosse para casa e trouxesse outras roupas. Pergun-tou se era o irmão, o marido, ou o companheiro. O companhei-ro, ele respondeu.

Eu que fui buscar as roupas. Com Gianni comecei a procu-rar alguma coisa que fosse adequada. Porém não tinha muito o que escolher. Só trapos. No final achei uma camisa e uma saia longa.

Alberico foi interrogado pela polícia. Adelmo também foi interrogado, longamente, e acabou detido. Porém o flanelinha disse que ele não era um dos que espancavam. Adelmo foi libe-rado ontem.

Hoje de manhã a polícia veio para revistar o apartamento. Virou tudo do avesso, mas não encontrou nada. Depois tivemos que colocar tudo em ordem, eu, Alberico, e aquela mulher que vem aqui fazer faxina, a Zezé.

Estive muito próximo do Alberico, nesses dias. Perguntei se sabia quem eram aqueles da vespa e aqueles do Cinquecento. Disse que não sabia de nada e eu acredito nele. Salvatore era de caráter fechado e nunca contava nada de si a ninguém. Às vezes passava a noite fora. Às vezes desaparecia por semanas e não dava notícias. Quando voltava não dizia onde tinha estado, mas trazia uma sacola cheia de ovos e linguiças e talvez tivesse ido a Frosinone, na casa da mãe. Percebemos que falávamos de Salvatore no passado, como se ele também estivesse morto, ou desaparecido para sempre.

Roberta telefonou para os pais da Nadia. Chegou o pai com um primo. A mãe não veio porque tem uma doença no coração.

A Nadia se chamava Nadia Alba Desiderata Astarita. O pai se chama Altiero Astarita. É um velho e pequeno senhor, com uma hirta barbicha grisalha. Teve uma missa na capela da Policlínica. Todos os amigos do Alberico estavam lá, e a Zezé, também Ignazio Fegiz, com Ippo. A Nadia foi levada para a Catânia, onde fica o mausoléu da família.

Altiero Astarita disse a Roberta que ingressará com ação civil, contra autoria desconhecida.

Sempre a Roberta, disse que virá pegar a menina. Alberico disse a Roberta que não quer entregá-la. Por lei, é sua filha, e ele pode decidir.

À noite, Alberico não consegue dormir, e eu lhe faço companhia até tarde. Pensa sempre na mesma coisa, que se também tivesse ido ao cinema naquela noite, se estivesse lá na Piazza Tuscolo, a Nadia não teria morrido. Ele a teria afastado, para longe daqueles que espancavam. Poderiam ter deixado a menina em casa com Gianni, ou até levá-la, como tinham feito tantas vezes, quando vinha a ideia de ir ao cinema todos juntos.

Alberico diz que agora a casa parece vazia, sem a Nadia e sem Salvatore. No entanto não está vazia, sempre tem o habitual vai e vem de gente. Alberico enfiou as roupas da Nadia em duas bolsas, e as mandará para a Sicília. Porém eram só trapos. A menina achou um chapéu duro e redondo, de palha preta, no chão e enfiou na cabeça, e anda pelos quartos com aquele chapéu que cobre até a sua boca. As revistas e os quadrinhos, pilhas e pilhas, estão sendo disputados pela Zezé e por Gianni.

Giuseppe, me disseram que você estava com a vaga ideia de vir para cá, e agora é o momento certo, portanto venha. Alberico está passando por um momento difícil, e tem o risco de levarem a menina, talvez você poderia ser de alguma ajuda, eu não sei.

Egisto

Egisto a Giuseppe

Roma, 2 de agosto

Caro Giuseppe,

dou prosseguimento à carta que te escrevi há dez dias. Não recebi resposta. Sei que você telefonou para Roberta a fim de ter notícias.

O pai da Nadia, Altiero Astarita, voltou, conversou com Alberico por uma tarde inteira, pegou a menina e a levou para a Sicília. Eu também estava quando ele conversou com Alberico, porque Alberico me quis presente.

Altiero Astarita disse que partiria com a menina para a Sicília, imediatamente, e pedia que Alberico não se opusesse, caso contrário a questão seria resolvida no conselho tutelar. Começaria, então, um longo litígio, triste para todos, e humilhante para todos. A menina, disse, ficaria bem na Sicília. Ele e a esposa vivem no campo, num vilarejo chamado Acquedolci, perto da Catânia. Lá eles têm uma grande casa e muitos hectares de terra, cultivados com pomares. A menina teria ar limpo, frutas frescas, ovos frescos, e cresceria saudável. Se Alberico quisesse vê-la, poderia passar um pouco de tempo com eles, em Acquedolci, e seria recebido com grande cordialidade. Ele e a esposa sabiam que não era o pai verdadeiro da menina, e que a tinha registrado como sua num impulso generoso e nobre, que eles apreciavam muito. Estavam dispostos também a dar dinheiro, para ressarci-lo de todas as despesas. Alberico permaneceu calado. Estava sentado à mesa, e fazia desenhos numa folha de papel.

Altiero Astarita continuou a falar olhando para mim. Aqui em Roma, disse, a menina não estava bem. Aquele apartamento não era um lugar adequado para uma menina. Era uma grande desordem. Aliás, para ser claro, era uma verdadeira babilônia. O conselho tutelar nunca permitiria que a menina ficasse ali, naquela babilônia. Então Alberico fez uma bolinha com aquela folha que rabiscava, levantou-se e disse que tinha ouvido o suficiente. Estava cansado. Não queria dinheiro, não lhe serviria para nada, e se continuasse com aquele papo de dinheiro, ele o pegaria pela gola da jaqueta e o jogaria pelas escadas. Altiero Astarita disse que não suportava aquele linguajar. Alberico disse que não suportava a cara dele. Que fosse embora imediatamente, por favor. Por favor. Altiero Astarita foi embora.

Voltou na manhã seguinte com duas malas e o primo. Estava também uma mocinha de uns catorze anos, atordoada e arisca, filha de algum camponês de Acquedolci, levada para acudir a menina durante a viagem. Eu estava ali no andar de baixo porque a Zezé me chamou quando os viu chegar. Altiero Astarita me disse que pegaria o trem do meio-dia. Preferia os trens aos aviões. Disse que ficava contente por se despedir de mim, porque eu lhe parecia, naquela babilônia, a única pessoa com a cabeça no lugar.

Alberico estava em seu quarto e escrevia à máquina. Renato e Gianni estavam com ele. Disse que se aquele barbicha de merda quisesse levar a menina, que levasse. Ele não tinha vontade de batalhar. De resto, talvez fosse verdade que a menina ficaria melhor na Sicília do que com ele. Mais contente, talvez. Ele não queria mais ver a menina e nunca iria encontrá-la na Sicília, nunca. Não queria vê-la enquanto a levavam embora. Não queria dizer adeus. Ele odeia e sempre odiou os adeuses.

À filha do camponês e ao primo, Altiero Astarita deu ordens de colocar todos os brinquedos e as roupas da menina nas malas. Roupas, a menina tinha poucas, e brinquedos, não tinha nenhum, ou melhor, tinha apenas um, um pinguim de borracha de quase um metro, que emitia um gemido quando apertavam a sua barriga, e que Salvatore tinha ganhado como prêmio num tiro ao alvo. Em geral, a menina sequer o olhava, mas naquela manhã não fazia outra coisa além de apertar a barriga para ouvir o gemido. A filha do camponês queria tirar o ar para colocá-lo na mala, mas a menina não deixava que tocassem nele. Altiero Astarita tinha pressa, mas houve vários contratempos, casaquinhos lavados, mas não secos, o pinguim, a menina que não queria se deixar lavar, a filha do camponês que procurava um curativo porque tinha uma bolha no pé. A Zezé suspirava e a menina gritava. Alberico não saiu do quarto. Por fim, chamaram um táxi e foram embora, a menina chorosa no colo do primo, a filha do camponês com as duas malas meio vazias, Altiero Astarita nervoso. O pinguim ficou no vestíbulo, meio sem ar, e depois Gianni o levou embora.

Salvatore foi encontrado em Frosinone, na casa da mãe. Foi mantido na prisão por dois dias, depois o soltaram. Adelmo foi ao seu encontro. Disse que estava sentado na cozinha, perto da janela, com uma mão enfaixada, e não falava. Feriram a mão dele com um canivete, naquela noite, e não sarou porque infeccionou. Adelmo ficou lá por um tempo, mas não conseguiu arrancar uma sílaba que fosse. A mãe disse que agora fica sempre assim, mudo, parado, com aqueles olhos fixos. A mãe é uma professora do fundamental.

Atenciosamente,

Egisto

Giuseppe a Alberico

Princeton, 15 de agosto

Caro Alberico,

soube por Roberta e Egisto do que aconteceu. Sobretudo Egisto me deu notícias muito detalhadas. Roberta me telefona com frequência, e me diz que vai com frequência à tua casa. Disse que você não vai mais ao Lanzara. Sinto muito, porque penso que deveria ir, justo agora que está passando por um momento assim tão difícil e assim tão triste.

A Nadia, eu vi uma vez apenas, naquele dia em Florença. Estavam lá Roberta, Ignazio Fegiz e um amigo teu de então, um alemão, acho que se chamava Rainer. A Nadia era de estatura baixa, me lembro bem, e parecia uma criança. Lembro que usava um macacão azul, tinha um rosto pequeno e os cabelos curtos e cheios, à la Angela Davis. Creio que pensei, por um momento, que pudesse ser ou tornar-se tua namorada. Era um pensamento estúpido e descartei imediatamente, e te pedi desculpas por ele dentro de mim. Sempre encontrei dificuldades em aceitar o fato de você não amar as mulheres, porque em geral os pais querem que os filhos sejam iguais a si. Porém, em substância, aceitei esse fato, assim como aceitei outras coisas da tua vida que não foram simples nem de compreender, nem de aceitar.

Você costumava me dizer que a Nadia era uma estúpida. Porém morava com ela havia muito tempo, e devia sentir uma forte ligação com ela, de algum modo. Deve ser doloroso para você tê-la perdido, e tê-la perdido em circunstâncias tão atrozes. Porém, a sua morte foi uma bela morte, digna, corajosa e nobre. Morreu defendendo a vida de outra pessoa.

Tudo deve estar extremamente doloroso para você, agora que te tiraram a menina. Penso, porém, que não seria fácil para você criar uma criança pequena, que ficou sem mãe.

Eu vou, claro que vou, mas não agora. Também aconteceu uma coisa comigo, talvez não uma desgraça, mas uma coisa que neste momento me dá tristeza. A minha enteada Chantal foi embora de casa, de repente, e por vários dias não soubemos de nada, depois nos escreveu de Nova York. Agora vive em Nova York numa república. Deixou a sua filha aqui, Maggie, e sou eu que cuido dela, porque Anne Marie não tem nem tempo nem paciência. Por isso agora não posso sair daqui. Anne Marie está angustiada e devastada. Chantal partiu sem dizer nada, tarde da noite, levando consigo uma malinha com os seus cremes e um pijama. Acreditávamos que ela tinha ido ao cinema, depois encontramos um bilhete na cozinha, embaixo da balança. Não dava nenhum endereço. Simplesmente dizia que tinham falado de um emprego em Nova York. Em seguida viria para pegar a menina.

Depois de vários dias, ficamos sabendo por uma amiga que ela vive numa república, e que trabalha como garçonete num restaurante. Aqui trabalhava numa agência de turismo, e tinha uma ótima posição. Anteontem finalmente nos telefonou. Eu atendi.

Mas ela disse bem pouco. Disse que não quer me ver, nem a mãe. Quer ser deixada em paz. Soltava longas risadas agudas, nervosas. Chantal dá umas risadas agudas, súbitas, nada alegres, que ressoam no ouvido por muito tempo.

Acabei falando de mim, ou melhor, de Chantal, e de coisas ocorridas aqui. E pelo contrário queria falar somente de você. Sei pela Roberta que teu filme está indo bem, que sempre tem público. Estou contente que você esteja tendo tanto sucesso.

Um abraço,

teu pai

Alberico a Giuseppe

Roma, 3 de setembro

Caro pai,

obrigado pela carta.

Sim, como Roberta te contou, interrompi a análise. Porém permaneceu a amizade entre mim e os Lanzara, e os vejo de vez em quando. São pessoas gentis. Às vezes tomo sorvete com eles, à noite, no café Esperia, aquele que você conhece, acho. É o café de esquina, entre a Via Nazario Sauro e a Via Maroncelli. Não sei se você lembra. Não sei do que você lembra e do que não lembra, estando ausente há tanto tempo.

Lanzara insiste para que eu retome a análise, mas não tenho vontade neste momento. Já ficar sentado na frente dele no café Esperia, não me desagrada. Fico diante daquela sua cabeça careca, seca, lisa como um ovo. Tomo sorvete e olho as pessoas, respiro o ar fresco da noite. Fico bem, muito melhor que no consultório. A cabeça dele me é familiar e simpática. No consultório me sentiria constrangido a falar, já assim também posso ficar calado.

Os Lanzara vão vender a casa. Pensam em voltar a viver na Inglaterra, onde viveram por muitos anos. Tive a ideia de comprá--la, e fiz a proposta, mas parece que é incorreto um analista vender a sua casa a um ex-paciente. Por que teria de ser incorreto, eu não entendo e não sei. Seja como for, é um obstáculo que pode ser superado. Por exemplo, você poderia comprá-la e dá-la a mim. Eu daria o dinheiro. Tenho muito nesse momento porque fui bem pago pelo meu filme. Aquela casa, diz Roberta, seria um ótimo investimento. Os tijolos, ela diz, nunca decepcionam. É verdade que eu pagaria muito mais que o dobro do que eles te pagaram. Primeiro, porque os preços das casas subiram muitíssimo, segundo, porque os Lanzara sabem muito bem fazer negócios. E eu e você não nos parecemos em nada, mas nos parecemos, diz Roberta, na tendência de ser solenemente passado para trás. Antes ela dizia que eu era esperto, nos assuntos de dinheiro, mas agora diz o contrário. Diz que agora me entende melhor, e entendeu que para mim o dinheiro não importa em nada. De fato, é assim.

Sinto que poderia viver bem naquela casa. Não sei. Sei que o apartamento onde moro tornou-se odioso. Tornou-se odioso em cada canto, em cada pedaço de parede. Não fico sozinho, porque sempre tem algum amigo meu que dorme aqui. Porém gostaria muito de mudar de região. Penso seriamente em comprar a tua velha casa da Via Nazario Sauro.

Sim, a menina foi levada embora. Deixei que levassem, porque pensei que era melhor para ela. Crescerá no campo. Terá ar puro, frangos, ovos frescos. Não é que eu acredite que o campo e ovos frescos sejam tudo. São, porém, muita coisa. E eu não tinha certeza de poder oferecer algo de mais essencial.

Na verdade, não é que o fato de ser sem mãe agora mudou muito as coisas para aquela menina. Como mãe, a Nadia era deficitária, ou aliás quase inexistente. Fui eu que sempre cuidei da menina. Porém disse *quase* inexistente, e esse *quase* podia ser também de importância extrema. Não sei. De todo modo aqueles lá, os pais da Nadia, disseram que a menina terá uma vida melhor com eles. É possível que estejam certos. Não sei. O velho que veio pegá-la não era antipático. Eu o odiava e seria capaz de esganá-lo, mas devo dizer que não era de todo antipático. Seja como for, a menina foi levada embora e agora eu quero parar de pensar nisso.

Ainda não li o teu romance. Aconteceram coisas demais comigo nos últimos tempos. Está sempre ali, sobre a mesa, dentro da pastinha celeste. Vou ler assim que for possível. Não sou um grande leitor de romances, nunca fui. Nos últimos tempos, não tenho lido nada. Não leio nem mesmo o jornal.

Você menciona Ignazio Fegiz, na tua carta. Eu o vejo frequentemente. Eu o vejo com aquela sua amiga, Ippo. Às vezes nos encontramos, à noite, num restaurante da Piazza Navona. Estamos lá já esperando, eu e Egisto, o meu vizinho, e os vemos chegar lentamente, ele alto e determinado, com aquele cabelo à escovinha, ela pequena, um pouco curva e só nariz. Egisto os chama de o Gato e a Raposa. Ele, Ignazio Fegiz, teve uma história com aquela outra amiga tua, a Lucrezia, mas é uma história que acabou rápido. Ele não sabe separar-se da Ippo. Para dizer a verdade, eu não suporto Ippo. É cheia de manias. Come apenas cenouras. Com Ignazio Fegiz, com Egisto, eu fico bem. Talvez porque esteja sempre entre rapazes, e então de vez em quando tenho vontade de ver gente mais velha. Será que eu também estou me tornando velho? Esse é um tempo em que se envelhece rápido. É um tempo em que tudo acontece rápido.

Sei que Egisto, o meu vizinho, disse que você deveria vir para cá. Não lhe dê ouvidos, não tem motivo. Ele também acha que preciso de companhia. Na verdade, não preciso de nada. Tenho companhia até demais. Nunca estou sozinho.

Aquele meu amigo, Salvatore Ostuni, tentou se enforcar na

casa da sua mãe, em Frosinone. A mãe estava fora e chegou bem a tempo, se chegasse um minuto depois, já era. Agora ele está numa clínica neurológica.

O que aconteceu naquela noite, na Piazza Tuscolo, ninguém sabe. Salvatore não fala, e, quando fala, não diz nem mesmo uma palavra verdadeira. Diz que aqueles dois da vespa queriam de volta um relógio de ouro, e que ele não queria devolver porque não lhe devolviam uma soma de dinheiro, três milhões, que tinha emprestado. Aqueles do Cinquecento eram amigos dos da vespa. Quem disparou ele não viu bem, não lembra, não sabe.

Alberico

Lucrezia a Giuseppe

Roma, 5 de outubro

Caro Giuseppe,

faz tanto tempo que não te escrevo, e você também não me escreveu mais.

Soube da Nadia. Não consigo deixar de pensar nisso. No total a vi duas vezes. Uma vez em Monte Fermo. Uma vez no filme do teu filho, aquele filme horroroso. Olhei-a muito distraidamente e não me lembro bem dela. Sabe-se lá por que olhamos as pessoas assim tão distraidamente. Depois morrem, e gostaríamos de ter alguma lembrança.

Passei agosto e setembro em Sabaudia, com Daniele e Vito, numa casa que Serena alugou para o ano todo. Os outros estavam no acampamento, e depois foram à Holanda com Piero. Em Sabaudia fiquei muito sozinha, Serena não estava nunca. Foi um verão tranquilo.

Escreva-me,

Lucrezia

Giuseppe a Lucrezia

Princeton, 15 de outubro

Cara Lucrezia,

é verdade, tem um baita tempo que não nos escrevemos.
Também penso sempre na Nadia. Eu a vi somente uma vez.
Em Florença. Parece que passou um século desde aquele dia.
Estou num momento difícil. Por isso não te escrevi mais.
Nas minhas cartas, falei frequentemente sobre Chantal. Não
sei se você entendeu o que estava acontecendo. Não sei se você
entendeu que eu estava apaixonado por Chantal.
Não percebi imediatamente. Ou talvez tenha fingido não
perceber. Escondi de mim mesmo. Já ela percebeu imediatamente, assim como Anne Marie.
A relação entre mãe e filha já era ruim, e pouco a pouco
tornou-se impossível.
Agora Chantal está em Nova York. Trabalha num restaurante. A menina ficou conosco. Anne Marie não cuida dela, diz que
não tem tempo. Eu que cuido da menina.

Dias atrás fui a Nova York. Deixei a menina aos cuidados da senhora Mortimer.

Fiquei no Hotel Continental, na Quinta Avenida. As raras vezes que me aconteceu de ir a Nova York, fiquei sempre nesse hotel.

Fui ao restaurante onde Chantal trabalha. Ela passava com uma bandeja. Tinha pressa e me disse que telefonaria no hotel à noite. Esperei a noite inteira pela ligação dela. Não ligou. Foi uma noite dos infernos. Bebi muito uísque, enquanto esperava. Vou te dizer que agora me acontece de beber bastante.

No dia seguinte, voltei ao restaurante. Peguei uma mesa e pedi um hambúrguer e uma cerveja. Pouco depois Chantal veio e se sentou na minha frente. Disse que me agradecia por cuidar da menina. Disse que em breve vai a Princeton para pegá-la. Assim que tiver um quarto para si, porque agora vive numa república. Soltava aquelas suas risadinhas longas, agudas, que parecem o alarido de um passarinho. Chantal ri muito, sem motivo. Eu também ria com ela, sem alegria, partido e desesperado. No prato tinha aquele hambúrguer que não conseguia comer. Depois, do nada, ficou séria, falou para eu ir embora. Fui embora imediatamente.

Eu e ela fizemos amor apenas uma vez, no quarto dos ursinhos.

Anne Marie tinha ido a uma festa na casa de colegas do instituto. A menina estava na casa da senhora Mortimer.

Depois tocou o telefone. Eu atendi. Era Anne Marie, dizia que se atrasaria um pouco. Chantal foi tomar banho. Eu fui buscar a menina. Tive de ficar bastante tempo na casa da senhora Mortimer, porque ela quis me mostrar algumas fotografias. Quando cheguei, também Anne Marie tinha chegado, estava sentada na sala e observava o seu xale branco com lantejoulas, que sempre usa quando vai a festas, e onde havia uma pequena mancha de café. Ela e Chantal discutiam sobre como fazer para aquela mancha sumir.

Eu não sei se Anne Marie sentira alguma coisa de estranho na minha voz, quando atendi o telefone, ou se viu alguma coisa de estranho no meu rosto ou no rosto da filha, chegando em casa. Sei que no jantar daquela noite falou longamente sobre a festa, quem estava e quem não estava. Eu olhava Chantal, estava tranquila. Poucos dias depois, Chantal partiu. Eu e ela não tínhamos mais trocado nenhuma palavra.

Quando Chantal partiu, nos primeiros dias, Anne Marie estava angustiada e às noites esperava, sentada perto do telefone, que Chantal desse um sinal de vida. Depois, assim que soube onde estava, recuperou o seu aspecto tranquilo. Só de vez em quando, enquanto discorremos sobre coisas cotidianas e banais, do nada aparecem vergões vermelhos em seu pescoço, e a boca se contrai e treme. Então eu tento chamar a sua atenção para a menina. Não se amam nem um pouco, Anne Marie e a menina, porém ela tem vergonha e remorso por não a amar e por um átimo endereça à menina um sorriso ou um olhar, como um dever. A presença da menina torna a nossa situação um pouco mais sustentável e mais leve.

Anne Marie disse que a menina não podia dormir sozinha no andar de baixo. Era preciso que um de nós dormisse perto dela. Me transferi para o andar de baixo, num quarto longo e estreito, onde deixamos as malas empilhadas. Ao lado fica o quarto dos ursinhos, onde a menina dorme. Assim, se a menina acorda à noite, eu escuto imediatamente.

Ontem, Danny veio. Vê-lo me deixou contente porque na verdade é o único amigo que tenho aqui. É verdade que agora não lhe falo nada de mim, mas experimento, ao vê-lo, uma sensação de grande bem-estar. Como sempre, fui encontrá-lo com a menina naquela sua pensãozinha esquálida. Conversamos longamente, como sempre. Bebemos uísque. Depois fomos passear com a menina nos bosques. Falamos sobre a menina, Anne Marie, os Pippolo, o temperamento de Chantal. Eu não sei se ele entendeu o que tinha acontecido. É um rapaz querido, Danny, mas com pouca intuição e sobretudo muito preso aos seus problemas pessoais. Ainda me pediu dinheiro emprestado, e eu lhe dei. Sempre se sente impelido a mandar dinheiro aos Pippolo que têm uma extrema necessidade. Ele me agradeceu por estar cuidando da menina. Levá-la seria impossível, nesse momento. Devolveu uma cópia do meu romance traduzido para o inglês, que ainda tinha consigo. Leu e achou interessante, embora muito à moda antiga. Aquele seu amigo lhe disse que foi recusado por três agências. Mas agora esse romance não me importa mais. Em casa, enfiei aquela cópia no fundo do armário, onde estão as outras.

Giuseppe

Egisto a Giuseppe

Roma, 10 de novembro

Caro Giuseppe,

comecei a ler o teu romance. Alberico o deixou comigo.
Agora ele não tem tempo de ler. Está com um novo filme na
cabeça e não lê mais nada. Nem mesmo os jornais.
Espero que você não fique aborrecido por ele ter me dado.
Li umas vinte páginas até agora. Muito bom. Um pouco parado.
Muito bom, de toda forma.
Ontem à noite estava com Alberico e propus que fôssemos
encontrar Lucrezia. Ele não tinha vontade, depois se convenceu.
Lucrezia estava sozinha quando chegamos. Anda muito sozinha.
Você lembra, houve um tempo em que estava sempre rodeada de
gente. *As Margaridas* era como um porto. Agora, aqui em Roma,
não vê quase ninguém. Serena só pensa em teatro, frequenta apenas atores. Não encena mais a *Mirra*, agora encena aquele seu
monólogo, *Gemma e as chamas*, num pequeno teatro de Prenes-
tino. Os jornais falam mal à beça daquele monólogo. Mas ela não

se importa, encena assim mesmo, contente, enrolada no seu lençol. Também aqui, como em Pianura, não a deixaram fazer uma grande fogueira no palco, como queria. Tem sempre apenas um braseiro com um pouco de cinzas. Certas noites, o total de espectadores não passa de três. Ela não se importa. Diz que vem pouca gente porque o teatro está em crise na Itália.

Encontramos Lucrezia estudando inglês com uns discos. Meteu na cabeça a ideia de estudar inglês e depois procurar traduções. Diz que precisa de dinheiro. Todas as crianças já estavam na cama, tirando Cecilia que apareceu por um segundo. Mas na verdade não são mais crianças, tirando o menor, Vito, você deve lembrar, aquele que à noite andava pela casa com o prato de sopa. Agora está na primeira série do fundamental. Os outros não são mais crianças. Cecilia tem dezesseis anos, pinta os olhos e tem um namorado com quem passa horas ao telefone.

Entre Alberico e Lucrezia, ontem à noite, nasceu uma extraordinária sintonia. Ela logo disse que tinha visto o filme dele, *Desvio*, e achou horroroso. Pensei que ele ficaria mal, mas, pelo contrário, alegrou-se. Disse que também acha o filme horrível. Meteram o pau em *Desvio*, um pouco ela e um pouco ele. Assim, do nada, tornaram-se amigos. Tinham se visto apenas uma vez, em Monte Fermo, alguns anos atrás. A Nadia estava lá, grávida. Tinham ido às *Margaridas* Alberico, Nadia e Salvatore. Alberico se lembrava das *Margaridas*, do jardim, do bosque, das crianças. Lucrezia disse que naquele dia mal tinha olhado a Nadia, e voltou a pensar naquele dia quando soube que tinha morrido. Alberico imediatamente mudou de assunto, não lhe agrada falar da Nadia em voz alta. Uma outra vez se encontraram, ele e Lucrezia, disse, tinha sido na Via Nazario Sauro, nas escadas. Ela estava indo à casa da Roberta e ele ao andar de cima. Depois, porém, voltou a dizer que *Desvio* era um filme muito ruim. Falavam pelos cotovelos entre eles, de filmes, eu me entediava e peguei um livro para ler. Depois falaram de casas. Como passaram de filmes a casas, eu não sei, mas Lucrezia agora pensa muito em casas e fala bastante a respeito, porque em breve tem de sair do apartamento onde está. A pessoa que o emprestou retorna para Roma daqui a alguns meses. Lucrezia queria comprar uma casa mas tem pouco dinheiro. Lê sempre os anúncios do *Messaggero*, telefona, mas os preços são tremendos. Sabia da casa da Via Nazario Sauro, a que antes era tua. Sabia que estava à venda porque Roberta contou, sabia que os Lanzara vão deixar Roma. Aquela casa, porém, ela disse, talvez não seja uma boa para comprar. Conhece-a bem demais. Esteve lá tantas vezes. Quebrou cinzeiros numa das vezes. Preferiria comprar uma casa toda virgem de recordações, e desconhecida. Alberico disse que também ele conhece bem aquela casa e dormiu lá várias vezes, no tempo em que você morava nela, e depois ia lá para fazer análise, e ele também preferiria uma casa desconhecida, virgem de recordações, mas, ao mesmo tempo, as casas onde já estivemos em outras épocas podem ser de algum modo reconfortantes. O apartamento onde está agora, ele disse, tornou-se odioso. Odioso em cada canto, em cada pedaço de parede. Propôs que ela pegasse aquele apartamento, se ele fosse mesmo embora. Ela disse, porém, que não quer aquele apartamento porque é pequeno, não viu, mas a Zezé o descreveu. De todo modo os dois estavam de acordo sobre o fato de que a casa de Via Nazario Sauro está malditamente cara.

Alberico falou de outro apartamento, talvez à venda, em Porta Cavalleggeri. É minúsculo, mas tem um belo terraço. É o apartamento da Ippo. Ele perguntou se Lucrezia conhecia Ippo. Lucrezia disse que não. Depois, porém, disse que talvez a tenha visto uma vez. Ippo é insuportável, disse Alberico. Mas o apartamento é uma graça. Talvez o venda. Diz que quer se mudar para Fregene. Porém sabe-se lá se é verdade. Fregene é muito longe do centro de Roma, onde costumam caminhar agarrados à noite, Ippo e Ignazio Fegiz, e parecem o Gato e a Raposa. Olhava Lucrezia e me parecia contente, aliviada, os olhos dela se iluminavam. Estava acostumada a pensar sozinha, em Ippo e Ignazio Fegiz, e ouvir falar deles em voz alta, assim tão levemente, lhe enchia de frescor.

Estávamos prestes a ir embora quando Piero telefonou. Estava em Roma e perguntava se podia dormir lá. Chegou pouco depois. Tem as chaves. Entrou com o seu agasalho, com o seu cachecol vermelho de lã. Vinha de Perugia e tivera problemas com o carro, teve de parar na estrada e caiu o maior temporal. Estava resfriado e perguntou se podia tomar um banho quente. Voltou pouco depois enrolado num roupão de Daniele que ficava curto e justo nele. Disse que a água mal estava morna, quase fria. Lucrezia disse que só ligava o aquecedor poucas horas por dia, para economizar. Ele disse que os aquecedores devem ser mantidos ligados sempre, porque, ao ligá-los e desligá-los, gasta-se três vezes mais. Não jantara e perguntou se tinha alguma sobra. Foi à cozinha conferir e voltou com uma *cotoletta** fria. Ficamos fazendo companhia enquanto comia. Tinha um ar cansado. Eu não o via fazia um bom tempo e me pareceu envelhecido. Continua com aqueles cachinhos loiros de meninote, aquele rosto largo e cheio, porém os olhos afundaram e estão com círculos escuros em volta. A *cotoletta*, disse, estava boa mas não muito macia. Devia ser vitelona, não vitela. Lucrezia disse que não era nem vitela nem vitelona, mas sim carne, ela sempre compra carne porque é mais nutritiva e mais barata. Ele disse que a carne serve muitíssimo bem para tudo, mas para *cotoletta*, não. Ela disse que não desejava ser criticada por comida, era uma coisa que não tolerava. Fomos embora e no caminho pensava que é

---

* Prato milanês feito com costela empanada.

bem difícil desfazer um casamento, ficam sempre pedaços dispersos, que de quando em quando solavancam e vazam sangue.

Hoje Alberico voltou à casa da Lucrezia para levar discos. Fico muito feliz que se tornaram amigos. Fico feliz por ele e por ela.

Atenciosamente,

Egisto

Giuseppe a Egisto

Princeton, 22 de novembro

Caro Egisto,

muito obrigado pela carta. Obrigado por me dar constantemente notícias do Alberico. Eu recebo notícias da Roberta, quando me telefona, mas pelas tuas cartas recebo notícias bem menos sumárias. Eu e ele nos escrevemos pouco.

Fico contente que você o tenha levado à casa da Lucrezia, e que tenham se tornado amigos. A imagem dos dois juntos, estas pessoas que amo tanto, é muito valiosa para mim, imaginar os dois juntos, conversando, é muito valioso para mim, e sou grato a você por ter feito esse encontro acontecer.

Tem só uma coisa que acho estranha. Você não diz se falaram sobre mim, naquela noite na casa da Lucrezia. Menciona os assuntos, foi falado de filmes e apartamentos, aquecedores de água e *cotoletta*. Mas parece que o meu nome nunca foi pronunciado, como se eu não existisse, ou estivesse morto.

É verdade, porém, que a minha casa da Via Nazario Sauro

foi mencionada. Eu continuo considerando-a como a minha casa, ainda que a tenha vendido. Não sei por que mas não considero a casa onde vivo agora, aqui em Princeton, como minha. Parece sempre que é a casa do meu irmão e da sua esposa. Meu irmão morreu e a sua esposa se casou comigo. Porém essa foi a minha primeira impressão, a de que eu fosse um forasteiro na casa, e às vezes as primeiras impressões são indeléveis. Por isso continuo me movimentando como um forasteiro por entre estas paredes. Sinto culpa quando me acontece de quebrar um copo.

Fico contente por você ler o meu romance. Porém não me importo mais com esse romance e tenho uma sensação de repulsa quando meu pensamento esbarra nele. Desejava que fosse publicado, aqui e na Itália também, mas agora creio que não desejo mais. De todo modo, aqui foi recusado por três agências.

Dou aulas. Ando de bicicleta. Cuido de uma menina, Maggie, a filha da filha da minha esposa. Sou eu que cuido porque a mãe foi embora e Anne Marie passa o dia inteiro em seu instituto, além disso não gosta de criança.

Atenciosamente,

Giuseppe

Lucrezia a Giuseppe

Roma, 26 de novembro

Esquálida, cegueta. Assim você descrevia Chantal numa carta, anos atrás. Você a tinha visto pela primeira vez. Esquálida, cegueta. Um vestido com quatro botões de um lado e quatro do outro. Falava dela no meio de várias outras coisas e não parecia que deixara uma grande impressão. Depois, porém, você se apaixonou. Acontece. Eu, sim, claro, tinha imaginado, quando me contava como saíam juntos, como faziam juntos as tarefas domésticas. A vida que pintava me parecia uma vida de extremo tédio, porém você a contava com grande animação e fervor. Não ache que não releio as tuas cartas. Releio-as com frequência.

No quarto dos ursinhos. Anne Marie com os vergões vermelhos no pescoço. O hambúrguer esquecido no prato. A pequena Maggie. Colocaram você para dormir no depósito. Largaram a menina nos teus braços. Fizeram você de baby-sitter. Esta é a tua vida nos Estados Unidos. Meu pobre Giuseppe. Ao que você foi reduzido?

Volte para cá. Pegue as tuas malas e volte para cá. Deixe aí plantados Anne Marie, Maggie, Danny e a senhora Mortimer. Volte para cá, onde estou eu, a tua velha e fiel amiga. Não sei mais o que dizer.

Piero tem uma namorada. Ele me disse ontem. Chama-se Diana e tem vinte e dois anos. É muito bonita, com cabelos pretos e grandes olhos. Vi uma fotografia. É de Todi. É assistente social. É de uma família modesta, seu pai é funcionário dos correios. Ele a conheceu no inverno passado, em Todi, durante um concerto. Tocava o *Bolero* de Ravel quando trocaram duas palavras e um sorriso pela primeira vez. Ela diz que o ama, porém tem um relacionamento com um estudante. Piero sofre. Aos sábados ela vê o estudante e por isso, quase sempre, aos sábados ele vem a Roma. Não tem disposição para ficar sozinho em Perugia, com a sua mãe, a senhora Annina, não tolera a companhia da mãe atualmente. Além do mais, sente que deve ficar um pouco com as crianças. Passeia com as crianças e com Jolí. Vão a Villa Borghese. Na verdade, as crianças não são mais tão crianças, tirando Vito que é pequeno, e pouco depois elas se entediam na Villa Borghese, tirando Vito, os outros vão fazer as suas próprias coisas. Dizem que têm achado Piero estranho. Me perguntam o que aconteceu com ele. Às vezes fala sem parar e às vezes fuma sem parar e não diz uma palavra que seja.

Eu não suspeitava de nada. Para dizer a verdade, nesses últimos meses, pensei que ele quisesse me propor que voltássemos a viver juntos. Parecia se comportar como alguém que tinha o desejo de reconstruir um casamento que se despedaçou. Cheguei a reunir dentro de mim as palavras de recusa que teria dito, palavras afetuosas, pacatas, firmes, bem firmes e resolutas, pedindo-lhe que por misericórdia não pensasse mais nisso. Idiota. Idiota. Não tinha entendido. Ontem ele me contou tudo. Tem uma namorada. É uma coisa séria, um sentimento sério. Gostaria de se casar com ela. Perguntou se estou de acordo, em relação ao divórcio, mas de qualquer forma deve esperar ainda cinco anos, e tem o risco de ela ficar com aquele outro no meio-tempo. É uma moça jovem, confusa, não sempre sincera. Eu estava atordoada. Acreditava estar sempre situada no centro da vida dele, no centro dos pensamentos dele. Quando soube que não estava mais, pareceu que eu tinha rolado uma montanha inteira abaixo. Estava atordoada e do nada, sabe-se lá por que, fiquei também muito triste. Do nada me lembrei das coisas mais tristes da minha vida, a doença da minha mãe, I. que me deixava, o bebê morto. Quase me vieram lágrimas aos olhos. Piero não notou. Não vê mais os outros, vê somente aquela moça e si mesmo. Continuou a falar, me manteve acordada até às duas da madrugada.

Hoje de manhã a Zezé me disse que estou com o ar de doente. Perguntou se tenho problemas de dinheiro. Foi até Piero que estava na cozinha e fazia café. Disse-lhe que eu tinha ar de doente e problemas de dinheiro. Piero veio me perguntar quais problemas de dinheiro eu tinha. Eu disse que tinha de comprar uma casa e as casas custam dinheiro. Saí. Caminhava, me desprezava, me odiava. Pensava que não tinha o direito de derramar nem mesmo meia lágrima pela namorada do Piero. Não tinha nada a ver comigo.

Piero foi embora hoje. Alberico veio me encontrar e ficou para o jantar. Vai parecer estranho, mas Alberico agora vem com frequência à minha casa. É a única pessoa do mundo com quem fico bem.

Eu lhe contei sobre Piero. Chorei também. Não me consolou, porque não tinha nada para consolar.

Lucrezia

Albina a Giuseppe

Luco dei Marsi, 3 de dezembro

Caro Giuseppe,

você escreveu quando me casei, e eu nunca respondi. Aliás, para dizer a verdade, desde que você foi para os Estados Unidos, não te escrevi uma linha sequer.

Egisto veio me visitar, aqui em Luco, e falamos de você. Acho que as tuas orelhas ficaram quentes. Falamos dos tempos distantes e bonitos, quando todos nós éramos mais jovens, e nos víamos sempre. Na verdade, esses tempos não são tão distantes assim, mas parecem distantíssimos, sabe-se lá por quê. Na verdade, não éramos tão jovens assim, e não somos, agora, tão velhos assim.

Queria te pedir um favor. Talvez você saiba que eu e o meu marido temos, aqui em Luco, uma pequena fábrica de móveis. Fazemos móveis antigos de mentira. Agora queríamos tentar fazer também os modernos. Ficaria grata se você me mandasse alguma revista americana de mobília. Poderia nos dar ideias.

Há um tempo estive em Roma, para assistir à Serena que

encenava a *Mirra*. Estávamos todos juntos, eu, Egisto, Lucrezia, a tua prima Roberta. Piero não estava.

Eu me diverti. Foi bom.

Passei uma tarde com Lucrezia. Porém, não sei, não correu bem, estávamos as duas desconfortáveis. Depois ela disse ao Egisto que eu me tornei calejada, por dentro. Egisto me contou. Fez mal, porque nunca é necessário contar a alguém as coisas feias ditas pelas suas costas.

Eu não me tornei calejada. Falo muito sobre móveis, madeira, decoração. Falo muito sobre notas promissórias. Eu e o meu marido acordamos no meio da noite para falar sobre notas promissórias, declaração de imposto, e todas essas coisas tremendas que existem. Ele se levanta e prepara para si um café com leite quente.

Os negócios não vão bem. Se não melhorarem, seremos obrigados a fechar. Me mande essas revistas, eu te peço.

Como os filhos de Lucrezia mudaram. Cecilia usa salto alto. Vito tem a chave de casa e sai para comprar leite.

Encontrei Graziano lendo *A morte em Veneza*. Daniele e Augusto nem olharam na minha cara. E quantas vezes jogamos bola nas *Margaridas*, naquele campo. Mas agora não dão corda porque estão na idade ingrata.

Tantas vezes sinto saudade do meu conjugado, das conversas com Egisto e dos nossos jantares no restaurante Mariuccia, que não existe mais.

Albina

Giuseppe a Lucrezia

Princeton, 12 de dezembro

Cara Lucrezia,

há três dias Chantal veio com uma amiga e levou a menina embora. Eram quatro horas da tarde. Nevava. Não tinha levado a menina à creche porque estava um pouco resfriada. Estávamos na sala, a menina e eu. A menina estava sentada no tapete e brincava com as suas bonecas. Tem muitíssimas. Eu lia *Orlando Furioso*. Tenho de lê-lo com os meus alunos e preciso estar à vontade para comentá-lo.

Chantal chegou num Opel vermelho. Tinha me debruçado na janela por um instante e observava a neve. Desceram, ela e a sua amiga, uma moça alta e magra, com um longo queixo. Fui ao seu encontro. Chantal vestia um anoraque vermelho, com um capuz. Sequer tirou o capuz. Disse que viera pegar a menina e pretendia partir imediatamente. O Opel era da sua amiga. Decidiram tudo com muita pressa e ela não teve tempo de telefonar. De todo modo, sabíamos que viria cedo ou tarde. Deixara a república e morava com aquela amiga num apartamento de dois quartos. Falava com pressa e soltava aquelas suas risadinhas agudas, secas, nervosas. A menina estava toda contente por vê-la e quis ser pega no colo. Eu disse que a menina estava resfriada, mas ela disse que não importava, a cobririam bem, tinha cobertas no Opel. Eu disse que era preciso telefonar para Anne Marie no instituto, para que viesse imediatamente. Ela disse que não tinha tempo e de todo modo não desejava ver a mãe. Tinha uma mala. Foi até o quarto dos ursinhos, pegou as roupas da menina nas gavetas e enfiou tudo na mala. Ainda havia os brinquedos, a menina tem muitos. Chantal disse à amiga que juntasse todos e os metesse no porta-malas, numa coberta. A amiga pegou uma coberta e fez um embrulho com os brinquedos. Quando estavam prestes a subir no carro, a senhora Mortimer se debruçou na janela da sua casa. Saiu, mas Chantal já tinha entrado no carro com a menina e a cumprimentou com um aceno de mão. A amiga se sentou no banco do motorista. O Opel partiu e permanecemos lá, eu e a senhora Mortimer, parados na rua com a neve que rodopiava.

A senhora Mortimer me convidou para entrar e beber uma xícara de chá. Não tinha nenhuma vontade, mas recusar parecia descortês. A senhora Mortimer não fez comentários sobre Chantal. Disse somente que era uma pena ter escolhido justo um dia tão frio para viajar. Talvez tenha notado minha palidez, porque quis me dar uísque em vez de chá. Depois quis me mostrar um doce que tinha feito. Estava no forno e ainda cru, caso contrário poderia experimentá-lo. Ela disse que certamente eu sentiria muito a falta da menina, já que ficava sempre comigo. Às vezes me escutava contar-lhe umas historiazinhas. Eram muito graciosas e talvez eu poderia escrevê-las e transformá-las num livro. Possivelmente teria mais sorte do que com o meu outro livro, recusado, disse-lhe Anne Marie, por quatro agências. Eu disse que foram três e não quatro. De toda forma, ela disse, não tive sorte. Finalmente consegui voltar para casa. No quarto dos ursinhos, os armários estavam abertos e vazios. Notei, porém, que Chantal esquecera de levar as vitaminas da menina, ficaram sobre a cômoda. Ela as esquecera também quando foi embora da sua casa na Filadélfia.

Como sempre Anne Marie voltou às seis. Eu disse que Chantal viera e partira com Maggie. Anne Marie se sentou no vestíbulo, ainda com o casaco, tirou a boina e alisou o coque. Esforçava-se para conservar aquele seu sorriso. Disse que não se sentia bem e me pediu para dar-lhe certos comprimidos que toma quando sente vertigens. Disse que queria se deitar. Eu a acompanhei até o andar de cima e queria ajudá-la a despir-se, mas ela disse que podia fazer isso sozinha.

No dia seguinte Chantal telefonou de Nova York. Eu atendi. Disse que chegaram bem. Uma viagem tranquila. Perguntei se queria que eu chamasse a sua mãe, mas respondeu que não, não era o caso, tinha de sair para trabalhar. A menina ficava com a amiga, depois ela encontraria uma creche.

Veja que parei de bancar o baby-sitter. Chantal me demitiu. Continuo dormindo no que você chama de depósito, mas na verdade é um ótimo quarto, mesmo que lá fiquem as malas empilhadas. Não quero dormir no quarto dos ursinhos. Ele me lembra ao mesmo tempo Chantal e a menina.

Agora eu e Anne Marie estamos sozinhos, um de frente para o outro, nos momentos das refeições. Terríveis são os momentos das refeições. No resto do tempo, cada um fica por conta própria. Ontem à noite, porém, ela me chamou, eu a ouvi do andar de baixo e subi. Estava mal. Queria aqueles seus comprimidos. Não tinha forças para se levantar. Permaneci com ela por cerca de uma hora, até que adormeceu. Segurava sua mão, acariciava seus dedos. De manhã marquei uma consulta com um médico. Ela vai na próxima semana.

Hoje não consigo falar mais nada. Recebi a tua carta onde conta sobre Piero. Não posso te consolar porque, realmente, não há nada para consolar.

Giuseppe

Roberta a Giuseppe

Roma, 20 de dezembro

Caro Giuseppe,

como te disse por telefone, Alberico comprará a tua casa dos Lanzara. Parece uma ótima ideia, só que ele fez tudo no impulso, se esperasse um pouco talvez teria conseguido fazer com que baixassem o preço. Disse e repetiu que a achava cara. No entanto, numa bela manhã decidiu comprá-la. De todo modo, ele não tem problemas de dinheiro. E os tijolos não decepcionam. Tinha uma dificuldade porque Lanzara achava inadequado vender uma casa a um ex-paciente. Mas depois refletiu e disse que não parecia uma inadequação grave.

Ontem, Alberico e os Lanzara foram ao cartório para firmar o compromisso. Os Lanzara partem no mês que vem. Vão se transferir para a Inglaterra. Já começaram a desmontar as estantes.

Como você pode imaginar, a ideia de ter Alberico no andar de cima me deixa feliz. Só espero que não façam barulho demais, como sabe, Alberico nunca está sozinho. Agora também aquele

Salvatore voltou a morar com ele. Alberico não queria porque pensa, como me contou Egisto, que esteja metido com coisa errada. Claro que o evento da Piazza Tuscolo induz a pensar isso. Porque nunca se soube de nada daqueles que o agrediram, mas é provável que envolvesse coisa errada. Alberico diz não ser uma pessoa fraca, diz que tem um caráter forte, porém é fraco com certas coisas, e foi fraco com Salvatore. Não o queria por perto, no entanto aceitou que voltasse. Salvatore ficou por um período numa clínica neurológica, depois teve alta e voltou para Frosinone com a mãe, porém não queria ficar em Frosinone e encontrou um trabalho em Roma, como motorista numa casa de produtos farmacêuticos. Contudo não tinha onde dormir. Perguntou se tinha uma cama livre, lá com Alberico, na Piazza San Cosimato, ao menos por alguns dias, depois talvez arranjasse outra solução. Assim voltou a instalar-se com os seus trapos no seu velho quarto.

Não importa, se fizerem barulho aqui em cima colocarei o protetor auricular nas orelhas. Nunca usei, mas todos dizem que funciona muito bem.

Também Lucrezia finalmente encontrou uma casa e está prestes a comprá-la. É uma casa bem bonita, grande, e Lucrezia está muito contente. O dinheiro que tem não bastava, mas Piero lhe disse que pode pedir um empréstimo num banco. A casa fica na Via delle Medaglie d'Oro, não muito longe daqui. Lucrezia a encontrou lendo os anúncios do *Messaggero*. Alberico estava com ela e os dois foram vê-la imediatamente. Agora Alberico e Lucrezia têm uma amizade de ferro, estão sempre juntos. Imagino que isso te faça feliz. Duas pessoas de quem você gosta tanto encontraram-se e tornaram-se amigas. Lucrezia não me chamou para ver a casa, eu ainda não a vi. Antes Lucrezia telefonava sempre, me procurava, dizia que eu a confortava, dizia que eu lembrava um pouco a sua mãe. A partir de certo ponto parou de me procurar, não sei por quê. Percebe-se que aprendeu a ser órfã.

Desvio, o filme de Alberico, é um grande sucesso na França. Ele já tem um outro quase pronto. Não me disse qual é o título.

Ignazio Fegiz e Ippo, aquela amiga dele, brigaram e quase se largaram, por um tempo sumiram do mapa, e ela queria vender seu apartamento e ir para Fregene. Lá tem um belo terraço e quase pensei em comprá-lo, como investimento. Ele se apaixonara por uma moça de dezoito anos, belíssima. Queria se casar com ela. Porém depois ficou com Ippo. Estão grudados novamente. O Gato e a Raposa. Agora foram juntos a Viena. Vão ficar quinze dias por lá, visitando galerias e museus. Egisto, que sempre sabe da vida de todo mundo, me contou. Parece que ela não vai mais vender o apartamento.

No Ano-Novo, Lucrezia vai a Paris, com Serena, Vito e Cecilia. As outras crianças vão a Perugia. Mas na verdade não são mais crianças.

Dê notícias da saúde da Anne Marie. No telefone, você parecia um pouco preocupado com ela.

Um abraço,

Roberta

Lucrezia a Giuseppe

Roma, 22 de dezembro

Fui a Monte Fermo com Alberico, Vito, Cecilia e Jolí. Pedi a Alberico que viesse conosco. Eu não iria sozinha com Cecilia e Vito. Seria triste. Porém, na volta, senti uma grande tristeza do mesmo jeito.

Não fomos com o meu Volkswagen, fomos com o carro do Alberico. Ele tem um carro novo, um Prisma azul. Está em período de adaptação. Ele está gostando de adaptar-se.

Era um belíssimo dia de sol. Em Monte Fermo paramos por um momento para tomar um café. Me reconheceram e fizeram festa para mim. Lá estava o homem que vendia cogumelos, a senhora com o cesto de ovos. Monte Fermo segue sempre igual, não mudou nada.

Depois fomos às *Margaridas*. Ao que era *As Margaridas*. Agora é um hotel. Chama-se Hotel Panorama.

Impossível reconhecer a nossa casa no Hotel Panorama. Era amarela e velha, com sacadas de pedra. O Hotel Panorama tem ar de novo. É metade vermelho-cereja, metade azul-celeste. Tem gerânios nas sacadas. As sacadas são longas e estreitas, com a balaustrada de ferro. Aquele alpendre não existe mais. No pátio colocaram mesinhas brancas de ferro, e cadeiras de balanço com dosséis de lona e franjas. Atrás de onde ficavam as aveleiras tem agora uma piscina, com água clara e limpa, e espreguiçadeiras nas bordas. Na parte de dentro se vê um piso branco e marrom com arabescos, corredores e quartos. Vimos uma camareira com um balde e um pano. Não parecia que tivesse hóspedes. Fomos embora.

Em Monte Fermo compramos pão e presunto. O Hotel Panorama só teve prejuízo, disseram, e está para falir. Ficou aberto o ano inteiro, mas não se entende para quem. Talvez o transformem numa escola para agrimensores. Ainda não se sabe.

Também paramos em Pianura. Lá onde era o Centro Mulher agora é uma autoelétrica.

Eu estou comprando uma casa. Não gosto de morar em Roma, porém não sei onde gostaria de morar. A casa que talvez compre fica na Viale Medaglie d'Oro. Odeio o bairro, mas a casa não é nada mal. É no último andar, com um terraço. Vou pedir um empréstimo num banco.

Agora Piero me telefona de Perugia todas as manhãs. Era contra o interurbano, mas agora me mantém longamente presa ao telefone. Eu gostaria de falar sobre a casa, dinheiro, empréstimos, mas ele não faz outra coisa além de falar de si, e daquela moça, Diana, do que ela lhe disse, do que ela não lhe disse. Quando vem a Roma, é igual. Diz que vem pelos filhos, mas em vez de ficar com os filhos, fala comigo. Não tem mais ninguém para conversar, tem somente a mim. Eu o escuto, o que mais poderia fazer? Parece que perdeu a cabeça.

Alberico está comprando a tua casa. Vista de fora, a casa é sempre a mesma, e a rua é sempre a mesma. Porém o restaurante Mariuccia não existe mais, e sequer o café Esperia existe. No lugar do café Esperia, tem uma loja que se chama "a casa do *tortellino*".* No lugar do restaurante Mariuccia, não tem nada. Uma grade. Atrás da grade, sacos de cimento. Será uma lavanderia, dizem.

Frequentemente, Alberico come conosco. Talvez por isso me voltou um pouco do prazer de cozinhar. Porque ele frequentemente come aqui. Penso em pratos para preparar, discorro a respeito com a Zezé. Não faço polpettone, porque o meu polpettone sempre desmonta e quando um polpettone desmonta, ainda que esteja gostoso, é sempre um fracasso.

Viajo daqui a alguns dias, vou ficar em Paris por duas semanas, com Serena. Serena conseguiu um pequeno apartamento emprestado. Deixo os jovenzinhos em Roma com a Zezé, que aceitou ficar dormindo em casa.

Nunca na vida fui a Paris, e Serena diz que isso é ridículo. Nunca fiz grandes viagens. No fundo nunca tive férias. Quase sempre tinha de cozinhar, mesmo nas férias, e arrumar camas. Mas não quero me lamentar. Sei que sou uma privilegiada.

Roberta me disse que tua esposa está mal. Me escreva, o que ela tem? Dê notícias. Espero que você tenha parado de pensar em Chantal.

Com os meus votos de feliz Natal,

Lucrezia

---

* Massa recheada feita com ovo. Típica de Bolonha e de Modena.

Alberico a Giuseppe

Roma, 27 de dezembro

Amado pai,

o teu telefonema no dia do Natal me deixou contente e te agradeço. Deve ter ouvido o barulho. Tinha tanta gente aqui. Aquela senhora que vem aqui pela manhã tinha feito peru assado. Agora não virá por uns dias, porque Lucrezia viaja, deixa os filhos e ela ficará o dia inteiro na casa da Lucrezia. Os pratos do almoço de Natal foram lavados por mim e Salvatore. Tinha uma pilha.

Sim, estou comprando a tua famosa casa da Via Nazario Sauro. Famosa porque depois de tê-la vendido você se pôs a falar dela sem parar e a se arrepender, comigo e com outros, e disse que tinha sido um verdadeiro imbecil por vendê-la. Bom, agora é tua de novo. Ou melhor, é minha, mas se você voltar para a Itália e quiser morar lá, poderá ficar com ela. Eu a cederia com prazer.

Enquanto isso sou eu que vou para lá, daqui a pouco, assim que os Lanzara partirem. Se vier a Roma em breve, como você disse, poderei te hospedar na Via Nazario Sauro. Por um breve período, poderemos conviver, não longo demais, porque não seria bom nem para você, nem para mim. Disse que poderei te hospedar. Mas você não seria um hóspede, sendo meu pai. Lembro que você dizia sempre que ser um hóspede não te agrada, e agrada menos ainda ter hóspedes. Entre as coisas que você dizia não me lembro de muitas, apenas de algumas. Para ser sincero, eu me lembro pouco de você e muito confusamente.

Sei que a tua esposa não está bem. Sinto muito. Sei que aquela menina não está mais com você. A mãe a pegou de volta. Lucrezia me disse. Sinto muito por isso também. Porém o certo é que essa menina esteja com a mãe, visto que tem uma mãe.

Até mais e um abraço,

Alberico

Giuseppe a Alberico

Princeton, 7 de janeiro

Meu tão amado filho,

Anne Marie está muito doente. Descobriram que tem uma doença que não dá esperanças, uma leucemia muito grave. Os médicos me disseram que não viverá por muito tempo. Todo dia a acompanho na clínica, onde faz transfusão de sangue. Vamos e voltamos de táxi, porque, como você sabe, eu não dirijo, e Anne Marie não tem mais força para dirigir. Está completamente sem forças. Levanta-se da cama e movimenta-se com grande cansaço. Piorou no intervalo de poucos dias, ainda há algumas semanas não se sentia bem mas dirigia, ia ao seu instituto. Agora não posso mais deixá-la. Quando saio para dar aulas, chamo a nossa vizinha, a senhora Mortimer.

Chantal, a filha de Anne Marie, está em Nova York e não vem com frequência. Não pode, porque perderia o trabalho. É garçonete num restaurante. E também tem a menina. Desde que soube da doença da mãe, veio três vezes. Não trouxe a menina.

Diz que a menina está muitíssimo bem, muito mais radiante do que quando estava aqui conosco. Essas palavras me feriram, mas Chantal é o tipo de pessoa que às vezes pode dizer coisas cruéis sem perceber. Disse também que a menina não me menciona nunca. Ficou pouco, foi embora logo. Além de mim e da senhora Mortimer, Anne Marie não tem mais ninguém.

Creio que Anne Marie entendeu que vai morrer. Creio que pensa sempre nisso, mas nunca me diz os seus pensamentos. É uma mulher que nunca diz os seus pensamentos. Percebo que, em dois anos de casamento, nunca tive a sensação de que me dissesse verdadeiramente o que pensava.

Fico grato pela tua carta, e fico grato por você comprar a minha famosa casa. Não posso deixar de pensar que está comprando porque foi minha. No fundo nunca deixou de ser minha. Depois daquela, não tive mais uma casa. A casa onde vivo agora é, e foi desde sempre, profundamente estranha para mim. Talvez porque nunca tenha pensado em morar nos Estados Unidos para sempre.

Sinto um prazer imenso por você ver Lucrezia assim tão frequentemente. Fico grato também por isso, por você ter uma amizade forte com Lucrezia, por tão frequentemente passar o tempo com ela. Claro que poderia ter apresentado vocês dois, quando estava na Itália. Por que nunca o fiz, eu não sei.

Que agora vocês tenham se tornado amigos é um presente do acaso. Penso em vocês dois juntos, num cômodo que não conheço mas imagino, porque lá provavelmente estão os móveis que eu via nas *Margaridas*, e dos quais me lembro tão bem. Sei que vocês estiveram nas *Margaridas*, você e Lucrezia. Ela me escreveu. Sei que você tem um Prisma azul.

Um abraço,

teu pai

Piero a Giuseppe

Perugia, 13 de janeiro

Meu caríssimo Giuseppe,

estou do teu lado, com o meu velho e fiel afeto.

Não fui a Roma naquele dia, porque tinha aqui em Perugia um compromisso que era impossível desmarcar. Nem mesmo Lucrezia estava em Roma, estava em Paris, onde está até agora. Telefonei para Serena que está lá com ela, e pedi que não a deixasse ver os jornais italianos, e que não dissesse nada. Você sabe, nos últimos tempos Alberico e Lucrezia se tornaram muito amigos. Estavam sempre juntos. Assim prefiro eu mesmo contar, amanhã, quando ela voltar. Serena lhe disse que Alberico não atende o telefone porque foi passar as férias em Viena, e ninguém sabe o endereço.

Sei que você só ficou três dias em Roma, porque a tua esposa está muito doente, e teve de voltar em seguida.

Não te escrevo há tanto tempo, mas recebia notícias tuas, da

Lucrezia. Eram notícias boas, mas agora a tua esposa está muito doente, e do nada te acontece esta nova, tremenda desgraça.

Um abraço,

Piero

Egisto a Ignazio Fegiz

Roma, 15 de janeiro

Caro Ignazio,

consegui o teu endereço em Viena com o porteiro da Ippo. Não sei se vocês leram os jornais italianos. Acho que talvez não tenham lido. Alberico morreu. Foi assassinado num beco de Trastevere, atrás de casa, no dia 7 de janeiro.

Estava sozinho em casa e escrevia à máquina. Eram onze da noite. Salvatore, Adelmo e Gianni tinham descido para tomar um cappuccino. Gianni subiu e disse que Salvatore tinha arranjado uma briga, num beco, perto da Piazza San Callisto. Alberico e Gianni desceram. Na rua encontraram Adelmo que tentou detê-los. Não lhe deram ouvidos e Adelmo foi atrás deles. Aquilo que sabemos, sabemos por meio de Adelmo e Gianni. No beco havia um grupo de pessoas que se esmurravam. Dava para ver a blusa vermelha de Salvatore. Alberico correu até ele e tentou tirá-lo de lá. Tinha gente assistindo mas ninguém se mexia. Entre os que estavam lá, Adelmo acredita ter reconhecido os dois da vespa, que vira na Piazza Tuscolo, e também um outro que estava na Piazza Tuscolo, um tal com um rabo de cavalo loiro. Depois Adelmo viu que Salvatore estava com uma faca. Alguém o esfaqueou. Alberico caiu e se levantou. Foi atingido enquanto se levantava. Salvatore soltou um grito e os outros se jogaram em cima dele. Salvatore morreu na hora. Alberico morreu meia hora depois. Alguém ligou para a emergência, depois chegaram a ambulância e as viaturas de polícia.

Eu tinha acabado de voltar do jornal quando Gianni me telefonou. Gianni e Adelmo estavam no Santo Spirito.* Alberico morreu sem recuperar a consciência.

Foi igual ao que aconteceu com a Nadia. O mesmo destino.

Eu e Adelmo fomos para casa pegar roupas. Telefonamos para Roberta, mas não sabíamos como contar, pobre Roberta. Era muito apegada a Alberico, eram primos. Adelmo foi até a casa dela para contar.

Telefonamos para Giuseppe nos Estados Unidos. Ele veio. Estava aqui no funeral. Porém voltou em seguida, porque a sua esposa está gravemente doente, e não tinha mais ninguém com ela.

Lucrezia estava em Paris. Não lhe disseram nada. Esconderam os jornais. Quando voltou, Piero contou. O funeral já tinha acontecido, Giuseppe já tinha ido embora. Assim não se reviram, Giuseppe e Lucrezia.

Eu achei feio não terem dito nada a Lucrezia. Eram amigos, ela e Alberico, estavam sempre juntos, nos últimos tempos. Mas Piero quis assim.

No bairro, todos lamentam a perda de Alberico. Lembram dele gentil e calmo, quando andava pelas lojas e parava para conversar com esse ou aquele. Era generoso, dava dinheiro a quem precisava, e de algum modo presenteava, porque nunca

---

* Antigo hospital romano, localizado nos arredores do Vaticano.

pedia nada de volta. Lamentam também a perda de Salvatore, e lembram dele. Calmo não era, brigava com todos, no bairro, e tinha a cabeça quente. Mas o conheciam havia um tempão e impressiona agora pensar nele morto. Alguns dizem que Salvatore era um informante da polícia. Outros dizem que traficava entorpecentes. Outros dizem que era agiota. Outros dizem que enviava cartas anônimas. Todos pensam que eram as mesmas pessoas na Piazza Tuscolo e no beco Sant'Apollinare, e Adelmo insiste em dizer que o tal com rabo de cavalo loiro estava sempre lá, num lugar e no outro. Mas então apontam que ele devia ter cortado o rabo de cavalo, depois da Piazza Tuscolo, para não ser reconhecido. A polícia acha que aquele rabo de cavalo, nas duas vezes, foi coisa da imaginação de Adelmo.

Giuseppe e a mãe do Salvatore devem ingressar com ação civil, contra autorias desconhecidas.

Cumprimente Ippo por mim,

Egisto

Egisto a Albina

Roma, 2 de fevereiro

Cara Albina,

naquele dia do funeral te vi mas logo depois te perdi, procurei e não te encontrei mais. Adelmo me disse que você tinha de voltar imediatamente para Luco dei Marsi.

Com Adelmo e Gianni, coloquei os papéis do Alberico em ordem, no apartamento aqui de baixo. Colocamos todos os papéis, os projetos de filmes, os roteiros num baú e o levamos com o meu carro para a casa da Roberta, na Via Nazario Sauro. Livros, Alberico não tinha muitos. As roupas eram quatro trapos e foram levados pela faxineira, a Zezé. Ela deu a uns idosos do seu bairro. Os móveis eram uma mesa e dois ou três armários surrados, comprados em Porta Portese.* Também foram levados pela Zezé.

Passamos duas ou três tardes esvaziando o apartamento. Depois devolvemos as chaves à proprietária.

* Tradicional feira de rua de Roma.

A ideia de ter embaixo de mim aquele apartamento vazio me dá uma grande tristeza. Gostaria de ir embora desta casa. Aqui tenho lembranças demais. Mas como você sabe, não é fácil encontrar uma casa em Roma, para alugar. Até se encontra para comprar, mas eu não tenho dinheiro suficiente.

Alberico não chegou a comprar a casa da Via Nazario Sauro, aquela em cima da Roberta e que antes era do Giuseppe, apenas firmara o compromisso. Os Lanzara devolveram o dinheiro do compromisso a Roberta, que é quem se ocupa dessas coisas práticas. Tudo que Alberico tinha pertence agora à filha da Nadia, a Giorgina, aquela menina que ele tinha registrado como sua. A Giorgina vive na Sicília com os avós maternos, milionários, e é milionária. Uma pena que todo aquele dinheiro que Alberico tinha fique com uma pessoa que não tem nenhuma necessidade, com tanta gente na miséria. Claro que não é culpa de ninguém, mas é algo para lamentar.

Vi Giuseppe, no funeral, e depois passei algumas horas com ele. Eu o achei muito envelhecido. De acordo com Adelmo, tem os olhos de alguém que está bebendo destilados em quantidade excessiva. Porém pode ser que seja uma fantasia de Adelmo. Estava transtornado, pobre Giuseppe, recebeu a notícia nos Estados Unidos, enquanto assistia a esposa que estava morrendo. Não sei se agora já morreu. Foi embora logo em seguida.

Eu ficava muito com Alberico, era muito ligado a ele. Sinto a sua perda. Tento ficar sozinho o mínimo possível. Vou ao jornal, ando por aí, vejo Serena em cena. Tudo para não ficar sozinho. Às vezes passo por aquele beco maldito. É estranho como os lugares que nos deixam tristes nos atraem. Nos atraem e nos repelem. Por isso queria ir embora desta casa, mas ao mesmo tempo não queria ir embora nunca.

Um abraço,

Egisto

Giuseppe a Lucrezia

Princeton, 20 de fevereiro

Minha Lucrezia,

naquele dia em que você telefonou não falamos quase nada. Eu chorava. Você também chorava. Era um interurbano de lágrimas.

Você perguntou se eu voltava para a Itália. Não sabia o que responder. Não era capaz de fazer planos. Também agora não sou capaz. Estou com a cabeça confusa.

Anne Marie morreu no dia 16 de fevereiro, quatro dias atrás. Morreu na clínica. Eu e Chantal estávamos lá.

Telefonei para Danny. Ele veio. Também estava no funeral. A sua relação com Chantal é gélida. Veio por mim. Chantal foi embora logo depois do funeral. Danny ficou comigo, até ontem.

Danny é o único amigo que tenho aqui. Juntos ficamos bem, apesar da diferença de idade. Poderia ser meu filho. Alberico tinha quase a mesma idade, vinte e sete anos.

Chantal me disse que fico tão bem com Danny, porque ele

é como eu, fora da realidade. Eu não sei se sou fora da realidade, e não sei se Danny o é. Sobretudo não sei o que é a realidade, para Chantal.

Danny está novamente sem trabalho. Tinha encontrado um emprego numa biblioteca circulante, estava todo contente, e depois de um mês foi demitido. Esqueceu-se de registrar alguns livros. No trabalho, acho que é desordenado e distraído.

Chantal também é desordenada e distraída, porém não no trabalho. No trabalho, pelo contrário, acho que é criteriosa e minuciosa.

No geral, quando nos vemos, Danny me pede dinheiro emprestado. Depois costuma devolver, mas na vez seguinte me pede de novo. Se fosse outro me pedindo, ficaria aborrecido. Já com ele não me custa nada, e quase me agrada.

Se Alberico não tivesse sido meu filho, talvez fosse possível ficar bem com ele, assim como fico bem com Danny. O fato de sermos pai e filho estragava tudo. Deixava-nos constrangidos, estúpidos, frios e frequentemente insinceros. De todo modo, nunca tentei transformar a nossa relação. Parecia sempre que ainda tinha tempo. Agora isso me deixa muito infeliz.

Falei longamente sobre Alberico com Danny, ontem. Ficamos acordados até às duas da madrugada.

Falamos também de Chantal, Anne Marie, da menina. Falamos sobre os mortos e os vivos. Por fim eu disse que amara Chantal. Parecia, ao contar-lhe, que era uma história distantíssima, ocorrida muitos e muitos anos atrás.

Naqueles dias em Roma, não vi ninguém, tirando Egisto e Roberta. Fiquei num hotel na Piazza della Minerva. Não fui a Via Nazario Sauro.

Se voltar para a Itália, terei de procurar uma casa. Como você talvez saiba, Alberico não chegou a comprar a casa da Via Nazario Sauro.

Talvez as palavras "se voltar" te soem estranhas. Talvez o condicional te soe estranho. Mas tudo me parece incerto agora, e não sei como me orientar no emaranhado dos meus pensamentos. Desejo voltar para a Itália, e ao mesmo tempo não desejo nem um pouco. Desejo imensamente te rever, Lucrezia, e ao mesmo tempo não desejo nem um pouco. Tenho medo de rever você, de me encontrar frente a frente com você. Ficamos distantes por tempo demais e aconteceram coisas demais, na tua vida e na minha.

Giuseppe

Lucrezia a Giuseppe

Roma, 5 de março

Sinto muito pela morte da tua esposa.

Sinto muitíssimo por não nos termos visto quando você veio a Roma.

Não consigo perdoar Piero por ter dito a Serena que mantivesse os jornais escondidos. Assim não soube de nada. Aqueles dias foram dias bastante alegres para mim. Andei por Paris, com Serena, compramos meias, comemos em restaurantes, vimos quadros.

Serena sabia e não me disse nada. Piero tinha telefonado para ela, na manhã do dia 8 de janeiro. Em alguns momentos ela me parecia um pouco estranha, mas dizia que estava com dor de cabeça.

Quando voltei para Roma, Piero me contou.

Fico contente por ter ido a Monte Fermo, aquela vez, no Prisma azul. Fico contente por termos visto o Hotel Panorama.

Não estava alegre, Alberico, mas ria bastante. Eu ria com ele. Era belíssimo quando ríamos juntos.

Quando ria, dava para ver os seus pequenos dentes brancos.

Teria me apaixonado por ele, se não fosse homossexual. Assim não, porque nunca poderia me apaixonar por um homossexual. Éramos amigos, aquele tipo de amizade que de certo modo não muda nunca, permanece a mesma e segura para sempre.

Amigos também somos nós, eu e você. Porém não fomos sempre amigos, antes de sermos amigos, éramos amantes. Também tivemos um filho juntos. Graziano. Você sempre fingiu que não era verdade.

Agora você está distante há tempo demais, e eu não sei mais como você é, nem você sabe mais como eu sou.

Diz que deseja imensamente me rever, e ao mesmo tempo não deseja nem um pouco. Eu entendo. É a mesma coisa para mim.

Antes disse que sentia muito pela morte da tua esposa. Não é verdade. Não lamento nem um pouco. Em primeiro lugar porque não a conhecia, e em segundo lugar sei muitíssimo bem que você não era feliz, e sabe-se lá por que tinha casado com ela.

Um dia, há cerca de uma semana, I. me telefonou. Perguntou se poderia passar na minha casa, porque queria conversar comigo. Veio com Ippo. Parecia tão estranho ver os dois na minha frente. O Gato e a Raposa. Servi-lhes chá.

É uma velhinha, Ippo. Eu a vi de perto, é uma velhinha. Eu a observava com curiosidade, sem ódio. É difícil odiar os velhinhos. Deve-se falar alto, porque pode ser que sejam um pouco surdos.

I. se sentou na poltrona onde sempre se sentava, quando vinha em casa todos os dias, quando éramos amantes. Eu observava o seu rosto comprido, corado, a sua escovinha grisalha. Perguntei a mim mesma como pude sofrer tanto por aquele rosto, por aquele corpo no casaco. Sequer tirou o casaco. É verdade que sempre se queixava do frio na minha casa, antes, quando éramos amantes.

Um rosto, um corpo, um casaco nada misteriosos, totalmente privados de segredos, e inócuos.

Também tivemos um filho juntos. Nem faz tanto tempo.

Imagine só o que queriam. Queriam perguntar se eu sabia alguma coisa sobre a casa da Via Nazario Sauro. Ippo gostaria de comprá-la. Sua casa é pequeníssima, e ela tem dinheiro para investir. Os Lanzara partiram, e não sabe com quem deve negociar. Pensou na Roberta que está ali, no andar de baixo. Não a conhece pessoalmente. I. a conhece bem, mas faz tanto tempo que não a vê e não ousa telefonar. Queriam que eu fizesse o trâmite. De imediato telefonei para Roberta, e disse que I. queria falar com ela. Estava muito surpresa. I. conversou com ela e marcaram um encontro. Roberta está com as chaves. Os Lanzara deixaram com ela. Acho que comprarão aquela casa, Ippo e I., e viverão juntos.

Sobre I., você dizia que sempre mantinha uma mão atrás das costas. É verdade. Notei aquela mão fechada atrás das costas, enquanto ele caminhava na direção da porta. Você dizia "sabe-se lá o que tem naquela mão". Não tem nada naquela mão. Nada.

É verdade que, nestes anos, aconteceram coisas demais na tua vida e na minha. Por isso, se tivéssemos de nos rever, por um tempo não conseguiríamos falar nada.

Também usei o condicional, sabe-se lá por quê. Por qual razão não deveríamos nos ver de novo, nesta vida ou numa próxima?

Não é verdade que não sei mais como você é. Sei muitíssimo bem como você é. Me lembro de você como se te tivesse diante dos olhos.

Os teus escassos e longos cabelos. Os teus óculos. O teu longo nariz. As tuas pernas longas e magras. As tuas mãos grandes. Eram sempre frias, mesmo quando fazia calor. É assim que me lembro de você.

Lucrezia

Últimas cartas de pessoas comuns[1]

Severino Cesari: Giuseppe, o personagem central do romance, é um jornalista de meia-idade. Um solitário. Não suporta hóspedes. Não quer um vínculo fixo. Não quer saber do filho que teve com Lucrezia. Não está interessado também no filho "verdadeiro", Alberico. Esse Giuseppe é um irresponsável? É um tipo condenável? É um tipo que fracassou?

Natalia Ginzburg: Um fracassado, certamente. Não é condenável. Não acredito que poderia inventar personagens condenáveis, a não ser em certos momentos deles.

SC: Mas Alberico, pouco amado e um pouco como um patinho feio, encontra a sua vocação (como diretor de cinema) a despeito do pai, talvez até contra o pai. E quase consegue readquirir a casa que o frustrantíssimo pai havia perdido. Parece que

---

1. Entrevista de Natalia Ginzburg concedida a Severino Cesari. Publicada em *Il manifesto* no dia 18 de dezembro de 1984.

o romance comunica um juízo preciso: hoje os filhos são melhores que os pais.

NG: A geração dos jovens parece de algum modo melhor que a anterior. Disfuncionalíssima, mas melhor. Se prosperará, ou fracassará como esta, não é possível afirmar. Alberico é um personagem certamente melhor, mais generoso, mais disponível que Giuseppe. O filme que fez é um sucesso, é verdade. Já o pai escreve um romance italiano nos Estados Unidos que ninguém quer ler. Mas não sabemos se o filme é bom ou não. Talvez seja ruim. Lucrezia, que viu o filme, não está de acordo com o entusiasmo dos críticos, diz que o filme é ruim.

SC: Aliás, é dizendo isso tranquilamente a Alberico que ela se torna amiga dele...

NG: Existe um vínculo entre esses dois personagens. Lucrezia, a mulher que sabe "conservar" dentro de si a imagem dos outros, que entende e perdoa, é também aquela que sabe fazer escolhas, talvez equivocadas, que se joga, que não tem medo de mudar de casa, mesmo que depois se veja em apuros. Ela tem *energia*. Os dois que têm energia vital são eles: uma mulher e um rapaz. Os homens — os homens dessa geração, no meu romance — são personagens negativos, em geral. São uns pobrezinhos. Não quero de modo algum fazer afirmações ideológicas colocando as coisas dessa maneira. Não quero dizer que as mulheres são mais fortes. Depois que escrevi o romance percebi que era assim.

SC: Em suma, é o que se encontra como "realidade" do romance. Elsa Morante, em um escrito de 1965 publicado agora pela Linea d'ombra, sustenta que os escritores, os artistas, testemunham a "realidade", enquanto na vida cotidiana o que se apresenta como "real" é na verdade "irreal", monstruoso...

NG: Sim, como Elsa escreve, a realidade é aquele "leão com pelagem de ouro" de uma velha fábula budista, que se apresenta na porta da tua casa. O escritor atinge uma realidade. Quando escrevo um romance, quero somente narrar. Não parto de uma ideia, de uma afirmação. No início, existe um episódio, uma história, fatos, lugares... depois essas histórias se desatam e a esperança é que reflitam coisas existentes, que atinjam "a realidade".

SC: O personagem que senti como mais real é este filho tenaz e solitário, que não sobrevive. Se no livro existe um personagem trágico, não seria Alberico em vez de Giuseppe? Naturalmente não quero dizer que o livro seja escrito com estilo trágico, muito pelo contrário.

NG: Sim, Alberico é o mais trágico. Em certo ponto, ele mostra a própria força ao pai distante, enquanto o pai, por sua vez, procura um outro pai, refugia-se no irmão em Princeton. Mas é uma outra história, ao mesmo tempo, de busca de pais e busca de filhos. Alberico e Giuseppe buscam filhos. Existe um paralelismo nos destinos do pai e do filho. Por sua vez, também Lucrezia procura pais, protetores, e não encontra ninguém. Os pais não existem mais. Procura um protetor em Piero, que vai e vem entre Perugia e Roma, mas assim que encosta a mão, do nada, não encontra mais nenhum apoio. Lucrezia escreve a Giuseppe: nos reveremos mortos ou vivos, mas talvez mortos. E, porém, o relacionamento dos dois significa alguma coisa, na vida de um e do outro. É uma forma de amor, um modo de ser fiel, ainda que escrevendo cartas de um continente a outro. Creio que seja uma história de busca de pais. E busca de casas.

SC: O desenvolvimento da ação, no romance, é marcado pelo contínuo deslocamento dos personagens entre casas perdidas e casas encontradas, como se sobre um tabuleiro de xadrez. Mas são casas ou fantasmas? A mesma coisa acontece com os objetos que alguém tem, ou de outro modo: tanto as casas quanto os objetos são "passados de mão em mão" até adquirirem muitos significados, diferentes daquele originário... E o destino de Giuseppe parece marcado pelo momento em que ele não obedece à sabedoria prática de sua prima Roberta, que repete sempre "nunca venda os tijolos, nunca", ou "os tijolos não decepcionam" e vende o seu apartamento da Via Nazario Sauro.

NG: Alguém me disse que A *cidade e a casa* é um romance pragmatista: os destinos desabam, restam as coisas. Os objetos permanecem. Talvez deteriorados, porém estão lá. Existe um paralelo entre a ruína de Giuseppe que vende a sua casa e parte para os Estados Unidos e o fim das *Margaridas*, a casa no campo de Lucrezia, onde se reunia a comunidade de amigos. Mas na nova e provisória casa de Lucrezia ainda existem os móveis com as tartarugas, as colchas dos dragões das *Margaridas*. Esses objetos ecoam de uma carta à outra. São mencionados em várias. No início há uma imagem de estabilidade: As *Margaridas*. É uma família. Depois tudo se esfacela, restam as frases de alguém, repetidas pelos outros, restam esses objetos esparsos, mobílias que boiam em um rio transbordante.

SC: Seu romance, onde há também a questão da droga e tantas tragédias juvenis, foi lançado em meio ao processo de San Patrignano.[2] O que a senhora pensa sobre Vincenzo Muccioli?

2. Comunidade para adictos em entorpecentes criada em 1978. O fundador, Vincenzo Muccioli, nesse processo mencionado acabou condenado por seques-

A senhora escreveu, em *As pequenas virtudes*, que a relação entre pais e filhos "deve conter um justo equilíbrio entre silêncios e palavras". Desse modo, se os pais têm uma vocação, podem também permitir que os filhos "germinem tranquilamente" fora de si. Não pensa que está acontecendo o contrário? E que a Itália esteja hoje ou cheia de pais sufocantes demais, ou ausentes demais? Muccioli é um pai sufocante, que resolve o problema daqueles ausentes?

NG: Eu sinto isso, mais do que pensar. Na realidade atual existe uma sede de paternidade, e uma incapacidade de exercê-la. É um problema central do nosso viver de hoje. Ali nós perdemos. Muccioli busca ser um pai e uma mãe. E talvez alguma coisa além. Talvez exista uma sede de vida moral. Talvez quem mais sente falta está mais sedento de valores e não consegue alcançá-los, e não é capaz de traduzir esse desejo em nada, nem mesmo em palavras e pensamentos.

SC: Explique-me melhor. Qual a relação entre a moral e as correntes usadas por Muccioli?

NG: Às correntes é possível dar uma explicação. Talvez sejam um estado de necessidade. Nas correntes, é possível até mesmo que se traduza uma busca ainda confusa de valores morais e também religiosos, que tomou esse caminho por causa da ausência, por parte da sociedade como um todo, de uma "verificação dos poderes" mais geral. Por isso não sou contra as correntes. Mas sou contra os falsos estigmas, isso sim. Isso me parece muito mais

---

tro, já que teria mantido alguns jovens acorrentados. Foi relatado que Muccioli teria se apresentado como uma entidade, chegando até a supostamente marcar o próprio corpo com estigmas.

grave. Admitindo que seja verdade, porque ninguém nunca respondeu devidamente.

SC: Por que os estigmas são piores?
NG: Porque são um fingimento de santidade.

SC: A senhora escreveu que não gosta de trabalhar com cartas e livros alheios. Porém escreveu A família Manzoni, que é baseado sobretudo em correspondências familiares. Depois escreveu este que é um romance epistolar. É mais um livro sem um "eu" que narra, como são quase todas as outras histórias de Natalia Ginzburg. Existe uma relação entre A família Manzoni e A cidade e a casa?
NG: Talvez haja um nexo. Tinha um grande desejo de escrever em primeira pessoa, mas também em terceira. Queria os privilégios de ambas as formas. Queria um "eu" que correspondesse a um "ele"; uma primeira pessoa, porém, com muitas facetas, múltiplas. As cartas são isso. Em vez de um só "eu" que narra os outros e si mesmo, muitos "eus" que se narram. E a "terceira pessoa" está salva de algum modo. Eu usei o "eu" autobiográfico em Léxico familiar, mas acho difícil conseguir usá-lo agora de modo imaginário. É, além do mais, um instrumento que se desgastou. Penso que seja propriamente este, hoje, o problema central para um escritor. A terceira pessoa é necessária, ao mesmo tempo é dificílima de usar. O nosso tempo não consente; não sobrou nada que possa sustentá-la. Elsa Morante consegue. A sua grandeza é também por ter usado a terceira pessoa neste mundo onde nenhum de nós é mais capaz de usá-la. Porque sabemos apenas dizer "eu". Quando se fala em "crise do romance" é isso. Alguém tenta se subtrair, mal, da condenação deste "eu".

sc: Porém são tantos os romances e narrativas escritas com a terceira pessoa...

NG: ... mas na maior parte das vezes é um "eu" mascarado, logo se percebe. Existem os que tentam sem conseguir, é como querer se sentar em uma cadeira que não existe. Uma cadeira colocada em lugar muito alto, mas que não existe. Existe uma terceira pessoa que na realidade é uma primeira; como existe também um modo de dizer "eu" que na realidade é terceira pessoa. Proust, por exemplo, é também "terceira pessoa". Essa é a grandeza.

sc: Entre os romances novos, existem tentativas de sair do "eu" puro?

NG: Chegam aos meus olhos sobretudo autobiografias em estado selvagem. Eu gostava muito do primeiro livro de Andrea De Carlo, *Treno di panna*, porque lá havia um olho que observava com muita consciência de ser o olhar de apenas uma pessoa, porém destacado. A secura desse olhar pode ser uma tentativa, uma indicação "em direção à terceira pessoa". O meu livro, *A família Manzoni*, é uma tentativa de terceira pessoa.

sc: De modo não declarado, *A cidade e a casa* é um livro cheio de histórias dos nossos dias. Enquanto escrevia, a senhora se sentia ainda "em um estado de absoluta e pura liberdade", como no tempo de *Léxico familiar*? Continua vivendo "sem uma história na cabeça" até o momento de escrever um livro?

NG: Me sentia impelida a testemunhar as coisas que passavam pelos meus olhos. Não todas, não pude. Mas também na narrativa anterior, *Família*, havia a tentativa de estar no presente. E aquela é também uma narrativa em terceira pessoa. No centro da história havia um homem, e isso era novo para mim. A partir daquele momento notei um ponto de virada. Agora me parece que os homens são as vítimas. Aconteceu alguma coisa que fez os homens estarem perdidos, enquanto as mulheres estão mais fortes. *Família* é a história de um homem que segue na direção da sua morte. É um mundo visto da perspectiva dos homens. Também neste novo romance tem um homem perdido. Talvez seja realmente uma geração que está perdida.

SC: A senhora se arrependeu da sua escolha de trabalhar na política?[3]

NG: Não, não me arrependi. Apenas me sinto completamente inútil. Como deputada, estou conhecendo coisas que não conhecia. Aprendo a ler melhor os jornais. Mas lá, sou completamente um peixe fora d'água.

---

3. "Pediram-me para me apresentar às eleições, na lista do Partido Comunista, e eu aceitei", é o início de "Senza una mente politica", de 1983, no qual Ginzburg comenta a decisão da sua candidatura como deputada. Ao longo do texto, a autora declara a sua relutância em aceitar a proposta, por ter "dificuldade de situar as coisas em um contexto político". Ela afirma que esperava poder fazer sobretudo alguma coisa que melhorasse as condições de vida dos idosos.

O convívio e suas correspondências

Iara Machado Pinheiro

Acho que a desagregação familiar é a praga do nosso tempo. Não é que eu pense que as famílias eram muito boas como eram antes, penso que eram muito ruins. Porém acho que foi criado o hábito da desagregação, um tipo de contágio, assim todas as famílias se desagregam e aceitam que se desagregam. E acho que isso é triste, acho que é a praga do nosso tempo. Acho que uma pessoa precisa ter uma família, mesmo que seja má, repressiva e distraída. Acho que a ausência disso pode fazer com que as pessoas cresçam com dificuldades.[1]

O crítico literário Domenico Scarpa diz que o ambiente doméstico, na obra de Natalia Ginzburg, gera um "núcleo de con-

---

1. Fragmento de uma série de quatro entrevistas radiofônicas que Natalia Ginzburg concedeu em maio de 1990 — um ano e meio antes de sua morte — organizadas no livro *È difficile parlare di sé* (Turim: Einaudi, 1999) pelo crítico literário, e grande amigo da escritora, Cesare Garboli e por sua neta, Lisa Ginzburg.

vivência civil, uma hipótese política com raízes impolíticas".[2] Sendo assim, a desagregação familiar não poderia ser entendida como uma alteração que concerne apenas ao âmbito privado ou às escolhas individuais. Suas sequelas partem da casa, um centro irradiador de trocas com o próximo, e atingem a cidade.

Creio que a tristeza que a escritora expressa pela desagregação familiar possa ser colocada em correspondência com os sentidos construídos para o convívio ao longo de suas cinco décadas de produção literária. Um bom ponto de partida para percorrê-los é o ensaio "Os nossos filhos",[3] quando a jovem mãe, que nascia com os filhos em meio à Segunda Guerra Mundial, escrevia sobre como a chegada das crianças redimensiona a concepção de existência, as noções de medo, coragem e preocupação, a vigilância do dinheiro e todo tipo de prosaica necessidade cotidiana.

Considerando a radicalidade das transformações, seria compreensível que a maternidade desembocasse no "egoísmo familiar", ainda mais no caso da sua geração, que amadureceu ao longo dos anos do fascismo, um período "privado de qualquer interesse político e qualquer caridade humana". Faltaria um "sentido social" a quem conheceu o mundo quando os horizontes eram tolhidos por um regime totalitário, isto é, "uma verdadeira coparticipação na vida do próximo". Mesmo assim, era necessário alcançá-lo e transmiti-lo aos filhos. A esperança em um futuro diferente dependia da saída "do âmbito fechado de nossas aspirações individuais".

Quase vinte anos depois, Ginzburg volta a discutir a criação dos filhos no ensaio "As pequenas virtudes", momento em que define a educação como "certo clima no qual florescem os sentimentos, as ideias, os instintos". E também "o amor à vida", cuja

2. Domenico Scarpa, "Appunti su un'opera in penombra". In: Natalia Ginzburg, *Mai devi domandarmi*. Turim: Einaudi, 2014.
3. Texto publicado no dia 22 de novembro de 1944, no jornal *L'Italia Libera*.

mais alta expressão seria a vocação que, por sua vez, só poderia ser verdadeiramente ensinada se os pais se mantivessem fiéis às suas próprias vocações e permitissem que os filhos "germinassem tranquilamente" fora de suas ambições — uma justa medida de "silêncio e palavra". Não creio que vocação aqui se refira à inclinação artística, muito menos a um atalho para a consagração. Pelo contrário, a vocação é um tipo de cultivo cuidadoso que pode gerar um laço com o correr cotidiano da existência, não condicionado aos bons ventos circunstanciais; um recurso para manter-se vivo, alerta, suscetível ao estupor, palavra tão importante no glossário de Ginzburg.

Em *Léxico familiar*, de 1963, a noção de sentido social volta a aparecer, dessa vez com o estabelecimento de uma compreensão que, como uma analogia, pudesse aproximar formas distintas de ser afetado pela vida: "a fadiga cotidiana, e a solidão cotidiana, que é o único meio que temos de participar da vida do próximo, perdido e espremido numa solidão igual".[4] Conseguir olhar para alguém sem se perguntar se ele será "seu senhor ou seu servo"[5] envolve essa medida comum de desgarramento e o entendimento de que a solidão é incontornável e impiedosa para todos, a despeito das diferenças nos modos de percebê-la e nomeá-la.

Embora se ocupe das lembranças de sua família, em *Léxico familiar* Ginzburg atinge um sentido mais amplo de convívio porque os sons que eram o fundamento de uma unidade familiar são recursos para uma conservação coletiva da memória. Mesmo que os integrantes da família se afastem, as anedotas compartilhadas ficam como uma medida comum de determinada forma

4. Natalia Ginzburg, *Léxico familiar*. Trad. de Homero Freitas de Andrade. São Paulo: Companhia das Letras, 2018, p. 183.
5. Id. "As relações humanas". In: *As pequenas virtudes*. Trad. de Maurício Santana Dias. São Paulo: Companhia das Letras, 2020, p. 108.

de viver junto, com efeitos duradouros e profundos. Assim, agarrada às minúcias do cotidiano de suas recordações privadas, a escritora acaba narrando também os modos como a dinâmica da rua era percebida dentro de casa e como os filhos pescam no ar da primeira casa referências de existir que interferirão nas maneiras posteriores de reconhecer e percorrer os espaços públicos e os lares que construirão por si mesmos.

A organização do acervo sonoro que permitia aos seus familiares se reconhecerem "na escuridão de uma gruta, entre milhões de pessoas",[6] tem fortes implicações na obra de Ginzburg. O seu próximo romance será escrito dez anos depois, em 1973. No meio-tempo, ela colabora assiduamente para os jornais *Corriere della Sera* e *La Stampa*[7] e começa a escrever textos teatrais, uma virada de procedimentos narrativos que mais tarde originará as histórias epistolares *Caro Michele* (1973) e *A cidade e a casa* (1984).[8] Depois do romance memorialista, Ginzburg diz que não conseguia mais escrever narrativas com a primeira pessoa, enquanto a terceira lhe parecia inatingível num momento em que "sabemos apenas dizer 'eu'". À medida que retiram o domínio de uma única perspectiva por meio de sua distribuição a vários olhares e vozes, as comédias e os romances em cartas

---

6. Id., *Léxico familiar*, p. 10.

7. Parte dos textos publicados nos jornais foi reunida nas coletâneas *Mai devi domandarmi* (1970) e *Vita immaginaria* (1974).

8. Domenico Scarpa, no posfácio de *Tutto il teatro* (Turim: Einaudi, 2005), sugere que as cartas das duas narrativas são desdobramentos dos monólogos presentes nas comédias. Ginzburg, em nota introdutória para uma coletânea de seus textos teatrais de 1989, diz que em todas as suas comédias existem personagens "dos quais se fala muito, mas que nunca entram em cena. Calam, porque estão ausentes. Assim finalmente vemos alguém que fica em silêncio". Esse tipo de personagem também está presente nos romances epistolares. Em *A cidade e a casa*, Ippo é a figura mais exemplar nesse sentido, mas também poderíamos pensar em Nadia, Salvatore e Anne Marie.

licenciam um tratamento que dá "um relevo igual a muitos personagens" e assim é possível "sentar-se em um ponto e assistir à vida de pessoas diferentes".[9]

Nos ensaios e artigos publicados em jornais, a escritora tece o pano de fundo de sua inflexão pronominal. Dentro de casa, ela nota que no clima compartilhado entre pais e filhos passa a florescer também a indecisão: "As crianças são envolvidas pela indecisão dos pais; choram porque a indecisão as exaspera; misturam às incertezas dos pais as suas próprias incertezas".[10] Ao mesmo tempo, uma palavra como o verbo "remendar" estaria em vias de extinção do léxico doméstico porque significava "ligar-se aos objetos com amor. Desaparece, porque não se ama mais os objetos, se odeia".[11] Já a cidade é apresentada como um ambiente tomado pelo atordoamento e pela perplexidade diante dos rumores e das multidões. É como se nada pudesse ser diferente da "idolatria do novo"[12] que se manifesta nas ruas congestionadas "com motores e barulhos, aplicados com grande astúcia para não nos vermos viver e para não vermos de perto demais os traços, as cores e os contornos da nossa infelicidade".[13]

Não se trata de um elogio ao ontem, mas de uma desconfiança direcionada ao que surgia como paradigma em meio às ruínas. As transformações nos "núcleos de convivência civil" pa-

9. Fragmento de texto de Ginzburg publicado no *Corriere della Sera*, 10 de dezembro de 1967, citado por Laura Peja, em *Strategie del comico: Franca Valeri, Franca Rame e Natalia Ginzburg* (Florença: Casa Editrice Le Lettere, 2009).
10. Natalia Ginzburg, "Lavori di casa". In: *Mai devi domandarmi*. Turim: Einaudi, 2014.
11. Id. "Le donne". In: *Vita immaginaria*. Milão: Mondadori, 1974.
12. Id. *È difficile parlare di sé*. Turim: Einaudi, 1999.
13. Id. "Infelici nella città bella e orrenda". In: *Vita immaginaria*. Milão: Mondadori, 1974.

reciam gerar laços pouco consistentes entre pessoas, objetos e espaços, como se não fosse mais possível distinguir o que era realmente imperativo em meio a estradas tão bifurcadas.

Diante da hesitação e do torpor, a fadiga e a solidão cotidiana perdiam aos poucos o estatuto de meio do caminho comum enquanto se firmava a tendência de "pensar a nossa imagem separada da comunidade".[14] A coparticipação na vida do próximo continua como um pilar ético, no entanto, e encontra seu correspondente estético na escolha por formas expressivas pautadas no diálogo, seja o pronunciado das comédias, seja o silencioso das cartas. Em suma, as modificações do tempo afetaram a forma de narrar, mas a escritora seguiu insistindo na "única coisa que é indispensável dizer, isto é, como as pessoas encaram e suportam a dor e a felicidade, a miséria, o medo e a morte".[15]

Trocas de correspondências sempre envolvem um hiato de tempo e espaço, porque a distância percorrida pela carta faz com que o hoje do remetente não seja o mesmo do seu destinatário. Nas narrativas de Ginzburg, as circunstâncias políticas e sociais costumam ser retratadas segundo as maneiras como interferem nas construções de ordens cotidianas dos personagens, e assim aspectos próprios do formato epistolar, como os intervalos, os trânsitos e as expectativas por resposta, parecem refletir as lacunas que surgem entre as relações humanas quando a unidade familiar perde solidez. Nesse momento, restaria como referência comum a sensação de não saber para onde ir, como diz uma das remetentes de *Caro Michele*:

Assim, penso que procuraremos lhe mandar dinheiro de vez em quando. Não que o dinheiro vá resolver alguma coisa, sendo você

14. Id. "Ragioni d'orgoglio". In: *Non possiamo saperlo*. Turim: Einaudi, 2001.
15. Id. "Bergam". In: *Vita immaginaria*. Milão: Mondadori, 1974.

sozinha, desorientada, nômade e tola. Mas cada um de nós é desorientado e tolo em algum lugar de si próprio, e, às vezes, fortemente atraído pelo vagabundear e pelo respirar nada mais que a própria solidão, e então cada um de nós é capaz de se transferir para esse lugar para compreendê-la.[16]

A desagregação familiar penetra na forma de *A cidade e a casa* ainda mais radicalmente que na de *Caro Michele*. No romance de 1973 havia a intermitente presença de um narrador em terceira pessoa, mas que não operava pela via da onisciência, ele colocava as pessoas juntas em cena, conversando ou circulando pela cidade. Em *A cidade e a casa*, tudo passa pela solidão e pela mediação das perspectivas dos personagens, cada encontro é relatado com as ligeiras deformações da memória: nada é ao vivo, tudo é recordado, revivido como escrita. O tom do romance, como costuma ser nas narrativas de Ginzburg, tem uma cadência bastante marcada e estável. Assim, em vez de procedimentos formais de modulação de voz, a alteridade de enunciação ganha forma pelos diferentes modos como os personagens enxergam o entorno, processam os acontecimentos e se desconhecem.

A história é conduzida por uma transição entre geral e particular, que se manifesta de maneiras diversas, a começar pelo título *A cidade e a casa*. Na escrita das missivas, o relato pessoal dos remetentes com frequência é brevemente rompido por algum comentário que aproxima a vivência pessoal de uma sina comum, trocando num relance a primeira pessoa do singular pela primeira do plural ou por uma formulação impessoal. É como se o ato de escrever uma carta, por si só, promovesse algum tipo de vínculo com uma referência compartilhada, que amplia ligeiramente

16. Natalia Ginzburg, *Caro Michele*. Trad. de Homero Freitas de Andrade. São Paulo: Companhia das Letras, 2021, pp. 153-4.

o ângulo da visão. Entre os vários exemplos possíveis, destaco fragmentos de cartas de Giuseppe e Lucrezia que tocam em pontos centrais do romance, o clima difuso de deriva e infelicidade e a relação entre olhar o próximo com atenção e recordar:

> Como Alberico, teve uma infância difícil. Alberico não foi jogado de lá para cá, porque havia a tia Bice. Porém ele também teve pouca ou nenhuma felicidade na infância. Independentemente para onde olhamos, sempre encontramos infâncias difíceis, insônias, neuroses, problemas. (p. 80)

> Soube da Nadia. Não consigo deixar de pensar nisso. No total a vi duas vezes. Uma vez em Monte Fermo. Uma vez no filme do teu filho, aquele filme horroroso. Olhei-a muito distraidamente e não me lembro bem dela. Sabe-se lá por que olhamos as pessoas assim tão distraidamente. Depois morrem, e gostaríamos de ter alguma lembrança. (p. 232)

Na composição dos personagens, o trânsito entre específico e geral ganha forma através de uma espécie de processo de tradução no qual estados de ânimos se materializam em gestos — a tristeza que aparece na indisponibilidade até para ler jornais ou a tímida alegria indicada pela volta do desejo de cozinhar. Também, os remetentes cheios de manias e seus jeitos de narrar os episódios nas cartas expressam diferentes maneiras de equilibrar a percepção individual e as relações com o próximo.

Os que têm conceitos mais rígidos de si mesmos, seja uma ligeira tendência à adulação, seja os que se definem como fracos e desprezíveis, costumam ser um pouco mais desavisados e insensíveis, menos atentos ao que acontece ao seu redor — como Serena que não repara nos aplausos fracos e crê que o insucesso de suas apresentações se deva à crise do teatro na Itália ou Giuseppe que esconde de si mesmo que se apaixonava por Chantal. A capacidade de intuir os acontecimentos em curso ou de captar antipatias e simpatias é própria dos personagens mais disponíveis ao próximo, que participam da convivência sem parar a todo tempo para se enovelar no emaranhado de pensamentos que "caminham pelo corpo, de cima a baixo, como vermes ou doenças".

A estrutura polifônica não escalona as diferentes posturas segundo uma medida de valor, até porque quase todas são criticadas pelos remetentes quando comentam a vida dos outros. A recorrência das fofocas nas cartas, aliás, indica como o hábito de falar da vida alheia pode ser um tipo de ferramenta para alimentar vínculos de amizade nesse tempo em que são tão escassos os assuntos para conversar e é tão raro encontrar alguém com quem seja possível sentir-se bem. São diferentes recursos para levar a vida adiante, num momento em que os adultos se sentem como "uma ninhada de crianças", e a dissolução da firmeza dos laços e da autoridade paterna gera, em vez de autonomia, uma amarga e confusa liberdade, que por vezes aparece na vontade de ir embora sem saber para onde, por outras num tédio infértil.

Num ensaio sobre o romance *As vozes da noite*,[17] Italo Calvino comenta que Ginzburg tinha a habilidade de transcrever os modos como conhecemos as pessoas e nos aproximamos delas de forma muito semelhante ao efetivo transcorrer da vida. É algo assim que anima a troca de correspondências de *A cidade e a casa*. As cartas comportam, junto ao relato endereçado, expressões de acontecimentos e atitudes que costumam compor uma vida, recortadas por diversos tipos de reações subjetivas.

Pelo olhar de Giuseppe, vemos como a infelicidade eventualmente pode impelir a projetar, um pouco insensatamente,

---

17. Italo Calvino, "Natalia Ginzburg o le possibilità del romanzo borghese". In: Natalia Ginzburg, *Le voci della sera*. Turim: Einaudi, 2015.

uma vida diferente, como se fosse possível recomeçar do zero num lugar novo. Com as palavras de Lucrezia, assistimos ao curso de uma paixão; o arrebatamento inicial, a suspensão dos julgamentos, os movimentos impulsivos, o estranhamento decorrente da adequação do sentimento tão forte ao curso cotidiano, os desencontros e a desilusão do momento que força a constatar que "não existia mais caminhos". Pelos olhos tímidos de Egisto, observamos como um vínculo de amizade às vezes pode gentilmente nos convidar a esquecer das indagações a respeito da nossa aceitação ou dos nossos desajustes para simplesmente viver o presente que está em nossa frente. São apenas alguns exemplos para ilustrar os modos de o romance explorar como uma pessoa é atravessada pela dor ou pela alegria, e como a disponibilidade para "viver o que tem para ser vivido", segundo as palavras de um personagem de *Todos os nossos ontens*,[18] expande-se ou retrai-se de acordo com as maneiras de calibrar o mundo interior e os chamados de fora.

A ambientação do romance também é conformada por um tratamento metonímico, de forma que pequenos detalhes de composição comprimam algumas das circunstâncias daquele período, frequentemente com um discreto humor. A blusa que Nadia usa quando está grávida, com a inscrição "a escolha é minha", a peça na qual Serena interpreta a esposa de Dante Alighieri que recupera a própria identidade falando de si mesma e jogando a *Comédia* num braseiro, os comentários dos personagens sobre o romance muito parado de Giuseppe ou sobre o filme de Alberico que ninguém entende mas que é exaltado pela crítica. Tudo isso fornece acesso a algumas lascas de um espelho partido — para usar as palavras de Ginzburg na contracapa da

18. Natalia Ginzburg, *Todos os nossos ontens*. Porto Alegre: TAG; São Paulo: Companhia das Letras, 2020.

primeira edição do romance —, que transmitem uma atmosfera de tempo, relacionada às transformações na sociedade e aos sentidos da arte, tensionando à tendência de a individualidade reivindicar centralidade com a conquista de direitos civis e os novos meios e linguagens para representar a realidade.

Outros índices culturais que desempenham um papel importante nas viradas do romance são a violência da cidade e a frieza burocrática. Jovens são assassinados quando vão ao cinema ou tomar um café, a brutalidade da subtração quase aleatória de vidas fica sem explicação e o recurso oferecido pelo Estado aos sobreviventes é o mero ingresso "com ação civil, contra autoria desconhecida".

A estrutura do enredo do romance de um modo geral segue o trânsito entre o pequeno e o grande. As trajetórias singulares dos personagens contam uma história sobre como o ritmo da rotina dá um jeito de se impor, mesmo em tempos instáveis quando os alicerces que regulavam as relações humanas vêm abaixo antes que os seus sucessores se esboçassem com clareza. E sobre como essa cadência é escandida por nascimentos, uniões e mortes, convocando os personagens a responder às rupturas e a reconstruir novos ritmos que as sucedam.

A partida de Giuseppe é o primeiro rompimento de um ciclo de hábitos estabelecidos. Enquanto ele cria uma nova rotina nos Estados Unidos, o grupo de amigos se reorganiza de modo que os caminhos de Ignazio Fegiz e Alberico cruzem estradas percorridas anteriormente pelo personagem distante, como se o vazio deixado gerasse novos encontros. A morte de Ferruccio curiosamente firma a estadia de Giuseppe nos Estados Unidos, os nascimentos de Maggie e Giorgina fundam pequenos e pouco ortodoxos agrupamentos familiares, a separação de Lucrezia e a sua mudança para Roma reordenam sua conformação doméstica. Com a morte do bebê de Lucrezia, parece começar um segundo momento do enredo. A partir daí, desanda o equilíbrio entre ruptura e reconstrução: as desagregações se sucedem apressadamente, os remetentes parecem mais cansados e as marcas da passagem do tempo aparecem nos cabelos que embranquecem, nas crianças que deixam de ser crianças e nos jovens que dizem envelhecer depressa, afinal "é um tempo em que tudo acontece rápido". Durante todo o romance, os acontecimentos dramáticos recebem um tratamento sumarizado que prioriza a maneira como a vida se reorganiza depois dos fins. Nessa parte, porém, são muitas as perdas e parece que falta tempo para a resposta dos sobreviventes às incisões em suas rotinas. E então, não se escreve mais cartas que "amontoam inutilidades" ou "para fazer companhia". O grupo inicial dos amigos passa por cisões, algumas das relações deixam de encontrar a fluência que existia anteriormente, as missivas ficam mais curtas e crescem os silêncios entre os personagens.

É nesse momento que acontece o encontro de Lucrezia e Alberico, oferecendo um breve frescor depois que suas respectivas comunidades familiares são abaladas por perdas. São eles, aliás, que animam os principais núcleos de convívio, embora o fio condutor do enredo seja o epistolário mantido por Lucrezia e pelo pai do rapaz. Os dois personagens são comprometidos e capazes de cuidar. Assim acabam encontrando alguma alegria pelo caminho e conseguem percebê-la enquanto a vivem, em contraste com outros personagens que só notam os momentos felizes quando estes já são passado.

Nesse ritmo mais apressado, as palavras vão acumulando marcas de enunciação, em alguns casos parece que chegam a inchar de dor, como quando Lucrezia absorve em seu vocabulário o que o homem por quem se apaixonou dizia, e afirma que não prepara mais polpettone já que é sempre um fracasso quando desmontam. Em outros casos, os significados sedimentados parecem discretamente sinalizar um tipo de entendimento tácito que às vezes surge entre pessoas próximas, uma espécie de léxico familiar, como o apelido "o Gato e a Raposa", que é passado de mão em mão. Em contrapartida, os espaços sofrem um progressivo empobrecimento, perdendo as marcas que carregavam dos habitantes quando eram lugares de convívio e transformando-se ou em estabelecimentos comerciais supérfluos ou em bons investimentos.

Mas, como no poema de Carlos Drummond de Andrade, "de tudo fica um pouco". E pelas perspectivas dos personagens observam-se os sentidos distintos que podem ser dados ao que restou: há quem povoe a casa nova com os objetos que sobraram da antiga e há quem se sirva das lembranças de uma morada anterior para se sentir menos triste e perdido quando o presente vai mal. Diante das mortes, há quem se penalize pelo que não foi feito a tempo e há quem acolha o pouco que ficou na memória.

Na primeira carta de Giuseppe a Lucrezia, ele lista o que estava deixando para trás ao partir da Itália. Entre coisas mais ou menos materiais, endereça uma fotografia feita com a memória que registra a imagem da última vez que viu a amiga. No decorrer do enredo, outras casas são encaixotadas e outras cartas inventários são escritas. E na missiva do desfecho do romance é a vez de Lucrezia realizar o levantamento final de heranças deixadas, dessa vez da sua amizade com Giuseppe, momento em que devolve, pela segunda vez, a frase "é assim que me lembro de você" ao amigo distante. As duas despedidas não são completamente iguais, porém.

> Os teus escassos e longos cabelos. Os teus óculos. As tuas malhas de gola alta, azuis no inverno, brancas no verão. As tuas pernas magras e longas, como uma cegonha. O teu nariz longo e grande, como uma cegonha. As tuas mãos grandes e magras, sempre frias mesmo quando faz calor. É assim que me lembro de você. (p. 49)

Os teus escassos e longos cabelos. Os teus óculos. O teu longo nariz. As tuas pernas longas e magras. As tuas mãos grandes. Eram sempre frias, mesmo quando fazia calor. É assim que me lembro de você. (p. 275)

Na despedida final, a remetente é mais econômica. As cores e as analogias não estão mais presentes, e o verbo "fazer" aparece no imperfeito, indicando o preço cobrado pelo tempo e como os anos que passaram desde o início do hábito de trocar cartas se colocam entre os dois. O "lembrar", porém, segue no presente.

Esta é a derradeira expressão do convívio: o cultivo das marcas deixadas pelas pessoas que se encontra pelo caminho, isto é, o registro das maneiras como o próximo participa da nossa vida.

ESTA OBRA FOI COMPOSTA EM ELECTRA PELO ESTÚDIO O.L.M./ FLAVIO PERALTA
E IMPRESSA EM OFSETE PELA LIS GRÁFICA SOBRE PAPEL PÓLEN SOFT
DA SUZANO S.A. PARA A EDITORA SCHWARCZ EM OUTUBRO DE 2022

A marca FSC® é a garantia de que a madeira utilizada na fabricação do papel deste livro provém de florestas que foram gerenciadas de maneira ambientalmente correta, socialmente justa e economicamente viável, além de outras fontes de origem controlada.